5人の王

恵庭《ENIWA》

CONTENTS

シェブロン周辺地図
旧ヴェア・
アンプワント区域
東方
サルタイアー
南方
ビレット
ベンド砂漠

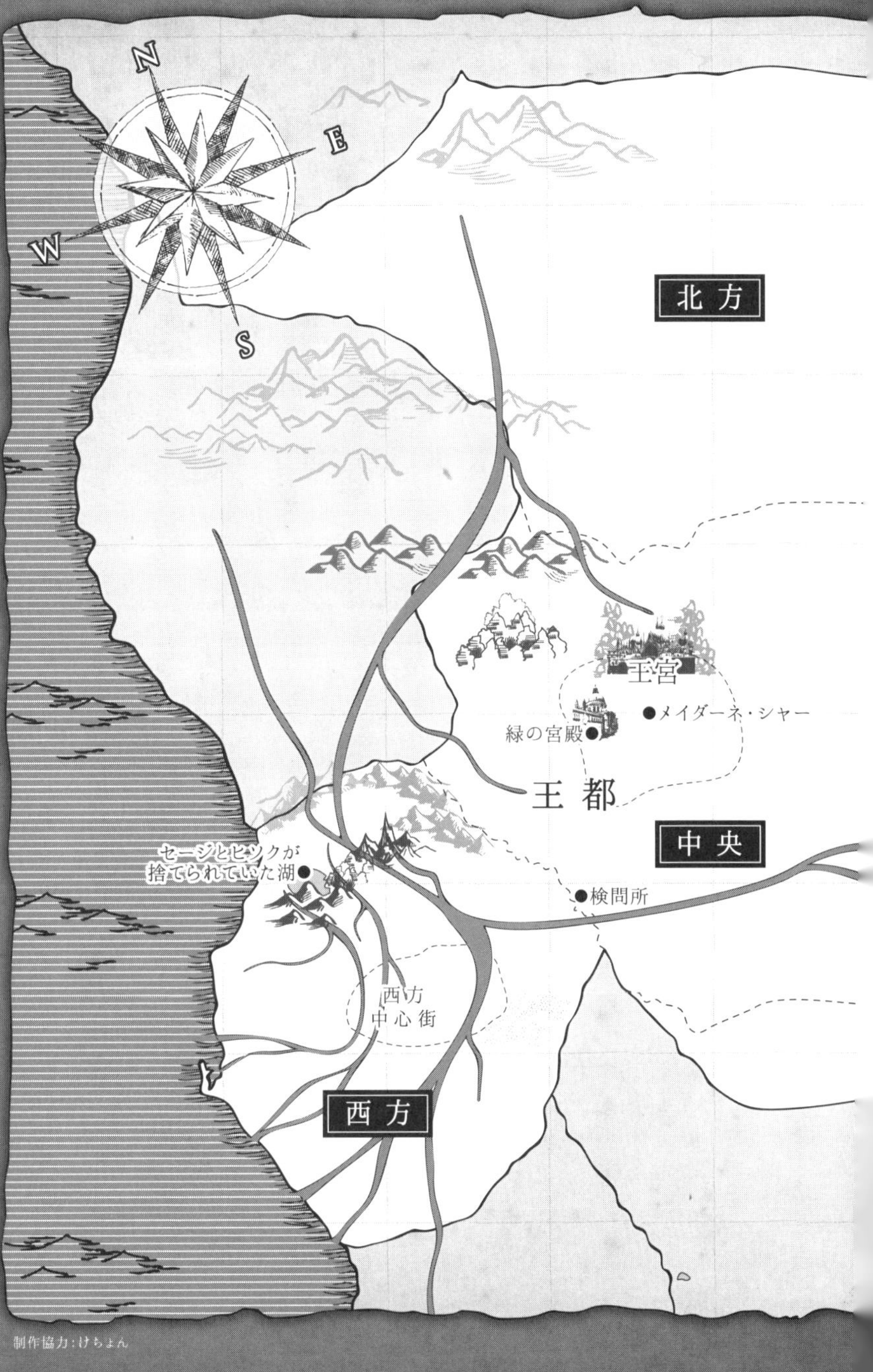
N
E
W
S
北方
王宮
●メイダーネ・シャー
緑の宮殿●
王都
中央
セージとヒソクが
捨てられていた湖●
●検問所
西方
中心街
西方

制作協力：けちょん

登場人物

青の王「アジュール」

シェブロンの中央を治める
5人の中で一番の権力を持つ王。
傲慢な男にも関わらず、
臣下からの信頼は厚いようで…。

セージ

主人公。
唯一の家族である妹を
守ろうと身代わりとして
青の宮殿にやってくる。
妹のような特殊な力は無いと
思っていたが…。

ルリ
青の王に
仕える侍女。
優しく
穏やかな女性。
シアン
青の王に仕える近衛隊長。
博識で青の学士とも呼ばれている。
赤の王［ギュールズ］
シェブロンの最も豊かな地である
南方を治める王。
穏やかで優しく、子供のような面も持つ。
グリニッジ
緑の王の側近。
厳格で真面目な性格。
ウィロウ
緑の王に仕える建築士。
自由奔放で怖いもの知らず。

Illustration
絵歩

EVERY MAN IS THE ARCHITECT OF HIS OWN FORTUNE

誰もが自分の運命の建設者である。

5人の王

1章　星見のヒソク

その部屋にいた俺以外の人間は、甲冑《かっちゅう》を身に着け、腰に剣を下げた兵だった。

塩水を大量に飲まされた。吐いたあとは身体がふらふらして、立っているのがやっとだった。

服を脱がされ、頭に巻いたターバンまではぎとられて、俺はすっぱだかになった。兵は俺の脚を肩幅に広げて、「動くな」と命じた。

細長い棒を尻にさされて、嫌悪感で身体がびくついた。冷たい金属の棒は内側をさぐったあとに内臓を押し上げて、吐いたばかりの胃がきゅうといやな音をたてた。

おおよそ人に対する配慮などない、ぞんざいな手際だった。俺が女だったとしても、同じように腹の中を調べられるのだろうかと、幼い妹を思い浮かべてその光景にぞっとした。

「武器の所持はない。中へ通せ」

裸のまま次の部屋に通された。さっきまでのそっけない部屋とは違い、むせかえりそうな花の香りがあふれていた。

そこには、数人の女が布を手に立っており、いちように白い服を着て濃い化粧をしていた。いいにおいは、ひょっとして彼女たちからするのかと思えば、部屋のすみでなにかを焚《た》いていて、そこから香っているようだった。

部屋の中央には、人ひとりがすっぽり入れる程の、銅板でできた長方形の箱が置かれていて、中には澄んだ水が溜《た》められていた。

冷たいことを覚悟したけれど、あたたかな湯だった。部屋と同じで、水からも花の甘いにおいがした。

ひとりの女に腕を持ちあげられて、布でこすられた。すました顔に、少しだけ嫌がるような表情が浮かんだけれど、丁寧に身体を洗われた。

嫌がったのはきっと、俺の肌が浅黒いせいだ。彼女のきめこまやかな白い肌と違って、色の濃い肌は奴隷のしるしで、くせのある黒髪も、金髪や赤毛が多いこの国では異質なものだった。

「めずらしいわね。男の子が、アジュール様に召し上げられるなんて」

「そうねえ、ヴァート様ならいざしらず。あの方の美少年狂いは相当なものよ。緑の宮殿なんて、侍女すら置いていないってうわさでしょう。身の回りのことまでさせているって聞いたわ」

クスクスと笑いあうささやき声が、静かな部屋に響く。

そばで様子を見ていた女が視線を投げかけて、「あなたたち、おしゃべりもたいがいになさい」と、凛《りん》とした口調でしかりつけた。

「申し訳ございません、ルリ様」

ルリと呼ばれた女は、白い服を着た女たちと違って、ひとりだけ空色の服を着ていた。同じ色の瞳《ひとみ》をして、美しい金色の髪を頭の後ろでまとめている。

二十代前半くらいだろうか、背を伸ばしたたたずまいは口調と同じで凛としていたが、目じりが少しさがった柔和《にゅうわ》な顔立ちをしていた。

それから誰もしゃべらなくなり、部屋中がシンとしたので、俺を洗い終わるまで水音だけが響いた。

身体を拭《ふ》かれて、淡い色の布を羽織らされる。

腰骨の位置でひもを結ばれたが、腰がうすっぺらいせいで、すぐにゆるんでしまう。ルリはあきらめたようにへその位置で結び直した。

王都では、上下にわかれた服を着て、その上から重ねて布を巻きつけることが普通のようだった。俺の住んでいた西方の街は、裕福ではなく、麻布《あさぬの》をまとっただけで出歩く者も多かった。

「ヒソク様、こちらへどうぞ」

つまらないことを考えていたので、自分のことを呼ばれたと気づくのに、間があいてしまった。ルリのあとについて、宮殿の廊下を歩いた。

宮殿の庭は緑があふれていて、ナツメヤシの樹が植えられていた。生命力の強い原色の花が咲き乱れ、日差しの中できらきらと輝いている。

廊下の先に兵が立っていた。藍色《あいいろ》の服を着て、腰から剣を下げていた。すらりと背が高く、整った顔立ちをしている。白に近い銀髪を頭の後ろでひとつにたばねていて、肩につくくらいの長さだった。

兵はルリに気づいて、「待て」と言った。

「まだ、緑の方《かた》との話が終わっていない。謁見《えっけん》の間の前を通ることはできない」

「かしこまりました、シアン様。別の廊下を使います」

「この者はなんだ?」

「シャーに召し上げられた、ヒソク様でございます。先にハリームへ連れていき、ご用意をしますか?」

「――ヒソク?」

シアンは俺を見て、ぎゅっと眉間《みけん》にしわをよせた。

「それは星見《ほしみ》の名ではなかったか? おまえは……」

その時、部屋から出てきた男と、シアンがぶつかりそうになった。

とっさにシアンが避けたため、身体がふれたようには見えなかったが、男は激昂《げっこう》して、シアンを怒鳴った。

「緑の方、申し訳ありません」

シアンは俺に背を向けて立ち、相手の男からは見えないように、小さく左手を振った。

「ヒソク様、こちらへ」

ルリは俺の腕を引っ張った。来た道を戻り、廊下から見えない部屋までやってくると、ルリは腕を離した。

あとを追ってきた、つきそいの女たちも、それぞれにふうと息をついた。驚いた様子ではなかったので、隠れたわけも知っているようだった。

「突然、失礼しました。緑の方に見つかるとまずいことになりますから、しばらくここでお待ちください。あとで、シャーのところへご案内します」

「シャーって誰でしょうか」

「え?」

ルリは困ったように、目を丸くして俺を見た。周知の話のようだったので、俺は自分の無知が恥ずかしくなった。

「シャーとは王の敬称《けいしょう》です。シェブロンは……この国は、5人の王が治めておいでです。わたくしは青の王に仕えておりますので、彼《か》の方をシャーとお呼びしています。ヒソク様も同じようになさってください」

優しく諭《さと》すような言い方に、こくりとうなずいた。時間つぶしになると思ったのか、ルリは続けてしゃべり始めた。

「王宮には、他に3人の王がお住まいです。お会いになることがあれば、シャーではなくこう呼ぶようにしてください。ギュールズ王は『赤の方』、パーピュア王は『紫の方』、セーブル王は『黒の方』です」

「あの、先ほどの方は？　『緑の方』と言ってましたよね。あの人も王なのですか？」

「ええ」

ルリは困ったように、小さくほほえんだ。

「ヴァート様です。あの方だけは、王宮の外に住まわれています。王都を通る時に、たまねぎの形をした屋根をもつ、緑色の建物がありませんでしたか？」

「あ……見ました！」

レンガ色の家がひしめく中で、金のふちどりをされた緑の屋根は、浮き立っていた。

高い壁に囲まれた建物は、他の屋敷の何十倍もの広さがあり、馬車が通りすぎるまで、俺はそこが王宮なのだと思っていた。

「それが、緑の宮殿です」

「みんな、色の名前がついているんですね」

「ええ、王宮には4つの宮殿があり、それぞれの宮殿には、王の名にちなむ色が使われています。ここは青の宮殿ですので、床も青いでしょう。以前は、壁もすべて青く塗られていました」

「今は、白いのですね」

俺は壁を見た。

「数年前に大きな改築があって、その時に白く塗り直されたのです。５人の王には神の血が流れていて、みな身体にある特徴があります。彼らを見分けるのはたやすいのですよ」

ルリがそう言った時、あわただしい足音が近づいてきた。

背の低い男が、侍従を従えてこちらへ向かってくる。さきほどシアンを怒鳴っていた男だと気づいた。

頭はきれいに剃《そ》りあがり、腹の出た体型をしているが、老人ではない。歩き方はきびきびとして、ぎょろりとした目は威圧的だった。

男の後ろを歩く兵が、白い服を着た女を引きずっていた。ルリはさっと顔色を変えた。

「緑の方、その者をお放しください。侍女がそそうをしたのであれば、侍女長であるわたくしの責任です。どうぞお許しください」

言い終わる前に、ルリは緑の兵に突き飛ばされた。白い服の侍女も、壁に打ち付けられ、まわりにいた女たちが悲鳴を上げた。緑の王は太い足をふりあげて、ルリの頭を踏みつけた。

「下女《げじょ》が生意気な。いつから、おまえら犬どもはそんなにえらくなった？　王の前でひれ伏すことを忘れているようでは犬にも劣る」

それから俺を見て、ひどく好色そうに笑った。

暑い夕暮れなのに、背筋がひんやりと凍りついた。

「この者を渡せば、おぬしの非礼は見逃してやろう。こういうのはな、あわてて隠すから、余計に気になるのだ。下女ごときが、わしを出し抜こうなんて浅はかだったな」

体重をかけて、さらに強く踏みつけられたルリはうめいた。緑の王は、つまらなそうに足をどけると、今度は俺に近づいてきた。

「アジュールへのうさ晴らしのつもりだったが、いい拾いものをした。エメラルドの目を持つ者は、なかなか手に入らん。肌の汚い子どもが持つには、不相応な宝石だ」

大きな手でぐいっと首をつかまれて、顔を近づけられる。死んだ動物のような、生臭いにおいが鼻についた。

「この緑の目が、わしのものになりたいと言っておる」

はあ、と欲情したような熱い息を吹きかけてくる。

のどを持ちあげられているせいで、息を吸うことがむずかしくて、苦しくなってあえいだ。

緑の王の手には、刺青《いれずみ》があった。

それは、横を向いた人間の、立ち姿だった。腹の位置に小さな丸が重ねて描かれ、両側に大きな翼がはえている。円からはさらに四方へ、蛇《へび》にも見える帯がくねって、翼の邪魔にならないように配置されている。

丸く太った手に、暗い緑色でしるされていた。

「おやめください！」

ルリが上半身を起こして、苦しそうに叫んだ。

「その者は、白の女ではありません。アジュール様が召し上げられた、青の姫です。緑の方といえど、他の王の所有物に手を出せば、王宮の禁忌《きんき》にふれます」

「青の姫だと？」

鼻で笑うと、胸元に手をかけられ、布の服を勢いよく引きずり落とされる。

「この身体のどこに、アジュールのものだという証拠がある？　青いティンクチャーがないうちは、白の女と同じ扱いだ。わしがどうしようと、アジュールも文句は言えまい」

「そんな……！」

緑の王は、「うるさい女だ。切れ」と、兵に命じた。ルリを羽交《はが》い締《じ》めにしていた兵は、ためらいながらも彼女の首すじに剣をあてた。

血が飛び散って、侍女たちは泣き出した。

緑の王はそれを見届けると、俺のはだけた胸を、てのひらでゆっくりとなでた。

「浅黒い肌だな。奴隷の子どもか？　たまには、汚れた子どもで遊ぶのも、気晴らしになる。おまえたち、見ていないでさっさとこいつを連れていけ」

俺は息をのんだ。

「困ります」

「――なんだと？」

くちをきくのが不思議だと言わんばかりに、緑の王は俺をにらんだ。

「俺はどうしても、青の王と会わなくてはいけないのです。ここから連れ去られたら困るんです」

バシンと音がして、俺はその場に倒れこんだ。まぶたの裏でバチバチと火花が散って、遅れてほおに痛みがやってきた。

殴られたほおだけでなく、頭までがしびれて痛んだ。切れたくちから、血がこぼれた。

「ヒソク様」

ルリがたえだえの息でつぶやいた。緑の王は「しぶとい下女だ。まだ生きているのか」と、言った。

「うん？　ヒソクといったか。どこかで聞いた名だな。西方に不思議な力を持つ術師がいるという話だが、まさかおぬしのことか？」

いぶかしげに俺を見下ろしたあと、一転して腹の底からの笑い声を出した。

「はは、ふはは、これはいい。女好きのアジュールが、子どもを呼び寄せたわけだ。うわさの星見をとりあげてやったら、ずいぶんとあいつも悔しがるだろう」

そう言って、俺の身体を持ちあげようと、腰をかがめた。

その時緑の王の身体が、わずかにゆれた。

太い首は、骨などないかのように、滑《なめ》らかに長剣の半分ほどまでを貫通させた。

血まみれの剣先は、俺の目の前で止まった。

「ぐ、かはっ」

緑の王は血を吐きだし、串刺された魚のように、身体をびくびくと痙攣《けいれん》させた。

はっはっと空気を吸い込む音がしていたが、やがて動かなくなった。

剣先は宮殿の外に向けてふられ、緑の王の身体は、廊下のすみへと転がった。

「緑の兵を押さえろ。抵抗するなら殺してもかまわん。女相手でも、致命傷すら負わせられないとは、さすが緑の兵はぼんくらだ」

あわただしく、入り乱れる足音が聞こえた。俺はまだ、転がった緑の王から目をそらせなかった。

「おまえがヒソクか？」

名前を呼ばれて、やっと目をそむけることができた。

声のしたほうにゆっくりと顔を向ける。見上げると、背の高い男が剣をふって、刃についた血を飛ばしているところだった。

短い金髪に青い目。高い鼻梁《びりょう》と日に焼けても白い肌は、この国でもっとも多い容姿だ。ありふれているのに、見本のように整っていて、まるでこの国そのものをあらわしているように思えた。

鍛えられた身体に、ゆったりした藍色の服を着て、その上から空色の布を肩からななめにかけている。

彼の後ろから、シアンが現れた。

「シャー、なんてことをなさるのです！」

これ以上ないくらい、顔をゆがめていた。

「緑の方がルリに無体をはたらいても、殺すことは許されません。ルリは青の姫ではなく、侍女にすぎないのですよ」

「ルリのせいではない。胸糞《むなくそ》の悪いヴァートを殺《や》れる機会を、みすみす逃す気にならなかった。これであいつのくだらん話に、付き合わされることがなくなっただろう」

「ご冗談でしょう」

「冗談だ。私もヴァートと心中する気はない。セーブルあたりに気づかれる前に手を打つ。あいつは犬みたいに、青の宮殿のことに鼻が利《き》くからな」

そう言って、男は命を奪ったことなど忘れたように薄く笑い、シアンの肩に、なれなれしく手をおいた。

その手の甲には、やはり翼のはえた人間の絵が浮き上がっていた。刺青の模様は緑の王と同じだが、色は青かった。

青の王という言葉がひらめいた。ルリが言っていた、王をひとめで見分ける特徴が、きっとそれなのだった。

俺は青の王に会うために、この宮殿にやってきた。

「それで?」

青の王は俺をふりむいた。鋭い剣先は、俺の首でピタリと止まった。

「おまえは何者だ? 私が呼び寄せたヒソクという星見は、女だ」

「ヒソクは……俺の妹です。どうか、妹を召し上げることはやめてください」

石の床に、ひたいをこすりつけて懇願《こんがん》した。

「妹は幼く、自分の言っていることの意味もわかっていません。青の王に喜んでいただくことはできないでしょう。召し上げられれば、一生、王宮の外には出られないと聞き、妹が不憫《ふびん》でこのようなことをしでかしました」

何度も考えていた言葉を、ひと息に吐きだした。床についた手のひらがぶるぶるとふるえた。

「王をたばかって、そんな願いが聞き入れられると思うなら、おまえは相当に愚《おろ》かだ」

冷ややかな声が返ってきた。

「俺の命でしたら覚悟しております。殺すなり、奴隷にするなり、お好きにしてください。けれど、妹はまだ10年しか生きておりません。親もなく楽しいことも知らずにいます。どうか、ヒソクにだけは、慈悲をかけてください」

「おまえのせいで、侍女が死にかけている」

俺はルリを見た。横たわった彼女の首筋は、真っ赤に染まっていた。

あれほど血を流して、彼女は助かるのだろうかと、おそろしくなった。

「すぐに投げだせる命で、ルリの死を償えると思うのなら、彼女の主人である私もずいぶんと軽く見られたものだ。王が所有するものはすべて、王が生殺与奪《せいさつよだつ》の権利を持っている。私は侍従を殺されて、許したことはない」

ヒソク、と心の中で呼びかける。俺は妹を守りたかった。

「たしかに、俺にはなんの価値もありません。けれど、意味のない命でも、妹以外のために投げ出そうなどとは思いません。俺が生きる意味がヒソクにあると思ったから、こうしてお願いにあがったのです」

くい、とあごの下に剣先が掛けられた。

うながされるままに上を向くと、「命乞《ご》いにきた者が、くちごたえとは驚く」と、淡々と言われる。

もういっそ、殺してもらえたら、楽になるのかもしれない。

妹と別れて荷車にゆられていた間、ヒソクのこれからのことばかりを考えていた。彼女が泣いていたら、誰かがなぐさめてくれるのだろうかと、胸がつぶれそうになった。

「その服、門番に側女《そばめ》と間違えられたか。シアン、星見として迎え入れると伝えておかなかったのか。私のことは、おまえが把握《はあく》していると思っていたが、そうでもないようだな」

「お言葉ですが、星見を迎え入れるのは、青の宮殿に火種を呼び寄せるようなものだと、シャーに申し上げたはずです。門番への伝達は、私以外の者になされたのではないですか」

「そうだったか？」

青の王はとりあわず、すい、と俺の前にかがんで顔をのぞき込んだ。

「ヒソクは少女だと聞いていたが、おまえも兄だというわりには、ずいぶん幼いな。せいぜい12、3というところか」

年に関してはよくわからなかったが、1つ2つは上のはずだった。だが、言い返すことに意味があると思えなかったので、黙っていた。

「妹のためなら、なんでもする覚悟があると言ったな」

「あります」

「では、いますぐ私の所有物になれ」

「……所有物」

「不服か？　死でも奴隷でもいいと言ったのは、おまえだ」

「何をお考えなのですか、シャー」

険しい口調で、シアンが言った。

「名案だと思わないか。ヴァートが青の王の所有物に手を出したとなれば、あいつを殺した口実になる」

青の王は、どこか得意げにそう言った。それから思い出したように俺を見て、「おまえの名は？」と尋ねた。

俺は二度と使うことはないと思っていた名前をくちにした。

「セージ」

俺たち兄妹は、西方の山奥にある、湖のそばに捨てられていた。

子どもの死体など当たり前に転がっているような街で、俺と赤ん坊だったヒソクが生き延びられたのは、ずいぶんと運が良かったのだと思う。

赤ん坊を亡くしたばかりの母親が、俺たちを不憫に思い、家に連れ帰ってくれた。山羊《やぎ》を飼い、その乳や肉を売って、細々と生活している家だった。

しかし、ヒソクが7歳を迎える前に、疫病《えきびょう》のせいで山羊が全滅してしまった。どうにもたちゆかなくなって、俺たちは奴隷商に売られた。

奴隷として、新しい家で働くことになった。本当なら、もっとずっと悪い条件があるはずだったのに、慈善家と名高い主人は優しかった。

ときおり俺を、裏の小屋に引っ張りこんで、少年趣味にふけるくらいで、それ以外は食事も寝るところも与えられた。

ヒソクは、主人が来る前に泣きだすことがあった。

「セージ、行かないで、外に出たら悪いものに食べられてしまう。ここにいよう」と、泣いてだだをこねた。

俺は妹が泣きつかれるまであやして、それから、今日も主人が呼びにくるのだなと思うのだった。

ヒソクは不思議な子どもだった。

前の家で世話になっていた頃にも、疫病がはやる少し前、山羊の肉は絶対に食べるなと言った。

山羊の肉は商品で、家では湖で獲れる魚を食べることがほとんどだったが、ある時、母親がふんぱつして捌《さば》いてくれたそれを、ヒソクは湖まで運んで沈めた。

おそろしいほどに怒られても、「セージがいなくなっちゃうから」と言って、涙ひとつ流さなかった。

星を見上げていたかと思えば、「東のほうで怖いことが起きる。牛と蛇が戦ってるの」と、知らない土地の話をするのだった。

数日して、東の街で争いが起きたと聞いた。彼らの掲げた旗に、牛と蛇が描かれていたと知った。

カンのいい子どもというくくりを超えた時、妹の才能に目をつけた男たちが、ヒソクをさらおうとした。赤毛の男を筆頭とした集団は、街はずれの貧民窟《ひんみんくつ》に住む、ごろつきだった。

術師をうたって、街の民から食べ物をわけてもらおうとしていたが、彼らの中にヒソクほどの能力を持った者は、ひとりとしていなかった。

占いのできる娘がいると評判になり、ごろつきたちの評価は持ち直した。

彼らから、ヒソクは『星見』だと教わった。星見とは『サキヨミ』という能力の一種で、サキヨミは予知のできる術師の名称だ。

王宮や貴族たちにも重宝され、戦《いくさ》の多い時代には、軍にもサキヨミが雇われていた。

ごろつきたちは、ヒソクに星をよむ方法を尋ねたが、妹にとってみれば当たり前のことのようで、説明できないと言って彼らをがっかりさせた。それでも、彼らは俺とヒソクを可愛がってくれた。

そんな時、王宮から、『星見のヒソク』を召喚《しょうかん》するという連絡がきた。どうすればヒソクのしあわせになるのかを、何度も考えた。

王宮の術師は、側女としても扱われることが多いと聞いて、俺は心を決めた。妹が慰《なぐさ》み者にされる恐怖に耐えられなかった。屋敷の主人がヒソクにまで手を出そうとした時も、俺はなんだってした。

俺はごろつきたちに、ヒソクをつれて逃げてくれるように頼んだ。彼らにとっても、術師としてのヒソクは、手放せない存在だった。

俺も一緒に逃げたところで、王宮の追手がくれば、すぐに追いつかれてしまう。時間を稼ぐために、俺は女物の布を巻いて、ヒソクのふりをすることを思いついた。

王宮からの召喚を断れば、どちらにしろ俺たちには死が待っていた。

ヒソクと別れる夜、降りそうな星の下で、小さな手をにぎりしめた。最後になるだろうとわかっていたから、ずっと妹の寝顔をながめていた。

やわらかい布が敷かれた寝台に、乗るのは初めてだった。

街の人の寝る場所は石か木でできていて、布をシーツとして敷くぐらいのことはしたけれど、布が重ねて置かれているのかずいぶんとふかふかしている。

後ろから身体を押し付けられてその体重を受け止めても、ひざは痛くならなかった。

「子どものくせにずいぶんと手慣れているな」とあざ笑われた。

自分で尻の穴にそそぎこむよう言われた油は、甘く澄んだいい香りを放ち、部屋の中いっぱいに立ちこめていた。

たぷたぷするまでそれを指で押しこんで、狭いところを広げれば、少しはあとが楽だと知っているのでそうした。

四つん這《ば》いで腰をあげさせられて貫かれたのが、記憶よりもずっと生々しかったので、ただ声を出さないように気をつかった。

狭い入口にためらわず性器が押し込まれたので、足先が痙攣してしまった。

含んでおいた油が質量で外にあふれ出てきて、内股までたれてぬるぬるになってしまう。

ゆっくりと奥まで達したと思ったのに、さらに奥をつきあげられて、胃まで圧迫されてうめく。

いじめられた内臓が悲鳴を上げていたけれど、男はそれ以上動くこともなくじっとそのままでいたので、広げられた穴も内側もつらくなって、はあと息を逃がした。

弱った声を出してしまいそうで怖い。

ふいにまわされたてのひらでくちをふさがれる。

声を出すつもりはないと言いたかったけれど、目的は他にあったようで、大きなてのひらからは油と同じ匂いが香っていた。

「息を吸い込んでみろ」

指のすき間から入ってくる空気は少なくて、苦しさに耐えきれず言われるまま肺いっぱいに吸い込んだ。

途端に眼球が回転したような衝撃を覚えた。

甘いにおいが吸い込んだはしから血に溶けこんで、体中をかけめぐる錯覚が起こる。

まともにそれを受け取れなくて、頭がクラクラとゆれて身体を支えていた腕に力が入らなくなった。

その場に倒れこみそうになったが、腹にまわされた腕がそれを許さなかった。

「は、あ」

耳の後ろがうるさいほどにどくどくと脈打っている。

受け入れていた場所が勝手に中を締めつけようとするのが、自分の身体のようには思えなくて、噛みしめていたくちびるがふるえた。

「内側に入れるよりもこちらのほうが効くみたいだな。すぐにその高い自尊心をかなぐり捨ててすがりつくようになる」

「自尊心、なんてない、です」

「挑発にのってすぐに言い返すところがその証《あかし》じゃないか」

そんなふうに言われたことはなくて、身体のつらさよりもさいなまれた。

「アンバルははじめてか？　動物の分泌液は甘ったるくて腰にくるだろう」

医療用の薬草すら高価すぎてろくに手に入らない貧困の街で、こんなものを塗り込められた経験などあるわけがなかった。

ようやく内側が大きさに慣れてきたところで、性器を半分ほど引き抜かれる。

中はその形に慣れすぎていて、抜かれるのを嫌がるように襞《ひだ》がまとわりついて追いかけようとするので、ゆっくりした動きは内側のざらついた感覚までも呼びおこす。

「うう、ん」

背中にいっぱいの鳥肌を浮かせて、俺はくちびるを噛んでその刺激に耐えようとした。

けれど、のどが鳴るくらい息を止めていたあとで、思い出したように性急に腹の奥につきいれられたので「ああっ」とかん高い声がもれた。

自分の出した女のような声すら耳に心地よくて、俺の身体は反応した。

「ふっ、あ、あん。やああ」

抽挿《ちゅうそう》がはじまって、俺は引き抜かれるたびに声をもらしてしまう。

まだ最初のうちだというのに体温が一気に上昇して、ぽたぽたと汗が首をつたう。

「嬌声《きょうせい》だけはぎこちないな。相手は、そういうのが好みだったか」

腰をぐっと敷布の上に押し付けられると、角度がかわって下腹部への衝撃が強くなった。

「うあっ、やだ」

素直にそうくちにしてしまうと、身体は正直で浮かんでいた汗は冷たくかわって肩が小刻みにふるえだした。

顔と受け入れている後ろだけが異様に熱くて、俺のことなど無視して何度も出し入れされる。

もう苦しさすら感じなくて、ぐちゃぐちゃした音がもれるたびに、腰がしびれた。

「う、うう、んっ」

立ち上がった性器が布にこすられる刺激に負けて、腰をすりつけた。

射精感もないのに自分が出したものでぬるついて、それすらも気持ち良くなってしまう。

無意識に腰が下へ下へと落ちていたようで、それに気づいた男にまた腰を抱えあげられる。

断続的な性器への刺激が急に取り上げられて、快感を追うことだけに夢中になっていた俺はとり乱した。

「あ、ああいやだ」

もっと、もっとしたいと思って、頭がその言葉だけでいっぱいに埋めつくされる。

行為中に自分がどうこうしたいなどと思うことはなかったので、未知の欲求に焦《じ》れた。

母屋に聞こえるから、声は出すなと言われていたのに。

浅く息を吸い込む。甘い香りがそこらじゅうに漂っていて、空気を吸い込んだ。

「はあ、あん、気持ちいい、いい」

たまらなくなって腰をゆらめかせかけると、くちをふさがれた。

香りの残滓《ざんし》はわずかだったのに、俺はびくびくと痙攣しながら射精して白いものを吐きだす。

「は、んうっ」

くぐもった声を上げて、出しつくす。荒い息を逃すこともできず、酸欠で目まいがした。

耳もとに熱い息がかかる。

「死か、奴隷、と言ったか」と、この上なく楽しそうに笑った。

「ずいぶんと、ラクな道が残っていて良かったな」

熱に浮かされた頭は、一気に正気を取り戻した。硬さを保ったままの性器が引き抜かれる。

俺は男の脚のあいだに這って、油でべとつく性器をくちに含んだ。

舌をからめて、丁寧に油をなめとり、必死になぐさめていると、前髪をつかまれて上向かせられた。

くちに含んだものを離されると思って、両手で根元をおさえて、くちびるに力をいれる。

歯があたってしまって、青の王はわずかに顔をしかめた。

「ヴァートの言うことも、あながち間違いではなかったな。この緑に、上目づかいで見られるのは悪くない」

予想外に満足そうな声が降ってきて、俺は意外だった。涙のたまった目のふちから、涙がゆるくあふれ出た。

きゅっと、親指でぬぐわれる。

俺はあわてて、自分の手で涙をぬぐった。こんなことまでしているのに、不興《ふきょう》を買ってしまうのはいやだった。

くちの中でしごきあげると、油とは違う味が浮いてきたので、亀頭に吸いついてのどをこくりといわせた。

そのうちにまた、自分まで気持ち良くなってきたように思えて、腰をあげた格好をとるのがつらくて生理的な涙がこぼれた。

頑張ってみたけれど射精まではさせてもらえず、仰向《あおむ》けに寝転がされる。

空には見たこともない薄い黄色の布がかけられていて、すすけた赤茶色の天井がやわらかく覆《おお》われていた。

またどろりとした油を下腹部にたらされて、さすがに泣きが入った。

ふるえる指を液体にからめて、ひざを広げて奥のすぼみに少しずつ含ませる。

もうそんなことをしなくても受け入れられるほど解れていたけれど、いっそ冷徹とも見える男のまなざしは許してはくれなかった。

きゅ、と一番長い指を奥まで埋めたら、自分のものなのに背筋に寒気が走った。

浮かせたひざがふるえたけれどさらに開き、はしたない格好のまま俺は指を出し入れして痴態《ちたい》をさらし、男を誘った。

「入れてください」と、泣いた。

甘い香りで気を失いそうだった。そのまま失神してしまえたら、どれだけラクかと痛感した。

そして、両腕を身体の横で固定されたまま、何ひとつ自由にならず、身体をゆさぶられるのは、死ぬほど気持ちが良かった。

今だけは、全部忘れてしまいたかった。

腰をうちつけられる熱さに、声も出せずに涙をながした。

胸もとの、鎖骨の下あたりが、急激に熱を持ちはじめる。焼きごてを押されたかと疑うほど、痛みが増した。

身体をふるわして泣き始めると、青の王が「じっとしていろ。痛みを感じるのは、一度目だけだ」と言った。

俺の腹に飛び散っていた、油と精液のまじったものをすくいとって、俺のくちにぬりつけた。甘い匂いをかげば、痛みは少しだけまぎれた。


夜風が吹きこんで、ようやく淫蕩《いんとう》な香りが少しだけ薄れた。

うとうとしていると、青の王は、俺の胸元をなでた。浮き出た鎖骨の下に、鳥の羽を思わせる両翼がしるされていた。

目がさめるような青色の刻印は、ひどく不気味に思えた。

「ティンクチャーといって、王の所有物になった証だ。抱いた直後はくっきりとしているが、だんだんと薄れて四十日ほどで消える。他の王がこれに触れれば、反逆とみなされる」

そう言って、確かめるように強く羽をなぞるので、俺は痛みにうめいた。火傷《やけど》のようにひりひりしていた。

「しるしの消えた女は白の女といって、誰に手をつけられてもかまわない存在になる。誰かれかまわず抱かれるのが嫌なら、青の術師としてそれらしくふるまうことだ」

「術師……？」

突拍子もない言葉に耳を疑い、思わずかすれた声を上げた。

部屋の四隅《よすみ》にしつらえた明かりのせいで、寝台に腰かけた青の王の顔は、ちらちらと火の光であぶられた。

「おまえはこれから星見を名乗り、青の術師ヒソクとして生きろ。ヒソクが女だと知る者など、王宮にはいない。おまえが言い張れば、なんとでもなる」

「ヒソクとして？」

「そうだ。妹の名で」

「あの……シャー、俺には妹のような能力はありません。先のことはわからないし、遠くのものを見ることもできないのに、星見のふりをするなんて無理です」

「無理かどうかではなく、妹の命にかけてやり通せ。妹を助けられれば、死すらおそろしくないと言った。その約束を果たすのが、おまえの務めだ」

「やりとげれば、妹は見逃していただけますか」

青の王は、酷薄《こくはく》にほほえんだ。

「そういう、さかしい物言いは私の好みではない。覚えておけ、私の機嫌をそこねて痛い思いをするのは、おまえのほうだ。しるしが消える前に抱きにくるから、そのつもりでいろ」

青の王はそれだけ言うと、部屋の隅に待機していた侍従に、「水を浴びにいく」と声をかけた。男の背には、細い筋肉がいく筋にも浮き上がっていた。後ろ姿を目で追いながら、俺は「ヒソクになる」とつぶやいた。

幼くて可愛らしい妹は、甘ったれた声でいつも俺を、「セージ」と呼ぶ。

俺は目を閉じて、布を頭まで引っぱりあげた。


ゆり起こされて目が覚めた。シアンが侍従に「これに着替えさせてくれ」と、命じているところだった。

「自分でできます」

気力をふりしぼって身体を起こした。べたべたした情交のあとは拭きとられていたが、それでも裸を見られるのは気まずいものだった。

シアンの無表情からは、どう思っているかなにもわからなかったが、胸元のティンクチャーに視線をやったのには気づいた。

侍従が運んできたのは見たこともない上等な服で、どうやって着たらいいのか戸惑《とまど》ってしまう。もたもたとヒモを結んでいると、侍従が控《ひか》えめに手伝ってくれた。刺繍《ししゅう》のされた、厚手の上着を羽織らされる。両手首にも青い石をちりばめた、大ぶりな腕輪をつけた。

自分でやると言ったくせにと、言われるかと思い、こっそりシアンを見た。

彼は袖の長い服を着て、腰には宝石のついたベルトを巻いていた。浮わついたところがみじんもない無表情だが、華やかな格好がよく似合っていた。

「なにかあるのですか？」

「私と一緒にファウンテンに行ってもらいます。余計なことは言わないようにしなさい」

「ファウンテン？」

耳慣れない言葉だった。

「この国の司法機関で、裁判をとりしきるところです。緑の方が殺された件を協議する。あなたは、その証人です」

「シャーは緑の方を殺したことで、罰を受けるのでしょうか」

シアンは俺を見た。俺より10歳は歳上のようだが、冷たいほど整った顔を見たら、もっと上なのかもしれないとも思った。

青の王ににらまれるくらいの威圧感を、感じた。

「羽のティンクチャーがある者は、王の女と言われる。他の王の女に手を出せば、緑の方であっても厳罰は免《まぬが》れない。ファウンテンでも、形式的な取り調べをするだけにとどまるでしょう」

「俺にこのしるしがあれば、大丈夫ということですか」

「おそらく」

「では、シャーはそのために、俺を抱いたのですか？」

シアンは俺の質問自体が存在しなかったかのように、「ファウンテンでは自身のことを、わたしと呼ぶように気をつけなさい」と、言った。

少し後ろをついて、廊下を歩いたが、ずるずるした服のせいで、シアンの歩く速度に、置いていかれそうになる。

ぱたぱたした足音が聞こえたのか、シアンはほんの少しだけ、歩くのを遅らせてくれた。あきらかなほど遅くなったわけじゃないので、俺の気のせいかもしれなくて、礼は言えなかった。

青の宮殿の庭園に横づけされた馬車は、連れてこられた時に乗ったものよりも、格段に立派だった。馬の顔には、目の部分だけ切り取られた布がかけられ、ひたいにティンクチャーと同じ模様がしるされている。

荷台部分は布ではなく、四方がすべて、木製の壁で覆われていた。椅子《いす》には背もたれがあり、寝台のように、分厚い布が敷かれていた。

シアンは向かいに座ったが、俺とは視線を合わせず、話をする気もないようだった。静かな荷台は、ひどく空気が重かった。

馬車が動き出す。窓から、外を見ることができた。

王宮の正門をくぐり抜け、広場を通り過ぎる。大通りの両側に立ち並ぶ、レンガ造りの家は整然としていて、西方のすすけた街とは違った。

露店で野菜を売る者も、頭に籠《かご》をのせてめずらしい花を売る者も、ため息が出るくらいにまぶしかった。

俺は窓にくっつくようにして、風景をながめた。

ゆっくりと進む馬車に、人々は道をあけ、商いの手を止めて頭を下げる。

窓越しに小さな子どもと目が合って、親に頭を押されるようにおじぎをしたので、俺はなんだかすまない気持ちになってしまって、椅子にまっすぐ座り直した。

シアンは俺を見ずに、「今日のような事情がなければ、王宮の外に出ることは許されていない。そのつもりでいなさい」と言った。

街を出歩いてみたいという、考えを見透かされたようで、「はい」と小声で答えた。

また静かになってしまうのが気まずくて、声をかけた。

「星見が王宮の火種になるっておっしゃっていたのは、どうしてですか」

シアンが返事をしなかったので、俺は緊張してこわばった。大人《おとな》しくしていたほうが良かったのかもしれないが、もう手遅れだった。

「俺は……わたしはここに来る前、王宮では、多くの星見が生活していると聞きました。わたし以外にも、星見はいるのでしょうか」

「あなたは星見ではない」

「そう、ですね」

しゅんとしてしまう。

シアンは、術師でもない俺が、星見を名乗っているのが気にいらないのだ。もしかしたら、星見に関係なく、俺自身が気にいらないだけかもしれない。

「――火種になると言ったのは」

あまり変化のない顔に、わずかに仕方ないという表情が見てとれた。

「理由はいくつかある。かつて、王が術師を雇うことは当たり前だった。王の中には国益のためではなく、己のために術師を使う者も多かった。敵対する王に呪術《じゅじゅつ》をかけたり、不老不死の研究にのめりこむ王もいた」

「不老不死？　そんなことができる術師がいるのですか」

俺はヒソク以外に、不思議な能力を持つ者の話を聞いたことがなかったので、素直に感嘆してしまった。

シアンは俺を見て、眉をひそめた。

「それが可能なら、もはや人とは呼べない」

「術師の能力が本物か、調べることはできないのですか」

「技量をおしはかることができるのも、術師だけだ。どれほどの信憑性《しんぴょうせい》がある」

「あ、そうか……そうですね」

「実のところ、能力が本物かどうかは問題ではない。私が術師を火種と呼ぶのは、王をたぶらかす者が多かったからだ。王の信頼を得ると、あやしげな託宣《たくせん》で操り、国政を取りしきろうとする者が多かった」

シアンは息をついた。

「そして、『本物』ならばさらに面倒だ。有能な術師は奪い合いになる。他の王が目の色を変えて術師を誘惑し、なびかなければ、自分以外の王が力を持つことをおそれて、暗殺しようとする。術師はどうあっても、王宮を騒がせる火種にしかならない」

ヒソクがたどったかもしれない話に、俺はぞっとした。

「青の宮殿以外にならば、術師は何人かいる。しかし、星見のヒソクといえば、宮殿でもうわさになるほどの術師だ。黒の方のセーブル様は、とくに術師にのめりこんでいる。身辺には、じゅうぶん気をつけなさい」

シアンはそれだけ言うと黙ってしまい、また馬車は静かになった。


数日が過ぎ、シアンの言ったとおりになった。

緑の王の死は、青の王の所有物に手を出した粛清《しゅくせい》として、処理された。

それまでの俺はといえば、青の王に頼みこんで、ルリの看病にあけくれていた。水のおかわりを用意したり、薬師《くすし》が持ってくる煎《せん》じた塗り薬を、傷口に塗る手伝いをするくらいしかできることはなかったが、一日中、ルリのそばで過ごした。

ルリが目を覚ました時に、俺がそばにいるのを見て、「ご無事で良かった」とほほえんだので、できることはなんでもしてやりたいと思った。

王宮には診療所もあったが、ルリは宮殿内の風通しのいい部屋に寝かされていた。日が傾けば、涼しい風が吹き込んできたが、日中の暑さと貧血で、ルリの食は細かった。

のどを通りやすい食事を、調理場に頼んでおいたが、なかなか届かなかったので、こちらから出向くことにした。

王宮を歩けば、いろいろな人とすれ違う。俺が星見だということはいつの間にか知れているようで、侍従は立ち止まって会釈をして、俺が通りすぎるのを待っていた。

それが時々、気持ちをふさがせた。

途中で手入れのゆきとどいた花畑にでくわした。淡い赤色の花を摘んで、ルリの土産《みやげ》にしてやろうと思う。

殺風景な部屋には、綺麗《きれい》な花がよく映《は》えるような気がしたし、花かんむりにすれば、ルリの金の髪にも似合いそうだった。よく、ヒソクに花かんむりを作ってやったことを思い出した。

「あ、そうだ」

いいことを思いついて、俺は調理場に急いだ。宮殿の外に建てられた調理場は、おおがかりな食事の支度で、てんやわんやだった。

「すみません、ルリ様の食事がまだ届かないのですが……」

年嵩《としかさ》の調理人がふり返って、邪魔するなと言わんばかりに、俺のことをじろりとにらんだ。

その目が、俺の胸のティンクチャーにとまる。小間使いではないと知ると、態度はころっと変わった。

「今すぐお持ちしますので、どうぞお部屋でお待ちください」と、愛想よく言われる。

しかし、すぐにまた調理人は鳥を捌くことに、夢中になってしまった。

「あのう」

また声をかけると、彼はまだいたのかと言わんばかりの顔でふり返った。負けてしまいそうで、少しばかり声に張りをつけた。

「調理場を借りてもいいですか？　それから、氷をください。汚れているものでもかまいません。牛の乳と蜜《みつ》も少し」

「氷を使うのに食べないんですか」

「はい、冷やすのに使うだけです」

「はあ？」と、男は頭をかいた。

「とにかく、食事の支度は、あたくしどもが行います。早く宮殿にお戻りになったほうがいいですよ。こんなところにいるのが知れたら、怒られてしまいますから」

ははは、と乾いた笑いを浮かべた男に、「誰に怒られるのですか？」と尋ねる。

「え？　誰ってそりゃアジュール王にですよ。あなたは青の姫ですよね」

「姫？　俺、女に見えますか」

首をかしげて、平らな胸をさわった。

「ああ、いや、男性でもティンクチャーのある方のことを、われわれは姫と呼ぶんですよ。もっとも、調理場なんかに姫が出入りすることなどほとんどないですけどね」

だからさっさと帰れと言わんばかりだった。

「そういえば、青の姫とすれ違うことがあまりないのですけれど、どうしてかご存じですか？」

「いやあ、そう言われても、あたしには宮殿内のことはわからないですよ。青の宮殿にお住まいなら、あたしなんかよりもご存じなんじゃないですか」

「俺はまだ、ここに来て日が浅いんです」

俺は首を横にふった。宮殿の事情にもくわしくなかった。

「……うわさですから、あたしから聞いたなんて言わないでくださいよ」

うわさ話は嫌いじゃないのか、調理人は声をひそめた。

「ほらルリ様がいらっしゃるからじゃないんですか？　アジュール王とルリ様は、幼いころから恋を誓われた仲だとか。そんなお方がそばにいれば、側女がうろうろするのも気を使うんじゃ……」

言いかけてから、俺が側女のひとりだと気づいたのだろう。彼は失言に顔をしかめた。

困惑を顔に浮かべた男は、氷ならそこの木箱ですよと言った。

「使いすぎないように気をつけてくださいよ。気温の高い国じゃ、氷はずいぶんと高価なんです」

「わかりました。ありがとうございます」

「それと、その恰好ですけど」

「え?」

「ここにいるなら、ティンクチャーが見えないように気を遣ってもらえませんかね。若い者もいますし、あたしらには目に毒です」と、まわりを気する仕草をみせた。

つられて調理場を見まわすと、何人かの男が慌てたように目をそらした。俺は調理人が着ているのと同じ白い上着を借りて、胸元が隠れるようにきっちりと着込んだ。

ゆるゆるした袖を、ずり落ちてこないようにしばる。水桶《みずおけ》で手をしっかりと洗って、ナツメヤシの果実を細かく刻んだ。

それから、調理器具をおさめた木製の籠から、目当てのものを探しあてた。大きさの違う、金属製の筒《つつ》がふたつ。

細い筒に、乳と蜜を少しだけ入れてふたをした。それを大きい筒に入れて、すき間に砕いた氷と塩を敷き詰める。大きい筒にふたをして、冷え切った筒を大きな布で包んだ。くちをしばり、中身をこぼさないように何度も横にふった。

しばらくして液体の手ごたえがなくなってきたので、こんなものかなと思って筒をあけてみた。

「あの」

不意に声をかけられた。先ほどの調理人かと思えば、興味深そうに俺を見ているのは、見知らぬ若い男だった。

「なんでしょうか」

「さっきから見ていたら、なにをしているんです？　筒なんかふって」

「アイスクリームを作っています」

若い男は頭を白のターバンで覆っていて、少しだけはみ出したはねた茶色の髪と同じ色の瞳を丸くした。

「アイスクリーム？　これをふったら、その料理ができるということ？」

俺の持っていた筒を見おろす。

「筒に氷を入れ、塩でさらに氷の温度を下げて、牛の乳を冷やして固めているんです」

「へえ、はじめて聞く料理だ。話が聞こえてしまったけど、それって病気に効く薬にもなるのかな」

「薬ではありません。お菓子です」

「菓子？」

「牛の乳は栄養があるし、今日はひどく蒸すので、冷たいもののほうがのどを通りそうでしょう」

「はあ、なるほど」

感心した声を上げ、彼は子どものような物ほしげな顔になって、「ひとくちもらえませんか？」と言った。

ヒソクが、よくそういう顔をしていたのを思い出して、俺は少しおかしかった。

「少しだったら、どうぞ」

スプーンで、筒の内側についたアイスクリームをすくいとる。ちゃんと液体ではなくなっていたので満足した。

「へえ、すごく美味《おい》しい。冷たいけど氷の感触でもないし、どうなってるんだろう」

心からびっくりしているようで、彼の素直な口調に、久しぶりに人と会話をした気がした。

「ときどき、氷が手に入った時に、妹にこれを作ってやったんです。かなり温度が下がるから、作る時は筒のまわりを布で覆うといいですよ。手の温度で溶けたりもしないし」

そこまで言って、ふと時間がたっていることに気づいた。

「いけない、早くしないと溶けてしまう」

あわてて、木の盆にアイスクリームの筒をのせた。

「この花は?」

彼は赤い花に気づいて、一緒に置いてくれた。

「ありがとうございます」

「こちらこそ、ひとくち、ごちそうさま」

「少しでごめんなさい。このお盆、借りていきますね」

そう言って、調理場をあとにした。来た時とは違って、わくわくしながら廊下を走って、ルリのもとへと急いだ。

目を覚ましたルリは、ことのほか冷たい菓子を喜んでくれた。いつもより、寝息がラクなように聞こえた。

ルリのまつげは金色で、同じ色の長い髪が寝台に広がっていて、まるで高貴な姫君のようだった。

それだけに、肩からのどにかけての、大きな傷あとは痛々しかった。眠る彼女の横に、そっと赤色の花をそえた。

それからイスに置いてあった本を拾い上げて、腰を下ろした。本に挟《はさ》んでおいた、乾いた葉を引き抜く。ルリのそばにいる時は、それをながめるのが、最近の日課になっていた。

国の成り立ちや、王宮でのしきたりなどが書かれた本で、ファウンテンから戻ったあと、シアンに読んでおくように言われたのだ。

俺は文字を習ったことがないので、本を読めない。ルリの部屋に出入りする侍女に頼んで読み上げてもらったが、簡単な文章でさえ、覚えることはむずかしかった。

時間をかけて、ゆっくりと読みといていく。

5人の王が治めるこの国は、シェブロンという。歴史の始まりは、オーアという名の神だ。

オーアは、シェブロンを統治するため、自らの身体を5つに割《さ》き、王を造りだした。

王の両手には、オーアの姿をかたどったティンクチャーがある。神の血を受け継いだ証で、王の死と同時に消えて、すぐさま、同じティンクチャーを備えた、新しい王が誕生する。

5人の王は、同時に存在してひとつの神となりえるので、誰かひとりが欠けたままでいることはなかった。

オーアについての話が終わると、建国からの王の話が載っていた。ぱらぱらめくっただけでも、文字の多さにうんざりした。

「はあ……」

別の本を手に取った。シアンに頼んで借りた古い本で、手荒く扱えばバラバラになってしまいそうなくらい読み込まれていた。

丁寧にめくると、点と線であらわされた星図が載っている。その本は、絵がとても多かったし、文字も単語が多くて見やすかった。

なによりヒソクが好んで見ていた星だと思えば、ながめているだけで、心が安らいだ。

「奴隷の出なのに、字が読めるのか」

ムッとして顔を上げると、やはりそこには青の王がいた。いつの間にか部屋の外は暗くなっていた。

俺は立ちあがって礼をした。青の王は、俺が持っていた本を奪い取って、「今さらこんな子ども向けの本で、星見の勉強でもするつもりか」と言った。

「星の名前のひとつもわからない、ではいつボロが出ても、おかしくないでしょう」

俺は言い返した。

「子どもの頃に、シアンが持ち歩いていた本じゃないか。ずいぶんとなつかしいな。どこまで読み進んだ？」

「……文字はほとんど読めません。この本は、絵が載っているから見やすいですけど」

くやしくて小さな声でそう言った。また奴隷だからと言われるのも嫌で、「でも」と続けた。

「星の名なら、全部おぼえました」

「これは？」

からかうつもりなのか、青の王は本を差し出して、最初の星座を指さした。

「これは、おひつじ座です。次がおうし座で、こっちが双子座でしょう。あ、ここにシャーの名前が書き込まれていますよね。アジュールと……」

「双子座には、2つの明るい星があることを知っているか」

青の王はさえぎった。

「ええと……カストルとポルクスでしょうか」

「そうだ、よく読み込んでいるな。あれは兄弟の星だ」

思いのほかおだやかな声だったので、意外に思って、俺はくちをつぐんでしまった。

ふわりと酒の香りがした。酔っているのだろうか。本に視線を落とした白い顔は、平素通りに見えた。それから、平素というほど青の王をじっくり見たことはなかったと、思い返した。

「シャー？」

ルリが声を上げたので、俺はハッとして寝台をふり返った。

青の王も気づいて、身体を起こそうとしたルリに、「横になっていろ」と、言った。

「シャー、このようなところで、なにをなさっているのです」

「声を出すな、傷にさわる。おまえの顔を見にきただけだ。私はすぐに立ち去るから、よく寝て、早く傷を癒《いや》せ」

そう言って、ルリの顔にてのひらを押しあてた。

またすぐに彼女が眠ってしまうと、部屋はふたたび静かになって、俺はひそめていた息をそっと吐きだした。

「ヒソク、こちらへ来い」

廊下に出た青の王は、俺をふり向いた。話し声でルリを起こしてしまわないための配慮なのだろう。

俺はあとを追って、廊下に出た。

いつの間にか、廊下には火が灯され、ちりちりと松明《たいまつ》の焼ける、小さな音がしていた。

「ルリの様子はどうだ」

「今日は少し食事を召し上がりました。のどが痛むようですので、噛まずに飲みこめるものがいいかと思います」

「そうか。調理場に伝えておく」

ルリが心配なのか、ちらりと部屋をふり向いた。

「あの、シャー。俺がルリ様の食事を用意してもいいですか?」

「おまえが?」

「妹が幼かった頃、歯がはえるまえの子どもでも食べられるように、すり下ろした食事を作ったことがあります。のどが痛いなら、ちょうどいいと思うのですが」

青の王はじっと俺を見下ろした。

目をそらさずに見返すと、「わかった」と返事があった。

「やってみろ。ただし、ルリになにを食べさせたらいいか、医師と相談してから決めるようにしろ」

「はい!」

「かわった子どもだな。そんなに人の世話が楽しいか。それとも、ルリの怪我の責任を負いたいだけか」

そのどちらかなのか、それともまったく別の感情なのか俺にもわからなかった。

「あの、シャーはもうお休みになるところですか」

「どういう意味だ？」

「先ほどの、星の話を教えてもらえませんか。どうして、双子座には人の名前がついているのでしょう。本には載っていないので知りたいのです」

青の王はひとつまばたきをして、それからふいに暗い目をした。

光の加減なのか、青色の目がずいぶんと深みをまして、彼の着る服のような濃い藍色に変わったように見えた。

「シェブロンとは別の国の神話だ」

青の王は話しだした。

「星座の由来となった、カストルとポルクスは神の子どもだ。ポルクスは弟で、神の血を引いており不死だったが、兄のカストルは人としての力しか持たなかった。兄はいずれ死ぬ運命にあった」

「神の子どもでも、違いはあるのでしょうか」

青の王は「そうだ」と言って、視線を本からそらした。

「神の力を持つ弟は、自分の不死性を兄にわけ与えた。1年の半分は神として天の上で過ごし、残りの半分は、地上で人間として暮らした」

いい話のように聞こえたが、どうにも空気が暗かった。

「シャーは星が好きなのですか？」

本も見ずに暗唱できるのなら、そうなのだろうと思った。

「星の話なら、シアンに聞いた。あれは近衛兵などよりも、学者として生きるほうが性にあっている。星の話は気にいりで、始めると止まらなかった」

「どの星にも、そういう話があるのですか？」

「残念だが、これしか覚えていない。ほかはルリが元気になったら聞くといい。ルリもシアンのうんちくの被害者だったから、まだ覚えているだろう」

不意に、調理場で聞いた話を思い出した。子どもの頃からの付き合いであるのなら、もう十年以上は経つのだろう。ルリに対する態度は、ひどく優しげに見えた。

けれど、ルリには青いティンクチャーがない。自ら様子を見にくるほど目をかけているのに、所有印がないのは不思議だった。

「シャーにも、神の血が流れているのですよね。死なないということですか」

「今さら、なにを寝ぼけたことを言っている。ヴァートが死ぬのを、その目で見ただろう。これはオーア以外の神の話だ」

「あ、そうか」

俺はさっき読んだ本のことすら忘れていた。王が死んだらティンクチャーが消えて、次の王にあらわれると書いてあった。

「緑の方が亡くなったら、緑のティンクチャーは、彼の子どもに受け継がれるのですか？」

「子ども？」

青の王は驚いたようだった。

「ヴァートに子どもはいない。シアンに渡された本を読んでいないのか」

「……すみません」

「オーアの血が流れているという条件さえ満たせば、誰にでも王を継ぐ可能性がある。前王が亡くなると、次の王にティンクチャーがあらわれ、その者は王宮に迎え入れられる」

俺がうなずくと、青の王は続けた。

「ヴァートが死んでもう7日経つ。名乗りを上げる者がいないので、兵に捜索《そうさく》させているところだ。まったく、あのじじいは死んでからも迷惑をかける」

死んだ責任が、別の誰かにあるかのようなくちぶりだった。

あの陰惨な場面とちっともそぐわない言い方に、ふっとおかしさがこみあげた。

「おまえの妹はなにができる？」

俺はハッとして青の王を見つめ返した。

「そんなことを聞いて、どうするのですか」

「ヒソクの能力に興味がある。辺境のうわさが王宮にまで伝わるほどだ。よほどの力なのだろう」

「……約束していただいたはずです。俺がヒソクのふりをすれば、妹を探さずに、そっとしておいてくださると」

おそるおそるくちにすれば、青の王は、少しも心をひかれない様子で答えた。

「王は民と約束事などしない。王の意志は、王だけが決められるということを忘れるな」

挑発にはのりたくないが、妹の名前を出されれば、俺はいつだって取り乱してしまうのを抑えられなかった。

「お願いします。これから王宮についても、星についてもたくさん勉強します。シャーが望むことはなんでもしますから、妹のことだけはお許しください」

「では、星見として完璧にふるまえ。おまえがヒソクだと周囲に思いこませられれば、どこかにいる本物のことになど、誰も思いあたるまい」

「え」

意味がよくわからなくて、まばたきをした。

ヒソクのふりをする、それがまるで、青の王のためではなく、ヒソクをかばうためだというふうに聞こえた。

「冗談だ。おまえのためだとでも思ったか」

そう言われて、期待をこめた目で見てしまった自分を恥じた。

「おまえは、うなだれているほうが可愛げがある」

青の王はそう言ってひそやかに笑みをこぼした。反応を見て面白がっているようだったので、またからかわれているのだろうと思った。

「星見とは、まじないの力ではない。天体の動きについて知識を持ち、過去と照らし合わせて、変化を読み解くことができる能力だ」

青の王は言った。

「赤い星が1年でひときわ輝く季節に、川が増水すると予見した。のちに、川の氾濫《はんらん》期と、星の昇る時期が重なっただけだとわかったが、赤い星に気づいた者は星見と呼ばれた。その者は、さらに過去の記録を調べ、1年の正確な日数を割りだし新しい暦《こよみ》を作った。これは今の農業に、欠かせないものとなった」

「……本を読めば、俺も星見のようになれるかもしれないということですか」

「本を読み、夜空を観察しなければ、赤い星には気づかなかっただろうと言っている。ヒソク、ファウンテンの入口に描かれていたのは、どれだかわかるか？」

急な質問に、俺は戸惑った。本を開いて分厚い紙をめくった。その中から、探していたものを見つける。

はかりの絵だ。

「ファウンテンの扉には、これと同じものが彫られていました。せいぎをはかる、てんびん？」

そこに書かれた文字を読んでいると、「あれだ」と青の王は言った。

ゆったりと空を指さす。俺はつられて、真っ暗な空を見上げた。

「てんびん座は、あまり目立たない４つの星だ。今夜は空気が澄んでいるから綺麗に見えるな。４つのうちでも一番あかるい星が、ズベン・エス・カマリ。おまえの目と同じ、緑色の星だ」

「……いつもそういうことを言って、女の人を口説くんですか」

青の王はふいに、笑顔になった。

それは優しいものじゃなくて獲物を見つけたような笑みだった。

一気に背筋が冷えてあとずさった。頭を壁に押し付けられ、いきおいで手から本が滑り落ちて足にあたった。

「い……っ」

叫びかけたくちをふさがれた。強引にねじこまれた舌が、歯をなぞった。

ねっとりとした感覚は、腹の中を犯されているような心地に近い。鳥肌が立った。

壁に押し付けられると、逃げることもかなわなくなる。身長差のせいでほぼ真上を見上げる格好になって、わずかなすき間にあえいだ。

「す、すみません」

不興を買ったに違いない。

青の王は、俺の言葉など聞こえなかったように、くちを貪ることを続けた。熱い息はやはり酒の香りがした。

「目をつぶるなよ」と、低い声でささやかれる。

間をあけずに眼球をなめられて、まわりの薄い皮ふまで、舌でたしかめられる。

ひっとのどが鳴った。生理的な嫌悪がわきあがったが、のどを強くしめあげられれば、目をつむることもできなかった。

遊ばれる目からは、無意識の涙がぱたぱたとこぼれた。それを、青の王は甘い酒のように、なめとった。

また、ひざで下腹部を刺激される。抵抗しようと、脚を閉じかけたが、下腹部を押し付けられて、興奮をさそうやり方をされたら、足に力が入らなくなった。

「は、あっ」

またくちびるをふさがれて、俺はすがりつきそうになった。青の王は、俺を離した。

「挑発したいのなら残念だったな。今夜は別の女を抱きに行く。ここへはルリの様子を見に寄っただけだ」

ふいに、言葉にならないほどの怒りがわいた。熱を持ったのは、俺ひとりだと思い知らされて、むなしさが増した。

青の王は、興味を失った顔で俺を見た。

「それから、外ではもう少し、まともな本を持ち歩け。そんなものを読んでいたら、おまえが星見でないと、言いふらしているようなものだぞ」

青の王が去ると、ふたたび夜の静けさが戻った。俺はひとりぼっちになると、大きな大きなため息をついた。

床に落ちた本を拾い上げ、破れてしまっていないか、丁寧に中をたしかめる。

手書きの文字でアジュール、と書きこまれたページにゆきあたった。双子座のそばに、『アジュールとアージェント』と書かれていた。


いつもと違って、青の宮殿はあわただしい雰囲気だった。

盆に載せた朝の食事とともに、ルリの部屋に向かうと、部屋の外には何度か顔をあわせたことのある侍従が待っていた。

「お待ちください。いまは中に、シャーがおいでです」

「ルリ様と会っているのですね。この食事、あとでルリ様に食べていただきたいので、あなたに頼んでもいいでしょうか」

「もちろんです」

食事だけ任せると、部屋の中を見ずにその場をあとにした。

俺には星見として部屋が与えられていたけれど、もっぱらルリの部屋にいることが多かったので、眠るくらいしかそこを使わなかった。することのない俺には、広すぎる部屋だ。

床に紙を広げ、寝転がって書き物を始めた。文字を読むには、自分でも書いてみるのがいいとルリに言われたので、思いついた単語を書き連ねた。

身の回りのものや食べ物、それから人の名前などだ。

「ヒソク、ルリ、シアン、アジュール、アージェント……」

アージェントという人物は、俺の知るかぎり、青の宮殿にはいない。

侍従にきいてみたかったが、青の王やシアンに伝われば、余計な詮索《せんさく》をしたと機嫌をそこなってしまうだろう。彼らに直接尋ねるのは、さらに勇気がいった。

ため息をついて、調べることをあきらめた。

気分を変えようと、紙に12の星の星図を描きだした。点と線で結ばれた季節ごとの星を、つながりのあるものとして描けないかと思いついた。

少しずつ位置を変えて書き直すことに夢中になっていると、「ヒソク様」と、声をかけられた。

寝転んだ格好で顔を上げると、渋い表情のシアンが、部屋の前に立っていた。

俺はあわててその場に飛び起き、まくれていた服のすそを正して、シアンを迎え入れた。

「自室とはいえ、幼い子どものように寝転がるのは、術師の行動としてふさわしくありません。立場を理解してもらわないと困ります」

「……申し訳ありません」

俺がうなだれると、これみよがしなため息が聞こえた。

ファウンテンへ行った日以来、シアンは俺のことを「ヒソク様」と、様をつけて呼ぶ。

青の術師というのが、宮殿ではそれなりの地位にあることを思い知らされ、同時に偽物の星見であることを責められているような気がした。

「星図をつくっていたのですか？」

シアンは床に散らばった紙を見て、そう尋ねた。

「いえ、あの、意味のないものです」

俺はらくがきのような絵を見られてあわてたが、シアンは紙を拾い上げた。

「円で描くといい。方位と時刻を書けば、もう少し意味のあるものになる。天体の運行をあらわすことができるようになれば、役に立つだろう。天文が読めれば、これから先の天候がわかるようになる」

「もしかして、円で描かれた星図は、すでに作られているのでしょうか」

「出回っているようなものではない。あなたは自分の力でこれを完成させてみなさい。いい勉強になる」

「星図ができたら、見ていただけますか？」

「私が？」

「だって、シアン様が円の星図を作られたのでしょう？　出回っているものではないって、そういう意味じゃないのですか」

シアンは少しの間のあと、「思いのほか、察しがいい」と言った。

「文字の練習もおろそかにしなければ、時間のある時に見てやってもかまわない」

「はい！」

シアンは星の話にも詳しいようだったので、教わることを約束してくれたのはうれしかった。

「ところで」と、シアンは言った。

「シャーは明日よりしばらくの間、西方へ出向かれる。私も同行するので、その間にティンクチャーが消えるようなことがあれば、自室から出ないようにしなさい。王宮には、星見に興味をしめす者が少なくない」

シアンは、「部屋には警備兵をつけておく」と言った。

俺の胸の、青いしるしはわずかに薄れていた。それが、王宮ではどういうことを招くのか考えて、少しだけおそろしくなった。

「西方で何かあったのですか？」

シアンはちらりと俺を見て、「民の反乱だ」と答えた。

「反乱、ですか」

「西方を治めていたのは、亡くなった緑の方だ。あの土地は貧しい者が多い。諸侯《しょこう》との貧富差も激しいため、鬱憤《うっぷん》がたまっていたのだろう。王が亡くなったことでさらに治安が乱れ、狼藉《ろうぜき》をはたらく者も出てきている」

俺は、西方を思い出した。

それほどひどい場所だとは思ってもみなかった。

「西方の制圧には、赤の方が出向いていたが、怪我を負って王宮に戻ることになった。今夜には王宮に戻るので、それを待って、私たちは明朝に出立する」

俺は息をのんだ。

「王が怪我をするなんて、危険ではないのですか?」

「赤の方は武力での制圧を好まず、自ら暴徒たちを説き伏せようとしたのだ」

それはとても、正しい行いのように思えた。けれど、シアンは「甘い方だ」と吐き捨てた。

「西方は戦場と化している。苦労知らずの赤の方が、事態をおさめることなど、初めから無理だったのだ」

「苦労知らず?」

「赤の方は、シェブロンで一番豊かな南方を治めている。隣国との交易も盛んで、民の気性も穏やかだ。だから、反逆する民というものを知らない。南方の王の登場など、荒れた土地で暮らす民の憤りを、刺激するだけだ」


陽が傾く頃、俺は調理場へ向かった。ルリのために食事を用意するのが、日課になっていた。

調理人たちに、俺のことがどのように伝わったのかはわからない。別の生き物がまぎれ込んだような視線を向けるだけで、誰も俺に話しかけようとはしなかった。

はじめに会った年嵩の調理人だけは、俺に憐《あわれ》みの目を向けた。

「姫さん、なにをやって、こんな下働きみたいなことをさせられているんですか」と、心配してくれた。

「ハクさん、俺は別にへましたわけじゃなくて、自分からここで料理を作らせてもらっているんです」

オリーブの実をすりつぶしながら、俺は答えた。

「世話になっていた家でも、食事を作っていたから慣れています」

「そりゃまあ、ずいぶん手慣れたものですけどねえ、本当ならハリームで侍従をはべらせているような方が、あたしらみたいのと同じ仕事をさせられてるなんて、不憫で仕方ない。見てられませんよ」

口調は最初に会った時よりくだけたもので、子どもを心配する親のようだった。

「オリーブオイルだって、冷暗所にたくさんあるんだから、毎日、手間かけて搾《しぼ》らなくてもいいじゃないですか」

「でも宮殿に届くオリーブオイルは、高級だから使うなと、みんなに言われているし」

「あいつらは、姫さんのことをどう扱っていいかわからずに、つんけんしてるだけですよ」

ハクは横目で、他の調理人を見た。

「あ、でもさっき、動物のあぶらなら使ってもいいと、言ってくれたんです。なんだか複雑な顔をしてましたけど」

ははは、と俺が笑うと、ハクは眉尻をさげて、俺を見た。

「そんな細い腕で、すりつぶすのを見ていたら、同情するやつが出てきてもおかしくないですよ。油なんか違わないでしょうに、オリーブにこだわって、他のものは使おうとしないんだから。ガンコで変わり者の姫さんだ」

「医師にきいたら、肌に塗るには、これのほうがいいみたいです。弱ったお腹にもいいので、料理にも使いたいし。全然、たいしたことないです」

手間がかかっても、ルリのためになるものが作れるのなら、本当にたいしたことではなかった。

液体を陶器のびんにそそいで、ふたをした。時間が経てば、水と油に分離されているはずだ。冷暗所に持っていこうとした。

その時、調理場に男が飛び込んできた。甲冑をつけた兵だった。

「西方へ行っていた赤の近衛兵と侍従たちが戻ってきた。いますぐ、百人分の食事の支度をして、用意ができたものから大広間に届けるんだ」

調理場は、夕餉《ゆうげ》の準備を終えてのんびりした雰囲気だったが、それを聞いてあわただしくなった。

「参ったな、到着は明後日じゃなかったのか。誰か詰め所にいって早番の連中を呼び戻してこい」と、ハクが怒鳴った。

「だめだ。ほとんどが明日の宴席のために、西の調理場に駆り出されている。百人なんて、これだけの人手で追いつくのか……」

宮殿の料理には、作り置きがないので、いちからの作業になるはずだった。

俺は邪魔になりそうな腕輪をはずし、棚のすみに置いた。腕まくりをする。

「ハクさん、俺も手伝います。下ごしらえでしたら、俺にもできると思います」

「は？　宮殿には戻らなくて大丈夫なんですか。すぐに夜になりますよ」

「ルリ様の夕食でしたら、もう食べていただきましたから、大丈夫です。なにからやりましょうか」

ハクはしばらく逡巡《しゅんじゅん》したが、「仕方ない」と言った。

「くれぐれも、刃物や火には気をつけてくださいよ。姫さんになにかあったら大変ですからね」

「わかりました」

さっそくハクの指示で、野菜を切り始める。

独特の大きな包丁は扱いづらかったが、慣れてしまえば、ナイフとそう変わらなかった。

火を起こしている者に声をかけて、湯を沸かすのを手伝うと、男は俺が声をかけたのが気にいらなかったのか、ふいと背を向けてしまった。

仕方なく、湯の中に、切った野菜を落としこんだ。火をくべた窯《かま》が大きくて、鍋の位置が高かったので、かきまわすのにも苦労した。

慣れない手つきでゆでていると、先ほどの男が、ちらちらと俺をみた。

「そういうときは、手桶に入れてゆでれば早いんです」

金属の針金で編まれた手桶を渡される。網には細かなすき間があいていた。

「切った野菜をこれに入れて、湯に浸《ひた》せばいいんですね」

「そんなことも知らないんですか」

男が持ち手の部分をにぎって、鍋の中に沈めると、手桶の中にも湯が入ってきた。

確かにこれなら手桶を使いわけて、色とりどりの野菜を、混ざることなく一度にゆでることができる。ゆでた端から調理できるので、一種だけを大量にゆでるよりも、早く料理を提供できそうだった。

「湯番は私の仕事です。野菜を切るのをお願いしますよ」

渋々といったていで、調理人は言った。

てっきり、火の前から追い払われてしまったのかと思ったが、「その背では、危ないでしょう」と続いたので、俺は少しぽかんとして、「はい」と答えた。

「じゃあ、切ったら持ってきますね」

「そうしてください」

男はすぐに背を向けたけれど、俺のやる気は、がぜんわいてきた。

料理を出す順番にあわせて、野菜を切ることに専念する。作業をしていた調理人にも声をかけて量をあわせると、最初は戸惑っていた彼らも意図をくんで、声をかけてくれるようになった。

肉を捌いていた者に、手が足りないと言われて、そちらも手伝いに行く。

服が汚れるからと追い払われかけたので、上に着ていたローブをぬいだ。

「これで、帰りにローブを羽織れば、少しくらい汚れてもわかりませんよ」

俺はにこりとした。

鳥の中身をくりぬいて、まるごと洗う。中に詰めるものを作っていた調理人に手渡すと、みな、ぎょっとして、鳥の足をぶら下げている俺を見た。

できた料理は、調理場の外で待ちかまえていた侍従が受け取り、ひっきりなしに、広間へと運んでいった。

王宮は3つの建物にわかれ、横一直線に建てられている。

中央の建物は、カテドラルと呼ばれ、式典や会合をとり行う場所だ。

その東側に青の宮殿と赤の宮殿、西側に黒の宮殿と紫の宮殿があった。

青の宮殿と赤の宮殿は廊下がつながっていたが、境界には警備兵が立ち、許された侍従しか、行き来できないようになっていた。

調理場には、ありったけの明かりがくべられていたから気づかなかったが、月の位置はとっくに真夜中をあらわしていた。

俺は調理場の外の井戸で、鍋を洗っていた。

そこに赤い服を身にまとった40代くらいの男が、あらわれた。長い髪とひげをたくわえた細身の男だった。片腕に、赤い石のついた腕輪をはめている。

「ハクという調理人を呼んでくれ」

低い声で命じられ、俺はうなずいて、調理場に戻った。ハクにはすぐに、相手が誰だかわかったようだ。

調理場に戻るふりをして、俺はこっそりと様子をうかがった。ハクは頭を下げたまま、赤い服の男の話を聞いていた。

男が去ると、ハクは暗い顔をして、調理場へ戻ってきた。

「あの、病人食を用意しろって、誰か怪我でもしたんですか？」

ハクはあわてて、俺を物陰にひっぱりこんだ。

「バーガンディー様との話を、立ち聞きしてたんですね？」

「すみません」

立ち聞きしたことを謝った。

「姫さんであっても、どやされますよ。バーガンディー様がじきじきに来られたくらいなんですから、この話を宮中には広めたくないんですよ」

俺はシアンから聞いた話を思い出した。

赤の王が西方で怪我を負ったという話だ。もしやと思って、「バーガンディー様って、赤の王の側近ですか？」と聞いた。

ハクは、はあ、とため息をつく。

「姫さんは、本当に変わり者だ」

あきれたように言われて、俺はなんでも質問する悪癖《あくへき》を、恥じてうなだれた。

しかし、おそるおそる切りだした。

「病人食でしたら、なにか作りましょうか。ルリ様にお出しするつもりだった明日の分の下ごしらえもありますから、すぐにでも、ご用意できますよ」

「ええ……助かりますよ。姫さんの料理の腕はあたしも認めています」

ハクは元気のない声で言って、また、ため息をこぼした。

俺は先に調理場に戻った。秘密裏に作れということらしいが、俺のように、いつも病人食を作っている者なら目立たずに済む。

調理を始めると、「お嬢ちゃん、よく疲れねえな」と、調理人のひとりに声をかけられた。

彼らはあわただしい仕事を終えて、ぐったりとしていた。

「とっくに夜中になってるよ。帰らなくていいのかい」

「あの、これだけ用意したら、すぐに帰りますから」

誰にともなくそう言い訳すると、彼らは「よく働くねえ」とおかしそうに笑った。

「大変だね、うちの子と同じくらいの歳なのに、そんなに幼い身で召し上げられたのかい。その胸のしるし、王の手つきだという証拠なんだろう」

「親父さん、ありゃ羽のティンクチャーというんだよ。あれがある者は、青の姫と呼ばれて、ハリームで暮らしているそうだ」

「じゃあなんで、あの子はこんなところにいるんだい」

「いやそれは……事情があるんだよ、きっと」

俺のことをさかなにして、くちぐちに言いあう。少し居たたまれない話題だった。

「名はなんて言うんだい」

「ヒソクと言います」

「ヒソク？　どこかで聞いたことがあるなあ」

男が首をかしげると、他の者が「そうやって、気をひこうってわけか」と茶化した。

食事を作り終えてもハクがいつまでも戻ってこないので、俺は庭園まで出向いた。ハクは石造りの階段にこしかけて、物思いにふけっていた。

「ハクさん」

「ああ、姫さん」

「赤の王の食事は、侍従に運んでもらいました。俺は、もう戻らないといけないので行きますね。明日、また来ます」

「悪かったなあ。こんなに遅くまで働かせて」

「いいえ、俺でも役に立てたのなら良かったです」

立ち去ろうとすると、「あの食事は、姫さんの察しのとおり、ギル様のためだ」と、ハクが言った。

「ギル様？」

聞き返すと、ハクは少し意外そうに俺を見上げてから、「赤の王ですよ」と言った。

「赤の王のギュールズ様だ。あたしのような身分の者にも、分けへだてなく接してくださる。調理人なんて立場で、差し出がましく尋ねることなどできないが、怪我の具合はどうなのだろう」

それが心配ごとだったのかと、思いあたった。

俺は、ハクの隣に腰を下ろした。なんと声をかけていいかわからなかったが、なぐさめるために、そっと肩に手を置いた。ハクは、すがるように俺を見た。

「姫さんから、病状を聞いてもらうことはできないかい？　命にかかわることかどうかだけでもいいんだ」

「えっ⁉　でも、俺は赤の宮殿にも行ったことがないから、誰に聞いたらいいか……」

ハクは落胆して、息を吐いた。

「ごめんなさい」

「いいや、姫さんが悪いいんじゃないんです。余計なことを聞いて、あなたがとがめられるようなことになったら、それこそ取り返しがつかない」

「赤の王と親しいのですね。そんなに心配されるなんて」

「ギル様は、まだほんの子どもの頃に、ひとりでこの王宮にいらしたんです。こっそり家へ帰ろうとして、王宮で迷子になってはバーガンディー様に怒られていた。それで怒られるのをいやがって、調理場に隠れたりしてね」

ハクは少しほほえんで、「そんなふうだから、王のようには見えなかったのに」と言った。

「やはりギル様も王だった。国のために危険な目にあうなんて、考えたこともなかった」

まるで、親が子を心配するかのようだった。

なんとかして、赤の王の容体を確かめられないか思案していると、「そう言えば」とハクが言った。

「姫さんのことをほめていましたよ。ずいぶん手際よく、旨いものを作る子だって」

「俺のことを、ですか？」

「その様子じゃ、気づいていなかったんですね。はじめて調理場に来られた時ですよ。あなたが帰ったあとで、ギル様は、アイスクリームという菓子が、とても美味しかったと喜んでおられた」

ハクはおかしそうに言った。

「ヒソク様！」

大きな声で呼びかけられた。

青い服を着た侍女たちが、あわてて庭園に向かってくるところで、俺は不穏《ふおん》な空気を感じて、立ちあがった。

「ヒソク様、こんなところにいらしたのですか。お急ぎください。シャーがお部屋でお待ちです」

「えっ」

「お支度がございますので、早くこちらへ」

「わかりました。ハクさん、失礼します！」

ぽかんとしているハクを残して、俺は庭園をあとにした。

王の女は、王に捧げられる前に、身体を洗われたり香《こう》を嗅《か》がされたりして、面倒なく抱かれるだけの準備をされる。

そのため、王は事前に侍従に指示を出しておいて、あとは準備の整った部屋へ行けば、そこには所望していた女がいるのが普通だったし、最初の晩に俺もそれをされた。

自室に出向かせるというのが、とんでもないことなのだということは、侍女たちの顔色を見ればわかった。

「すぐに水浴び場にお連れして。私はヒソク様が見つかったと、シャーにお伝えしてきます」

ひとりの侍女が他の者に指示して、その場から離れようとしたけれど、動きが止まった。

頭を下げたのを見て、他の者もそれにならう。青の王はそれにかまわず近づいてきて、俺の服をつかみあげた。

「おまえにはルリの食事の支度をすることは許したが、自由に出歩く権利まで与えたわけではない」

「すみません」

「血の匂いがするな」

服にとんでいた動物の血痕《けっこん》を見つけられて、俺はそれで言い訳する道を失った。

二の腕をつかまれて引きずられる。

「お、お待ちください、シャー。まだヒソク様の用意が整っておりません」

青の王は足を止めて、「時間がない」と言った。

声が氷みたいにひんやりとしていて、俺は背筋がびりびりとふるえるのを感じた。

乱暴に引き寄せられて、耳の骨に噛みつかれる。

「おまえなら手などかけなくとも、受け入れられるだろう?」

疑問ではなくて、命令の口調だった。

後ろからつきあげられる刺激は強くて、俺はあえぎ声を抑えるために、手でくちを押さえた。

鼻孔が甘ったるい匂いで満たされる。

中途半端に引き抜かれると、咥《くわ》えていた穴がひくひくと物欲しげに収縮して、先端しか埋め込まれていないことをかなしがった。

「う、うぅん」

焦れて身体を動かしたが、狭いところは、上手く性器を受け入れようとしなかった。

思い通りにならなくて、涙がほおに流れた。両手で腰をつかまれると、ねじこまれて、寝台に身体を押し付けられる。

不自由な格好でゆさぶられて、それでも、目が回るほど気持ち良さを感じた。

「集中しろ」

ぐっと髪を引っ張られる。

つながったまま、身体を反転させられるのは、意識をとばしかけていた俺への嫌がらせだった。

仰向けにさせられると、嫌でも捕食者の姿が目に入ってしまう。

「だらしない顔をしている。おまえは快感に弱いな」

半裸の男は、整った顔に不釣り合いな、ぎらつく目をしていた。

腕を引いて起こされ、王の身体をまたぐように座らせられる。自分の身体の重みで腰が沈んで、根元まで飲みこんだ。

あわててひざを立てたが、両手で太ももをつかまれて、遠慮なく引き寄せられた。

「やあぁっ」

せっかく集めた気持ち良さが、痛みで消え失せた。体格のいい男に向かい合わせで抱かれるのは、痛みしか生まない。

今日はあまりアンバルを嗅がされていないので、痛みで身体がはねた。つながっているところから、黄味がかった液体に血が混じって流れ出てくる。

「も、許してください」

わななく声を聞いて、青の王は酷薄に笑った。

「そういう言い方が、男を誘うとわかっているのなら、おまえは側女に向いている」

こんな男は死んだら良いのにと、思った。

前後にゆさぶられると、めいっぱいまで奥をかきまぜられて、強烈な痛みでぼろぼろと涙がこぼれた。

「あ、あ、いやぁ」

少しでも逃げようと、相手の腹の上に両手をついた。青の王は、わずらわしそうに俺の手首をつかんだ。

ねじりあげられて、きつくひもでしばられる。寝台のまわりを囲う布をくくっていた、粗く編まれた麻のひもだった。

ひもは俺の首を一周して、また手首で結ばれた。祈りを捧げるような格好で、動けなくなる。

腕を動かせば首がしめあげられる。噛みしめた奥歯が、ガチガチと音を立てる。逃げ場のないおそろしさに、死を思い浮かべた。

少しゆすられただけで、ひもがのどにくいこんで、緊張で身体がこわばった。

「はず、外して、ください」

「怖がるな。せいぜい意識を失うくらいだ。これくらいしなければ、おまえは自分のことしか考えられないだろう」

男は楽しそうにして、不意打ちのように腰の動きを速めた。

「んんっ。あ、はあっ」

前立腺をかすめながら追い立てられると、体中に鳥肌が浮き上がって、目の前が白くなる。

抽挿を繰り返されれば、中から油が溶けだして、強い甘いにおいが広がった。

内側には、アンバルをたくさん塗り込められていた。今さらのように、やわらかくなった皮ふがうごめいた。

「は、ああ」

「勃ってきたな。慣れるのが早い」

油で滑りの良くなった手で性器をなでられると、痛みを忘れるくらいの刺激が生まれた。寒気に似た快感がかけあがってきた。

顔をのけぞらせると、首のひもがしまった。

恐怖で中のものをぎゅっとしめつけた。刺激の強いところばかりを意図してえぐられると、息苦しささえ、甘いものに変わってくる。

「抜けないように腰を浮かせてみろ」

「え、あ」

「早くしろ」

ひざを寝台につけて、尻を浮かせてみるが、力が入らないのでなかなかくさびは抜けなかった。

慎重にずるりと大きなものを内側から引き抜いていくと、排泄《はいせつ》にも似た感覚に身体中の毛が逆立った。

「あ、ん」

「そのままでじっとしていろ」

中途半端に動きを止められ、いっぱいに広げられたままの格好でいるよう命じられる。

体の内側で、とろけたように熱くなっていた性器は、外気にさらされても熱気をまとっていた。

今すぐにでも、腰を落として埋め直したい。急激な欲望が、胸のうちにわいてくる。

勝手にできるわけもなくて、気を張ろうとしたが、内股がふるふるとふるえた。

胸の前で組んでいた手を、ひたいに押し当てて耐える。

「腰を落としていいぞ。動いて私をいかせてみろ」

許しに身体は反応した。ゆっくりとすべてを飲み込みながら、声を上げるのを耐えた。

もどかしいやり方でさえ、まぶたの裏がチカチカとした。くちをひらけば、みっともない声が出そうだった。

ぐっと腰を引きつけられれば、さきほどと同じ手ひどいやり方だったのに、気持ち良さが頭まで貫いた。

「ひあ、っいい」

「まだ出すな。こっちが先だ」

性器をきつく握られて、せきとめられる。いかせてほしくて、夢中になって腰を動かしたが、身動きのとりづらい格好では役に立たなかった。

「ん、あっ」

腰を上下させて弱いところにあたるようにこすりつけるけれど、自分の動きだけでは強い感覚は得られなくて、生殺しのような状態が続く。

からかうように裏側のすじを指でなぞられて、感じやすい部分への刺激に耐えきれなくなった。

無意識に手を動かそうとした。縛《いまし》めがのどにくいこむ。苦しくてあえいだ。

「さわってほしいなら言ってみたらどうだ」

「して、くれないのに」

くちびるをふるわせながら抗議すると、青の王は目を細めた。

「そう思うか?」

あざけるような笑みに、頭が沸騰しそうになった。

王の手にこすりつけるようにした。手が離れそうになると、誘われるように腰が動いた。

「あ……あぁ」

「まだ言葉を聞いていない」

身体をつなげているはずなのに、熱など帯びていない平静さで、青の王が俺を見上げていた。

亀頭に爪がくいこむほど握りつぶされて、それでも期待している自分自身のみじめさに泣いた。

「さわって、ください」

「可愛げがない。もう一度言ってみろ」

わなわなとふるえる。くちびるを噛んで、「おねがい」と言った。

「さわって、なんでも……しますから。シャー、さわってください。お願いします」

とぎれとぎれの懇願に、青の王は「悪くない」と笑った。

強弱をつけて性器をしごかれる。丸いふくらみまでまとめてしだかれて、目まいがするほどのその感覚にすがった。

「ヴァートの悪癖を知っているか?」

「ヴァー……ト?」

「死んだ緑の王は、美しい少年を買い集め、これを切り落として、女として扱っていた。男としての器官がなくなれば、少女のように大人しくなる。おまえの気の強さも薄れるかもしれないな」

楽しそうな声に、すうっと熱が冷えた。性器にふれている手が、ひどく冷たく感じられた。

「本来、宮殿にいる下働きの男はそうされていた。おまえもここにいる限り女を抱くこともない。なくなっても困るものでもないだろう」

「や、いや」

切り落とされる想像に、身体がふるえだす。怯《おび》えであふれてきた涙が、ほおを伝った。頼んでふれてもらっていた性器が、縮こまった。

「いやです。いや。許して」

「今夜はなにをしていた」

「ふっ、え、調理場に……赤の軍が帰ってきたから、みんな忙しくて、だから手伝いを」

「赤の軍の、食事の手伝い、か」

青の王は静かにそう言って、とがめるように萎《な》えかけた性器を乱暴にてのひらでもてあそんだ。

「ごめ、なさい」

「おまえは、下働きをするために宮殿にいるわけではない。シアンから聞かなかったか。明日、西方に発つ」

俺はこくこくとうなずいた。

「わかっているなら、大人しく部屋にいろ。抱きにくるとは思わなかったのか」

ぼろぼろと涙がこぼれてくる。

「切り落とすと、達するのが遅くなるらしい。西方から帰ったら、どう変わっているか楽しみだ」

「いや、いやあ」

恐怖で叫んだ。急に腰をつかまれ、ゆさぶられた。手加減のないやり方に、生理的な涙がこぼれる。

身体はさっきまでの刺激で簡単に反応して、鈍い快感とともに射精した。

白くにごったものが腹にかかって、身をふるわせたけれど、つきあげられるのは止めてもらえない。

余韻がかき消えるくらいに、激しく抽挿を繰り返されたあと、腹の中で精液をまかれた。

俺は中で出されるのを感じ取ると、びくびくとふるえて、はじめての刺激にしびれた。

ようやくひもを解かれて自由になったのに、まだ先ほどの恐怖にしばられていた。

「ほ、本気ですか」

「本気？」

「切られるのは……怖い」

俺はめそめそと泣いた。青の王は、服を着替え終わるまで、俺を放っておいた。

「おまえの看護で、ルリの容体がよくなったと医師から聞いた。医師の見立てでは、あとひとつきはかかるはずだった。功績をみとめてやる」

「……じゃあ」

青の王は、俺の首すじをなでた。

「留守の間に、面倒を起こさなければな」

口調はいつも通りだが、それが妙に優しい仕草だったので、俺は動けずにぼんやりとした。

「あの、赤の王のご容体はどうなのでしょうか」

「なぜそんなことを知りたがる？　おまえには、何の関係もないことだろう」

一瞬、ハクのことを話してしまったらラクだろうかと思ったが、そもそも俺が素直に話したところで、この男がすんなり教えてくれるとは思えない。

それくらいのことは予想ができた。

「シャーが心配で」

答えると、青の王は薄く笑った。

「なにを企んでいる。おまえが可愛げのあることを言うなら、それなりに考えがあるのだろう。私になにを言わせたい？　西方の制圧を、やめろとでも？」

「青の軍は、王宮で一番強いと聞きました。西方の民は貧しく、たいした武器も持っていません」

「おまえは西方の出だったな。妹は西方から逃がしたはずだ。他にも、傷つけられたくない者が住んでいるのか」

「俺の大事なひとがいたら、逃がしてもらえるのですか」

青の王は、「わかっているだろう」と言った。

「殺されるのをおそれるくらいならば、従順に生きるべきだ。それを民に、教えに行く。たとえ、おまえが本物の星見であったとしても、託宣はいらない」

ひっそりとほほえむ。いつものように、俺の反応を見て楽しむのではなく、心からそう思っているのがわかる。

どうしてか、涙があふれた。

「ルリ様に同じことを言われても、民を殺しに行くのですか」

「——どういう意味だ」

「ルリ様のように慈《いつく》しむ相手がいらっしゃるのに、誰かの気持ちに寄り添うことはできないのですか？　もしもヒソクが西方にいたら、俺は今、あなたを殺してでも止めます」

涙の向こうはぼやけていた。頭がどろのように重い。青の王は、「寝物語にしては気分が悪い」と、言った。

「忘れるな、ヒソク。おまえが他を殺してでも守りたいものがあるように、私には王として、この国を守る義務がある」

そう言って、もう一度、胸のティンクチャーをなでた。

2章　赤の王

青の王もシアンもいない宮殿は、どこか閑散《かんさん》として感じられた。王を守る近衛兵の姿もないため、ひっそりとしていた。

部屋に向かうと、ルリはすでに起きていた。

「ヒソク様、のどをどうなさったのです。赤くなっていらっしゃいます」

「ああ……首輪をつけていたので、こすれてしまったようです」

用意した言い訳をくちにしたが、ルリは眉をひそめた。

両手首のあとはもっとひどく、皮がめくれるほどだが、大きな腕輪をつけているおかげで、ルリには見つからずに済んだ。

「顔色も白いようですし、お加減が思わしくないのでは？」

「ルリ様は調子が良さそうですね。そろそろ、通常の食事を召し上がりますか？　やわらかいものばかりで飽《あ》きられたでしょう」

「いいえ。ヒソク様の食事は、どれも美味しいですよ。ずっと病人食でも良いくらいです」

ルリはにこりとほほえんだ。それで俺も胸があたたかくなった。

「良かったら、今日は夕食と一緒に、アイスクリームを召し上がりますか？」

「本当に？　うれしい。わたくし、あれが一番好きです。甘くて冷たくて、溶けてしまうのがもったいないくらい」

そう言われて、俺はにっこりした。

同じように、アイスクリームを好きだと言っていた人を思い出した。多めに作って、ハクに渡してみよう。

ルリの体調は本当に悪くないようで、ほおは淡く染まっていたし、金の髪にもつやが戻ってきていた。ゆるい三つ編みにした髪を肩にかけ、ほほえむ姿は、外からの光を浴びてきらきらとまぶしいほどだった。

けれど、首にはくっきりと傷が残っていた。

「ルリ様には、申し訳なく思っております。俺のせいで、こんなひどい怪我を負われて。俺にできることでしたら、なんでもおっしゃってください」

「なにを言われるのです」

ルリは、空色の目を丸くした。

「聞けば、ヒソク様は術師としてこの王宮に来られたとか。わたくしのほうこそ、側女のような扱いをして申し訳ありませんでした。どうぞ、わたくしのことはルリとお呼びください」

俺は首を横にふった。

そして、羽のティンクチャーを、きちんと隠せているか気になった。ルリが青の王と好きあっているのならば、気にするかもしれないと焦《あせ》った。

今さらな心配だったが、抱かれたばかりで真っ青に浮かび上がったそれを、ルリに見せるのは気が引けた。

侍女の話によると、ルリは侍女長を務めていた。俺がやってきた時のように、ハリームに召し上げられた女たちを、王のもとへ連れて行く役目も担っている。

ルリにそんなことをさせている青の王が、憎らしくなった。

「ルリ様は、シャーとは昔からのお知り合いなのですか。シアン様とは子どもの頃からのお付き合いだとうかがいました」

「シャーから聞いたのですか？」

こくりとうなずくと、ルリは目を細めた。

「そう……ですね。シアン様もわたくしも、王宮で育ちました。アジュール様はわたくしたちよりも4つ年上で、東方のご出身でした。争いの絶えない土地で育たれ、子どもの頃に青の宮殿にいらしたのです」

「東方……」

ルリは本棚から地図を持ってきて、床に広げた。初めて見るシェブロンの全土は、こぼした水のようにいびつな形をしていた。

「戦によって領土を広げたため、このように四方に伸びた形になったのでしょう。ここは西方です。ヒソク様が暮らされていたところですね」と、地図の左下を指さした。

地図の中心は王都だった。ルリはひとさし指を、王都の右側に滑らせた。

「ここが東方です。アジュール様が暮らしていた頃、東方は青の王の領土でしたが、今は黒の方が治めておいでです」

「ええと、黒の王が東方で、緑の王が西方で、赤の王が南方を領土にしているから……シャーはいま北方を治めているのですか？」

ルリはくすりと笑った。

「いいえ、北方は紫の王の領土です。アジュール様は王都のある『中央』を治めるパーディシャーです」

「パーディシャー？」

俺は初めて聞く言葉に、首をかしげた。

「『中央』を治める王を、そう呼びます。パーディシャーは他の4人の王を従える権限も持っているので、『王の中の王』とも言われています。ヒソク様は、東方と隣り合っていた小国をなんというかご存じですか？」

「ええと……たしか、ヴェア・アンプワントです」

ルリに話してもらったばかりの、王宮の歴史を思い返して答えた。

「7年ほど前に東方の領土になったのですよね。資源が豊富な国で、それまで大国と領土を奪い合っていたとか。大国の名は、サルタイアーでしたでしょうか」

「ええ、そのとおりです。サルタイアーは東方から北方にまたがるほどの大きな国です」

斜め上に伸びた形の東方のまわりをぐるりと指さした。

「サルタイアーとの戦争に勝ち、ヴェア・アンプワントを手に入れた功績によって、現王になる少し前に、青の王が黒の王に代わり『中央』を治めることになったのですよ」

「あの、現王ってシャーのことですよね？　シャーが王宮に来た時は、まだ青の王ではなかったということですか？」

「……え？」

ルリはふわりと首をかしげた。言い間違いだろうか？

困った表情を浮かべたルリを見て、余計なことを言ってしまったような気がして、あわてて話題を変えた。

「黒の王は、東方を治めることに納得しているのですか？　他の王よりも強い権限があるなら、パーディシャーでいたかったのではないですか」

「そうですね」と、ルリは本を手にとって、なかほどをひらいた。

「パーディシャーの地位をめぐってこれまでも、たびたび、王同士の争いがありました。この章に書かれています。まずご自分で読まれて、わからないところがあれば、わたくしがあとでお読みしますね」

「ルリ様は教えるのがお上手ですよね」

俺はくちをとがらせた。知らないことはすぐに聞きたくなるたちなのに、いつもさわりだけで、あとは、自分で読んでみるようにうながされる。

何も知らない状態から読み始めるよりはとっつきやすく、好奇心に負けやすい俺には巧いやり方だった。

「ヒソク様は、いい生徒ですよ。本当はわたくしよりシアン様に教わるほうがよろしいのですけど。あの方は博識ですから」

「シアン様は、昔から本がお好きだったのですか？」

「ええ、子どもの頃から、王宮一の学士になると言われていました。アジュール様は反対に勉強がお嫌いで、星を見るほうが楽しいとおっしゃっていましたよ」

意外な気がした。青の王は、シアンに無理やり、星の話を聞かされたと言っていたのにと、少しおかしくなった。

「仲が良ろしいんですね」

「いいえ、アジュール様が王宮に来るまで、わたくしとシアン様は、顔を合わせたこともありませんでした。わたくしは他の王の子どもだったから、住んでいる宮殿も違ったんです」

「どうやって、知り合ったんですか？」

「わたくしがこっそり青の宮殿に忍び込んだのです」

「——ええっ⁉　ルリ様が⁉」

ルリは小さく、「ふふ」と笑った。

「内緒ですよ。おふたりに、青の宮殿で暮らしたいなら、青の侍女になればいいと言ってもらいました。昨日のことのようなのに、もう十年も経つのですね」

そう言って、ルリは部屋の外をながめた。慈しむようなまなざしで、誰もいない庭を見た。

「ヒソク様は、運命というものが、あると思われますか？」

「運命、ですか」

「学士になるはずだったシアン様が、近衛兵になったのも、他の宮殿で生まれたわたくしが青の侍女になったのも、シャーのお力です。他を狂わせてでも、自分の運命に沿わせる力が、シャーにはあるのです」

それは決して、恋人のことを話すくちぶりではなかった。ルリの透き通るような声音に酔った。頭がしびれたようになって声がふるえた。疑問がくちをつく。

「ルリ様は、どの宮殿で生まれたのですか」

彼女は悲しげに首をかしげただけで、答えをくちにしなかった。

「はあ……」

「なにを、ため息ついてるんです？」

「うわっ。ハクさんじゃないですか。びっくりした」

「それはあたしの台詞ですよ。声をかけても気づかないし、そんなに集中して考え事ですか」

ハクは水の入った壺《つぼ》を持ちあげながら、そう尋ねた。

「もしかして、昨夜遅くまでここにいたから、叱られたんですか？　今朝も調理場に来なかったから、心配していたんですよ」

「たいしたご用事ではなかったですよ。西方へ向かわれるので、そのお話でした」

「そうですか？　ならいいんですが……」

まだ心配げな視線を投げかけてくる。俺は大丈夫だと言うかわりに、水の入った壺を持ちあげようとした。

「わ、重いですね」

「姫さんのような、華奢な方には無理ですよ。足がふらふらしているじゃないですか」

ハクは壺を2つかかえた。調理場に入ると、昨夜のことがあったおかげか、調理人たちが声をかけてくれる。

「遅かったじゃないか。寝坊かい、お姫さん」

「え、あはは。昨日は久しぶりに夜ふかししてしまったから、起きられなくて」

「情けないなあ、あの時間なら、まだ宵《よい》の口だろ」

「よく言うよ。おまえも野菜を切りながら、寝ていただろ。こんな小さい子と一緒ってのが情けないねえ」

調理人たちとわいわい騒ぐのは、素直にうれしかった。

もしかしたら、調理場にはあまり来られなくなるかもしれない。ルリが回復すれば、俺が出入りする理由はなくなってしまう。それが残念だった。

俺はハクにこっそりと耳打ちした。

「今日はアイスクリームを作るので、赤の方の分も一緒にお作りしますか？」

「あの冷たい菓子ですか。ギル様は喜ばれるでしょうが、侍従になんと言われるか」

「でも、寝込んでいる時は好きなものを食べてもらうのが、一番の特効薬ですよ。赤の王のご容体もわからないのですから……」

言いかけて、俺は気づいた。あわててハクの腕を引いた。

「聞いてください！」

「な、何ですか急に」

「わかったんです、赤の王の容体を知る方法！　病気について聞かないと、どんな食事を作ったらいいかわからないと言えばいいんです。固いものは飲み込めるのかとか、貧血じゃないのかとか、いろいろ聞きだすこともできるでしょう⁉」

ハクはぽかんとくちをひらいた。

「姫さん……あんた、突拍子もないこと言いだしますね」

「これならバーガンディー様だって、答えなきゃいけないと思うのではありませんか？」

ハクの目がわずかに輝いたが、「いや」と首を横にふった。

「そもそも、バーガンディー様の部屋まで、取り次いでもらえませんよ。かといって、侍従に王の病気について尋ねても、教えてはいけないことになっているでしょう」

「あ、そうなんですか」

俺はうなだれた。ハクは俺を気の毒がって、とりなすように言った。

「姫さん、この間作ってらした米のスープの作りかた、教えてもらえませんかね」

「粥《かゆ》ですか？」

俺は米と棒を用意して、ハクに説明した。

「棒で押すと米の殻が取れるので、白い部分だけを使います。このあいだは干し肉で出汁《だし》を取りましたが、甘くした牛の乳で煮ても、食べやすいかもしれません。一度だけしか食べたことがないのですが、作ってみましょうか」

「一度だけ？」と、ハクは驚いた。

「姫さんは勉強熱心ですね。一度食べたものなんて、あたしならすぐに忘れちまいますよ」

「俺なんか全然ダメです」

首をふった。

「文字も読めないし、かといって力もなくて、荷運びとしても役に立たないって、よく言われていました。それなのに、余計なことばかり尋ねるから、世話になっていた家でも迷惑がられていたんです」

つい愚痴になってしまうと、ハクは困ったように俺を見た。

「すみません、へんな話をしてしまって」と、あわてて手をふった。

「文字はこれから覚えるつもりです。料理だって、誰かのためになるなら、もっと色々作れるようになりたい。俺にできることを、がんばるしかないですよね」

「姫さんは、どことなくギル様に似ていらっしゃる。あの方も時折、子どもらしくない、志の高いことをくちにしました」

「こころざし？」

「ええ。ギル様が王宮から逃げ出すのをあきらめた頃、あたしはあの子が可哀そうで、励ましたものです」

ハクはにこりとした。

「けれど、あの方は、もう逃げないっておっしゃった。民を守れる王になるために、自分にできることをすると。子どもの言うことじゃないって、あたしはぽかんとしてしまったものですけどね。今は本当に、その責務を果たそうとされている」

どうしてか、少しさびしそうにそう言った。

その日、赤の王に出した粥は、手付かずで戻された。

気にいらなかったのかと赤の侍従に尋ねたが、侍従は質問には答えず、明日も食事を頼むと言い残して、調理場を去った。

翌日からも、同じことが続いた。食事が食べられないほど、病状が重いのかもしれない。

ハクは焦って赤の侍従に容体を尋ねたが、答えをもらえることはなく、日に日に憔悴《しょうすい》していった。

青の宮殿と赤の宮殿の境には、やはり兵が見張っていた。俺は廊下から行くことはあきらめ、庭園に回った。

庭園にはたくさんの常緑樹が植わっていて、小柄な俺を隠してくれた。兵のひとりが庭に目をやったが、なにも見つけられなかったようですぐに視線を廊下に戻した。

俺は濃紺のフードをかぶり、闇《やみ》にまぎれた。音をたてないように気をつけて、赤の宮殿までの道を急いだ。

見張りの兵が途切れたのを見計らって、俺は建物に近づいた。食事の匂いと、楽しげな声が聞こえてきたけれど、廊下には誰もいなかった。

フードのついたローブを脱いで、服の下に隠した。ローブの下にはあらかじめ白い服を着ていた。首の前に止め具がついているので、青いティンクチャーも隠すことができる。白の侍従に見えますようにと祈りながら、大きく息を吸い込んだ。

何食わぬ顔で、赤の宮殿を歩きだした。

見つかったら、ただでは済まないだろう。けれど、赤の王の容体を確かめるには、これしかなかった。

「ねえ、あなた」

声をかけられた。

赤い服を着た女たちが立っていて、俺はあわてて頭を下げた。

「調理場へ行って、部屋にサジーを届けるように伝えてちょうだい」

サジーは高山で生る果物だ。調理場でも希少とされて、厳しく管理されている。

けれど、はなから願いを叶《かな》える気のない俺は、「かしこまりました」と引き受けた。

じっとして、彼女たちが通りすぎるのを待った。しかし、ひとりが俺のあごに手を添えた。そっと、顔を持ち上げられる。

「あなた、男なの？　まだ子どもみたいに見えるけど」

彼女のほうこそ、まだ子どものようだった。腰まである栗色の巻き髪と、青い瞳がまぶしい。大きく胸元が開いていて、白い肌には赤い羽のティンクチャーがあった。

「ふうん、男の子にしては、ずいぶん可愛い顔をしているのね。緑の瞳も、宝石みたいでとってもすてきよ」

「赤の姫、おたわむれはよしてください」

上ずった声で頼む。彼女はふわりと笑みを浮かべた。

「いいじゃない。ねえ、あなたもハリームで一緒にお酒を飲まない？　白の侍従の身分じゃ、そんなこと一生叶わないでしょう。きっと楽しいわよ」

身の置き場がなくなって、俺はうつむいた。青の宮殿の侍女たちは歳上の者ばかりで、こんなふうに奔放《ほんぽう》な物言いをする者はいなかったので、どうしていいかわからなかった。

「もしかして、怒られることを心配しているの？　だぁいじょうぶ。ギル様はしばらく、部屋にこもりきりよ。女にご用はないってわけ」

「……あの、ギュールズ王はご病気なのでしょうか？」

「そういう話はね、あんまり聞かされないわ。側近に聞いても教えてくれない。今夜だって、宴会なんかでお茶をにごされてしまった。側女なんてどうせ、見下されているのよ」

背後にいた女が、「カーマイン様、くちが過ぎるのではないですか」と、彼女をたしなめた。

カーマインと呼ばれた少女はくらりと首をかしげて、さびしげな表情を浮かべた。

けれどすぐにまた楽しげに、「ねえ、あなた、シャトランジを知っている？　とっても面白いのよ。いらっしゃい」と、俺を誘った。

「申し訳ありません。失礼して、サジーをご用意してまいります」

頭を下げれば、カーマインは、「そう」とくちをとがらせた。

「ずいぶん真面目な侍従みたいね。つまんない」

俺を軽くにらんだ。会釈して立ち去ろうとしたが、「待って」と、呼びとめられた。

カーマインは、青い目をすうっと細めた。

「あなた、ずいぶん不思議な気配。本当に白の侍従かしら？」

光彩の大きな瞳が、急激に青味を増した。闇に近い、藍色に染まっていく。まるで青の王に見つめられた時のように、寒気がはしった。

「ここではみな、わたしを『赤の姫』なんて呼ばないわ。あなた、カーマインと聞いても、なにも思いあたらないのでしょう。もしかして、黒の宮殿からもぐりこんだ、ネズミ？」

「わ、わたしは先週、ここに下働きとして遣わされました。不慣れなせいで、不敬があったのなら、どうぞお許しください」

俺は床にしゃがみこんで、手をついた。カーマインは俺を見下ろし、「そんなに怯えなくてもいいじゃない」と言った。

遊びに飽きたように、ふいっと俺の前を通り過ぎた。その後ろを、他の女たちが付き人のように歩いて通り過ぎた。

最後の女が、俺のかたわらにひざをついた。

「ここで働くなら、あの方を姫なんて呼んだらだめよ」と、こそりと、ささやかれる。

「カーマ様は、赤の姫の中で一番、王のご寵愛《ちょうあい》を受けているの。それに、並みの術師よりも強い力をお持ちだから、不興を買ったら、どうなるかわからないわよ」

カーマインを、恐れているかのようなくちぶりだった。

ぴり、と鋭い視線を感じて、目をやった。廊下の先で、さきほどの集団が立ち止まっていた。

暗かったので顔など見えなかったが、きっとカーマインが見ているのだろうと思って、ぞっとした。


赤の宮殿の庭園には、背の高い樹が多く、俺は警備兵に見つからないように、木立の後ろに隠れ、しゃがみこんだ。

緊張が少しだけほどける。

カーマインとの出会いにあてられて、すっかりやる気を失っていた。勢いだけでノコノコと忍び込んだ自分が、ひどく愚かに思えた。

暗闇の中で、ころりと寝転び、夜空を見上げる。

星が幾度もまたたいた。遠くから聞こえてくる話し声も、草木に吸い込まれて、この世界にひとりきりのような気分になる。

「ズベン・エス・カマリ」

呪文のような名前を唱えて、その星を探す。

緑色の星を、ヒソクも見ているだろうか？

西方からは逃げるように頼んでいたので、青の軍との争いに巻き込まれることはないだろうが、不安で胸が苦しくなった。

放浪の身では、色々、つらいことがあるだろう。ご飯はちゃんと食べれているのだろうか。固い肉が苦手だったけれど、好き嫌いしていないといい。

甘えたな妹がわがままを言って、一緒に逃げてくれた男たちの、足手まといになってしまわなければいいけれどと、心配になった。

手を離したのは正解だったのか。あの夜、離れてもいいのか何百回と考えたけれど、今、隣に妹がいないのなら、すべてが間違っているような気がした。

ひたいにふれる妹の指は、優しく俺を起こそうとした。

まだもう少しだけ寝ていたかったから、俺はいつもみたいにヒソク、と呼びかけた。

おまえと離れてしまう夢を見たよ。

夢で良かった。夢の中でも、俺はやっぱりおまえがそばにいないと、ダメだった。そばでヒソクが笑っていないと、生きる意味がないんだ。

記憶の始まる時から一緒にいたから、もうどうやってひとりで生きたらいいのかわからない。おまえが笑えばしあわせになったし、いやな思いをさせるくらいなら俺はすべてを投げ出しても良かった。守ることが生きる意味だった。

ヒソク、今どこにいる。

ふいに目の前が燃えるような赤に染まった。

「大丈夫か」

聞きなれない男の声に、俺はハッとして飛び起きた。

「俺……」

身体はぬれて冷え切っていた。見上げれば、木の葉から雨粒が落ちてきて、透明な星が降ってくるようだった。

男はガラス製の筒を、雨のあたらないところにそっと置いた。取っ手がついた筒の中で、火が赤々と燃えていた。寝ている間に、目の前にかざされたのは、その火筒に違いなかった。

「うなされていた。つらい夢でも見たのか？」

そっとほおをぬぐわれて、俺は涙を流していたことに気がついた。

顔が赤くなるのを感じた。赤の宮殿に忍び込んだ挙句《あげく》、雨の中で眠りこけていたことを思えば、恥ずかしくて身の置き場もなかった。

男は心配そうに俺の顔をのぞき込んでいる。砂色の髪は子どもみたいに外側にはねていて、同じ色の瞳は優しかった。

「なんだ、俺のことを知っていたんだ。君は調理場で働いていた子だね。こんなところでどうしたの」

「ギュールズ王」

「あなたに、会いに」

くちにしてからハッとした。

赤の王はきょとんとして俺を見つめた。俺はあわてて、「申し訳ありません」と謝った。

「怪我を負われたと聞き、ご病状だけでもうかがいたくて、赤の宮殿に忍び込みました。お許しください」

「それでどうしてここに?」

「え……あの。赤の宮殿が広くて、赤の方のお部屋がどこかわかりませんでした」

「それで?」

「えっと、それで星がきれいで見上げていたら」

「いつの間にか寝ていた?」

ためらいながら、「はい」と答えた。

「はは、見つけたのが俺で良かったな。忍び込んだのが、無駄にならずに済んだ」

くったくなく笑うのに、ぽかんと見とれていたら、赤の王は「痛てて」と、わき腹を押さえた。

「だ、大丈夫ですか」

「しまった、ふさいだばかりなのを忘れていた」

「ええ?」

「たいした傷じゃない。そう、ハクにも伝えてくれないか。しばらく、会いに行くこともできそうにないし、心配をかけてすまないと伝えてほしい。親代わりのような男なんだ」

「俺がここに来たのは、ハクさんとはなんの関係もありません」

ハクにも責任があると誤解されたくなくて、首を横にふった。

赤の王はちょっと瞬きをして、「ん？」と首をかしげた。

「君とは1度しか会ってないけれど、俺の様子を見るために、こんな真夜中に兵の目をくぐりぬけてきたの？　許可なく宮殿に入ると、処罰の対象になるんだけれど」

処罰という言葉にぎくりとしたが、こぶしを握りしめた。

「1度きりしか会っていなければ、心配することも許されないのでしょうか。食事にも手をつけられていないようでしたし、ひどいお怪我なのではないですか？」

開き直ってそう言った。

「ああ、俺の食事、君が用意してくれてたんだ。アイスクリームがあったからそうかと思ったんだ。側近が見たこともない食事だと言って、毒見をしている間に溶けてしまった」

赤の王は、「もったいないことをした。めずらしい菓子をたくさん食べられる機会だったのに」と、ほほえんだ。

だけど、残されていた食事はそれだけではなかった。前に会った時より、ほおがこけて、くちびるが荒れていた。

「また、アイスクリームを作ったら食べていただけますか？　食べたいものをおっしゃっていただければ、なんでも作ります」

様子をうかがうように尋ねた。

「せっかく用意してくれたのに、食事をとらなかったのは悪かった」

眉尻を下げて素直に謝った。そうすると、まるで親に叱られた子どものようだった。

「怪我をした時は、なにか召し上がらないと、傷の治りも遅いのですよ」

ついそう諭してしまう。

「バーガンディーにも、そう言われて怒られている」と、弱りきった様子で答えた。

けれど、食べない理由は教えてくれなかった。無理に食べさせることはできず、俺は小さくため息をついて、「わかりました」と言った。

「すまない」

「明日はアイスクリームを作ります」

「……は?」

赤の王の、少し吊りぎみの大きな瞳が、まんまるになった。

「それから明後日は、レモンの皮と砕いた氷を入れて、酸っぱいアイスクリームを作ります。菓子を作るのは得意なので、毎日違うものを届けてもらいますね」

言葉もなくなった赤の王に、俺は真面目な顔で続けた。

「バーガンディー様に頼まれているから、食事をご用意しないわけにはいきません。ながめるだけで、食べなければ、ギュールズ王の意志にも反さないし、問題ありませんよね」

「ながめるだけ?」

「はい。昼ご飯には、米と味付けした鶏肉を、葉でくるんで蒸したものをご用意します。もちもちしていて美味しいですよ。夜は小麦を練って、麺を作りましょうか。麺が伸びてしまうから、王宮ではめったにお出ししないのですよね。香草で香りづけした汁に浸して、熱いうちに食べるのが美味しいんです」

赤の王はぱちぱちと瞬きした。

なにか言い返そうとしたようだったけれど、結局、「聞いているだけで腹が減りそうだ」と、言った。

それから、困ったように笑顔になったので、俺もにっこりとした。

「美味しいものを食べたら、元気になります。よく熱を出して寝込んでいた妹にも言い聞かせてました」

「君の妹なら、ずいぶんと幼いのだろう」

「10歳です」

赤の王はまた吹き出した。

「まあ、そう言われても仕方ないな。責務を放り出して、こんなところに逃げ込んでいるようじゃ、王なんていやだと逃げ出していた子どもの頃と、そう違いない」

「――いやだったのですか？」

意外に思って尋ねると、彼は「子どもの頃は」と答えた。

「秘密にできるか」

「ひみつ、ですか？」

「王になるのがいやだと言うのは、許されないことだから」

そう言って、少しさびしそうにほほえんだ。

「ティンクチャーがあるだけで、ただの子どもだ。大人たちから毎日、王史だの政治だの言い聞かされても、ぴんとこなかったし、早く母のところに帰りたかった」

「あの、たしか、王の許可があれば、家族を王宮に呼び寄せられるのではないのでしょうか。そう聞いておりますけれど」

おぼろげな記憶を思い返してみる。

「母は赤の宮殿には住めないんだ」

「え、どうしてですか」

おどろいて尋ねれば、「王をかくまったから」と答えがあった。

「ティンクチャーのしるされた者は、すみやかに王宮に申し出なければならないし、それを知った者も引き渡す義務がある。王をかくすのは重罪だ。母は2歳だった俺を、王宮に引き渡すのがいやで逃げた」

くらくらした。俺には、赤の王の母親の気持ちが理解できた。話の先を聞くのが怖かった。

「母は無事だよ。ファウンテンが解放してくれた。俺とは、二度と会わないことを条件にして」

「会わないことを？　では、それ以来、一度も会っていないのですか」

「大丈夫、母は元気に生きているよ。今は家庭を築いて、子どももいると聞いている」

しあわせそうにほほえむから、なんだか胸が苦しくなった。

「宮殿は、さびしいですか」

「それを俺に尋ねるのは、君がさびしいと思うから？」

急な問いかけに、俺は言葉を失った。

赤の王は、座っているのに疲れたのか、先ほどの俺のようにごろりと横になった。けだるそうなので、熱があるのかもしれない。そっとてのひらをひたいにあてた。赤の王は、俺に手をどけるようには言わず、「また星が出ている」と言った。

俺はつられて空を見上げた。雨があがり、一段と星が美しく輝いて見えた。

「王宮はさびしくはないよ。あの頃は気づけなかっただけで、みな優しかった。王になるのが運命だというのなら、しなくてはならないことも見つけられた」

「民を守る、王になる？」

「ハクだな。子どものくせに、不相応な望みだと笑われたよ」と、苦笑いした。

「確かに、まだなにも叶えていない」

「南方の民は、豊かな暮らしをしていると聞きました。領地の民がしあわせなら、もう願いは叶っているのではないのですか」

「あそこはもともと気候がよく、食物がたくさん取れる土地だ。他国への出荷と引きかえに、めずらしいものも手に入るから、他の領土との取引にも使える。俺の功績ではないよ」

「でも、鉄製の農機具が増えて、農業がいっそう発展したのは、赤の王の功績なのですよね。南方の隣にあるビレットは銀が取れない国だから、銀を輸出してかわりに鉄を大量に輸入していると聞きました」

赤の王は、「え」と言って、身体を起こした。

「あれ、違いましたか？」

「いや、その通りだ。すまない、まだ子どもだと思っていたから驚いた。どこでその話を？」

「俺だって、本くらい読みます」

本当はルリから聞いた話だったが、少し得意になってそう答えた。

「本当に変わった子だな」

「子ども子どもとおっしゃいますけれど、俺はもう14です。そんなに違わないと思いますよ」

「14？　では、俺と5つしか違わないのか。もっと幼く見えるな」

「俺がチビだからでしょう」

ふてくされてそう答えれば、赤の王はまた、ふわりとほほえんだ。

そっとほおをさわられる。驚いたが、さっき俺も似たようなことを王にしたのを思い出したので、されるままになっていた。

中指にはめられた指輪から、ひじにかけて白い布で覆われていて、手の甲にしるされているはずの、赤いティンクチャーの存在を隠していた。

はじめて調理場で会った時も、これをしていたことを思い出した。

「じゃあ、子どもと呼ぶのはやめよう。名はなんというんだ？」

俺は迷った挙句に「ヒソクです」と答えた。

青の星見の名は耳には届いていないのか、赤の王は「ヒソクか」と、くちの中で繰り返した。

「ヒソク、本当はビレットのことも、俺の手柄ではないんだ。ヴェア・アンプワントを吸収して、銀が豊富に持てるようになったから、南方で取れる銀を他国に輸出することが許された。アジュール様の計らいだよ」

「青の王の？」

「ヴェア・アンプワントを手に入れたのはアジュール様の功績だし、輸出入に許可を出せるのも、パーディシャーだけなんだ。貨幣価値にもかかわってくるから、俺の一存では決められなかった」

「かへいかち？」

「そうして、舌っ足らずにしゃべっていると、小さな子どものようなのに、王宮の歴史に詳しいなんて、やっぱり変わっている」

笑いながら言われて、少し悔しくなった。今夜からは、きちんと本を読もう。

「銀の輸出の件は、青の王のおかげかもしれませんけれど、でも、輸入した鉄の使い道を決めたのは、赤の王なのでしょう？　鉄は武器にも甲冑にもなるのに、農機具を作ることにされたのですよね」

「そうだな。自衛手段をみすみす失うと叱られた」

「けれど、農業はさらに発展しました。飢える者がいないのは、すごいことだと思います。俺が西方に住んでいた頃にも、お金がたまったら、南方に移り住みたいと言う人はたくさんいましたよ。彼らにとっては憧れの土地なんです」

「西方に？」

眠りに落ちそうだった赤の王が、はじかれたように身体を起こしたので、俺はびくりとした。

痛いくらいに肩をつかまれた。

「西方に残してきた家族は、無事なのか？　妹がいると言っていただろう」

俺はいきおいに気圧《けお》されて、上ずった声で「だ、大丈夫です」と答えた。

「妹はもう西方には住んでいないし、他に家族はいません」

そう答えてもまだ、赤の王はさぐるように、俺の目の中をのぞきこんだ。

間近で見つめると、薄い色のまつげは生え際だけ色が濃く、茶に近い赤だった。

髪も同じように、根元だけが濃い色になっていて、彼は赤毛の人種なのだと、俺はその時にはじめて気がついた。

ヒソクを連れだしてくれた男のひとりが完全な赤毛で、髪全体が赤い者と、根元だけが赤く染まった者とがいると教えてくれた。

ふわりと肩に重みがかかった。くったりと寄りかかってきた身体を抱きとめると、くったりとした身体は熱かった。

赤の王は、胸にためていたものを吐き出すように、深いため息をついた。

「あの、熱があるのではないですか?」

「大丈夫だ。少しこのままでいてくれないか」

俺は困ってしまって、そろそろと背中をなでた。広い背中は、服ごしでもわかるほど骨ばっていた。

俺はやっぱり、「食事をとったほうがいいですよ」と言ってしまうのだった。

ハクの言いたかったことが、今になってわかった。見守る親のような気持ちが実感できた。

「赤の方は、民に慕われていると聞きました。はっきりした功績なんかなくたって、ときどきは、ご自分の努力を認めてもいいのではないのですか。見返りがないと、ずっと頑張り続けることはむずかしいでしょう」

「見返り?」

「南方の民が今日も平和であれば、じゅうぶんなお仕事をされていると思います。当たり前だって思

わずに受け取ることが、見返りになるんじゃないですか」

「見返りはもう、なくてもいいんだ」

子どものような澄んだ声だった。

「それは、王に選ばれた時に、過ぎるほどにもらった。あとは一生をかけて返すだけだよ」

「あなたは、王になどなりたくなかったのに」

俺は責めるようにくちにした。赤の王でない、なにか大きなものに対して、怒りがわいた。あらがえない、大きなものだ。

「君がさびしいのは、妹と離れて暮らしているからなのか」

静かな反撃にびくりとした。今さら取り繕《つくろ》うこともできずに、「はい」と答えた。

さびしさを認めてしまえば、会いたい気持ちだけで、胸が埋め尽くされてしまう。ヒソクに会いたくて、涙がこぼれそうになった。

赤の王は、かわいそうだともわかるともくちにしなかったけれど、俺の肩にぴったりと頭をつけて、そこをあたためていた。

高価なものも、美しい人も、あふれている王宮で、こんなにもさびしくなるのが、俺ひとりではなかった。それを知って、俺の気持ちは癒された。

にゃあと、か細い声が聞こえた。

生い茂る葉の中から、猫が顔をのぞかせていた。まだほんの小さな猫で、器用に前足をなめた。

「なんだ、そこにいたのか」

赤の王が言った。

「あなたの猫ですか?」

「いや、カーマのだ。子猫が一匹いなくなったと騒いでいたから、もしかしてと思っていたが、見に来て良かった。こんなところでは食べるものもないだろう。無事でいてくれて良かった」

赤の王はそっと猫に近づくと、胸に抱き上げた。

猫は腕の中で安心したように、にゃあと鳴いた。うらやましいと思いながらながめていると、赤の王は「さわってみる?」と言った。

「いいんですか? でも、抱いたことがないから……嫌がられないでしょうか」

「手を出して」

てっきり、手の中に猫を置いてくれるのかと思ったら、手首をつかまれて腕を引かれた。俺はよろめきながら立ち上がった。

赤の王は俺の服についた草を、片手で払った。子どもにする仕草は、王がするようなことではなかったから、俺はあわてた。

やわらかいかたまりを手渡されるとほんのりと温かくて、夜露にぬれていた毛はしっとりしている。

「かわいい。俺、猫を抱くのは、はじめてです」

「ああ、そういえば、青の宮殿では動物は飼っていないのだっけ」

「え?」

「はじめて会ったとき、空色の服を着ていたけど、青の侍従じゃなかった? この庭園は青の宮殿と地続きになっているし、あちらから来たのかと思っていた」

そう言って、青の宮殿の方角を指さした。

どうしてだか、さっき来た道の先が、寒々しく感じられた。俺はこれからそこへ戻らなくてはいけないのに、胸が苦しくなった。

胸の中の小さな猫を、そっと赤の王に返した。

「俺、そろそろ帰ります」

「それなら、兵に話をつけるからついておいで。夜は兵が多いから、白い服じゃ見つかるかもしれない」

「大丈夫です。そのために、黒っぽいローブも持ってきましたから」

濃紺のローブを服の下から引っ張り出した。

「準備万端だな」

「来た道を帰ればいいだけです。心配しないでください。俺が赤の宮殿に忍び込んだことがわかったら、ギュールズ様にもご迷惑がかかるでしょう」

「ギルでいい。親しい者はみなそう呼ぶ」

え、と首をかしげた。

それではまるで、また会うことがあるかのようだった。

赤の王はおだやかにほほえんで、「おやすみヒソク。また、猫に会いにおいで」と言った。

翌日、調理場にやって来た赤い服を着た侍女に、ついてくるように告げられた。俺は盆を持って、彼女のあとについて歩いた。

案内された先で待っていたのは、バーガンディーだった。勝手に忍び込んだことを怒られるのかと思って、汗だくになった。

バーガンディーは、俺をじろりと見た。

「まだ子どもではないか。本当に調理人なのか」と、侍女に尋ねた。

「ヒソクという名の調理人は、この者しかおりません、以前にシャーにお出しした料理も、この者が用意したと、ハクが申しておりました」

侍女は答えた。バーガンディーは盆に並べられた食事をながめた。

「これを用意したのもおまえか」

俺は頭を下げて、「はい」と答えた。

「赤の宮殿で目にしたことは、他言しないと誓えるか」

威圧的な声音にこくりとうなずくと、バーガンディーは続けた。

「おまえはめずらしい料理を作るという話だ。シャーは、おまえの作るものなら食べてみたいとおっしゃっている。料理にまつわる話を聞きたいのだそうだ。しばらくは料理を持ってここへ通うように。シャーが回復するまでは、赤の宮殿に入ることを許可する」

俺はぽかんとした。バーガンディーは、「シャーの前では失礼のないようにするのだぞ」と念を押した。

招かれて王の部屋に入ると、赤の王は寝台に身体を起こして、うれしそうに俺を見た。

「ヒソク」

呼びかけられただけで、顔が熱くなった。俺はどうしてか、彼をまともに見ることができなかった。

「シンクこっちだよ」

穂先をふって誘えば、子猫の瞳はその動きに夢中になった。

ギルの指先をなめるのをやめて、白いわたぼうしに飛びかかってきた。

俺はじりじりと後ろに下がりながら、子猫を自分のほうに連れ戻した。

「それはずるくないか、ヒソク」

ギルはあきれたように言った。

「先にシンクを取り上げたのはギル様ですよ。餌《えさ》をあげるのは俺がやりたかったのに」

くちをとがらせているうちに、シンクと名付けられた子猫は、わたぼうしをむしり始めた。

「わ、バカ、これは食べちゃダメだって。ご飯をもらったばかりだろ。食い意地がはってるんだから」

あわてて引きはがすと、ギルはくすくすと笑った。

「仕方ないじゃないか。君が悩むのが長いから、シンクと遊ぶしかない。ほら、また君の番だよ」

俺は席に戻った。向かいの椅子にはギルが座っている。あいだの盤を見下ろすと、馬頭を模した赤い駒の位置が、さっきまでと変わっていた。

木でできた机にあごをのせて、「なんだか俺、全然シンクと遊べていません」と愚痴った。

「じゃあもう、シャトランジはやめにしようか」

ギルは何でもないことみたいに言って、「ヒソクの11敗目ということでいいよな」と、いたずらっぼく言った。

「いいえ。絶対に途中じゃやめません。負けっぱなしでは、いつまでも強くなりませんから」

俺は、ぐっと身体を起こして、駒をひとつひとつ確認した。

シャトランジという遊びは、もともとは4人で行うものだ。今はギルと2人なので、赤と黒の駒だけを並べて、互いの王をとる戦いを繰り広げていた。

王・大臣・象・馬・船以外の駒は、すべてバイダクという小さな四角で、兵をあらわしている。

俺は黒のバイダクを、ひとつ前のマスに進めた。ちらりと、ギルの顔色をうかがった。ギルは盤上ではなく、俺を見ていた。黙って目を見つめ返したら、ギルは少しほほえんだ。

さらさらとゆれる薄茶色の髪は、射しこむ光の加減で、いつもよりも赤みがかって見えた。

ギルはフィールという象の形をした駒を動かし、黒のバイダクを跳ね飛ばした。

「悪くない位置だったんだけどな」

「俺もそう思います。結局、捨て駒になってしまいましたけど」

ふうと息を吐いた。使えそうな手駒は減り続け、また、長々と悩むはめになりそうだった。

シンクはわたぼうしに飽きたら、まるで母猫に甘えるように、ギルの脚に身体をすりつけていた。

迷子になっていたのを見つけてもらった恩か、ギルになついていた。

ギルは子猫を抱き上げて、薄めた牛の乳をひとくち与えた。一度に多くは飲めないので、そうやって何度も、かいがいしく餌をやっていた。

俺はちらりと、机の端に寄せられた、木の盆に視線をやった。そちらには、人用の食事があった。

ギルは視線に気づいて、「俺もちゃんと食べるよ」と苦笑した。

盆の上から、丸いかたまりをひとつ手にとった。

「重みがあるのに、ずいぶんとやわらかいんだな。ふわふわしている」

「野菜と肉をよく混ぜたあんを、小麦粉を練った皮で包みました。蒸すと皮がやわらかくふくらむんです」

「こっちの緑色のも同じ形をしているけれど、小麦粉で作ったのか？」

「緑の葉をゆでた汁で、小麦粉を練りました。そちらは、野菜とキノコを多めに入れているので、あっさりしていますよ」

「ヒソクの料理はすごいな。目にもあざやかで、食欲をそそる」

ギルは感心したようにそう言って、俺が作った食事を、ぱくぱくと食べた。匂いにつられた子猫が欲しがったので、ギルはほんの少しだけわけあたえた。

ギルは俺が見ているのに気づいて、ひとかけちぎって、手を差し出した。

「とても美味しいよ」

ほめられれば悪い気はしなくて、俺はくちびるに押し当てられた饅頭《まんじゅう》をくちにいれた。

「美味しいです」

ギルはもうひとつかみ差し出してきた。俺のことを、シンクと同じように思っているのではないだろうか。

疑わしい目で見れば、「もっと食べたいのか？」と、尋ねられた。悪気のない言い方に肩の力が抜けた。

赤の宮殿を訪れるようになってから、毎日が穏やかだった。

気さくな男は王だということを感じさせなくて、「ギル」と名前で呼んでも、気にした様子もない。

ギルは見た目に似あわず大食漢で、めずらしい食べ物に目がなかった。

用意した食事を、残さず食べてくれるのは、やはり気持ちのいいものだ。この分なら、怪我の回復に不安はなさそうだった。

「俺、そろそろ戻ります」と、立ち上がった。

「もう行くのか？」

「調理場が混む前に、夕食の準備をしなくちゃいけません。今夜はなにを召し上がりますか」

「また、麺が食べたいな。この間作ってくれたものは、本当に美味《うま》かった」

「わかりました。用意しておきますので、赤の侍従の方にお話を通しておいてください」

「ヒソクが持って来てくれないのか」

ギルはきょとんとした顔で、俺を見上げた。

「すみません、今夜はルリ様のお部屋に呼ばれているんです。明日の昼に、またうかがいます」

「ルリ？」

「青の侍女をされている方です。寝込んでおられたのですが、近頃では元気になられて、ときどき、俺に本を読み聞かせてくれるのです」

「そうか。身体が治ったのなら良かった。きっと、ヒソクの食事のおかげだ。こんなに美味いものを毎日食べていたら、元気にもなる」

「ギル様はどうですか。俺が食事を持ってくるようになって、そろそろ、10日が経ちますけれど」

もう大丈夫ですよね、とくちにすることは、この時間を失うことだったので、言えなかった。

「俺は、まだまだ調子が悪いから、ヒソクが必要だ」

ギルは子どものように笑った。

「明日もこの続きからしよう。シャトランジの盤は、このままにしておくよ」

気分がふわりと宙に浮かんだような気がして、部屋から出たあとも、少しくらくらした。


ルリは手にした本をめくった。

「今夜はどこからお話ししましょうか」

「ルリ様、かへいかちって、どういうものでしょうか」

「貨幣価値ですか？」

ルリは青い瞳を丸くして、急な質問に首をかしげた。

「そうですね。ヒソク様は銀貨をご覧になったことはありますか？」

「銀貨？」

ルリは人差し指と親指で、小さな丸を作って見せた。

「これくらいの大きさで、ものを買う時に交換したことはありませんか」

「俺のいた街では、ものをもらう時には、別のなにかと交換していました」

ルリは立ち上がって、棚から小さな皮の袋を取り出した。戻ってくると、床に座っている俺の前に、大きさの違う銀を、ひとつずつ並べた。

「銀貨は5種類あって、大きくなるにつれ、価値が上がっていきます。すべてに顔が描かれていますが、少しずつ違っていて、初代の5人の王を模しています」

俺はひとつを手にとって、部屋のあかりにかざしてみた。

首から上だけの肖像は、横顔だった。髪はまっすぐで、目は大きくつり上がっていた。

「初代の王は、ずいぶん怖い顔をしていますね」

ルリはくすりと笑った。

「ヒソク様がご覧になっている銀貨は、初代パーディシャーだった、黒の王の肖像です。もっとも大きな銀貨で、黒の銀貨と呼ばれています。黒の銀貨は、一番小さな、紫の銀貨の3倍程度の大きさですが、価値は紫の銀貨百枚分もあります」

「百枚？　紫の銀貨では1個しか買えないものが、黒の銀貨だと百個も買えるのですか？」

驚いて尋ねれば、ルリはおかしそうに笑った。

「不思議ですよね。かつては、この硬貨に含まれる銀と、同じだけの価値しか認められていませんでしたが、今は国の保証した価値がつけられています。それが、貨幣価値です」

ルリは大きさの順に、銀貨を指さした。

「紫・青・赤・緑・黒と価値が大きくなっていきます。青の銀貨1枚を、1ペイルと呼んで、単位をあらわします。黒の銀貨1枚は50ペイルです。つまり、青の銀貨が？」

「50枚と同じです」

「紫の銀貨が百枚で、黒の銀貨1枚と同じです。紫の銀貨は、いくらになるかわかりますか？」

「え、ええ？　黒の銀貨は50ペイルで、でも、紫の銀貨は青の銀貨より小さくて……」

俺はもぞもぞと銀貨をさわって、数字を頭に思い浮かべた。

「青の銀貨が1ペイルだから、その半分ですか？　でも、1ペイルより小さくなってしまうから、俺は間違えているでしょうか」

ルリはよくできましたと言うようにほほえんで、「それで合っていますよ」と言った。

「紫の銀貨は、ハーフペイルと呼ばれ、2枚で1ペイルに相当します。この5種類の銀貨は、国名をとってシェブロン銀貨と呼ばれていて、他の国でもそれぞれの通貨を作っています」

ルリは皮の袋から、青味がかった硬貨をとりだした。

「この銅貨は、シェブロンの隣国、サルタイアーのものです」

「銅ってこんな緑色ではなくて、赤茶色ではなかったでしょうか」

「青銅でつくられているのですよ。だから、緑のように見えるのですね」

銅貨には、馬に乗り、弓をかまえた人物が描かれていた。

「これも、隣国の王なのですか？」

「この絵は、水の精霊です。背景に、雨のような波線が描かれているでしょう。サルタイアーの守り神と言われ、この絵と対になる、火の精霊の銅貨も作られています」

「火の精霊……」

「見せてさしあげたいのですが、わたくしは、水の精霊の銅貨しか持っていないのです」

ルリは苦笑した。

「この銅貨と、シェブロン銀貨で取引することができます。青の銀貨1枚を銅貨1枚と替えてもらえば、サルタイアーで買いものができます」

俺は銀貨をながめた。鈍く光るそれは、通貨以上に、工芸品としての魅力もそなえていた。

ルリは差し上げますよと言った。

「ときおり行商の者が、髪飾りなどを売りにきますから、気にいりのものがあれば、買いあげられてはいかがですか?」

「え、いいえ。そんなことできません」

あわてて手を横にふった。銀貨に興味はあったけれど、ものと換えるだけの価値のあるものを、ただでもらうわけにはいかなかった。

「では、わたくしはこの銀貨で、ヒソク様のお菓子を買うことにいたしましょう」

「え?」

「レモンのアイスクリームがいいですね。黒の銀貨ひとつで、売っていただけませんか?」

「だって、材料は調理場からいただいているのですよ。俺が銀貨をもらうのはおかしいです」

「わたくしは、アイスクリームの材料を買うのではなく、見たこともない菓子を作る技術と、手間に対価を支払うのです。黒の銀貨だけでは、ご不満ですか?」

ぶんぶんと首を横にふる。

「では、取引は成立ですね」

銀貨を手に握らされた。困り果ててルリを見たが、美しい顔でほほえんでいた。もらいすぎだということはわかっていたから、青銅のかけらのほうをつまんだ。

「あの、いただけるのなら、サルタイアーの銅貨ではだめでしょうか? めずらしいものなのですよね」

ルリはじっと銅貨を見つめた。それから、われに返ったようにハッとして、「ごめんなさい」と言った。

「それは大切にしているので、差し上げられないのです。ずっと前に、アジュール様からいただいたものなのです」

「すみません、俺、そんなに大切なものだと知らずに、図々しくお願いしてしまって」

ルリは首を横にふった。

「シャーはもうお忘れになってしまったようですから、いつまでも、わたくしがこれを持っていても、意味はないのかもしれません」

「そんなことありません！」

俺のいきおいにルリはびっくりした。声をひそめて続けた。

「大切なものなら、手放してはいけないと思います」

ルリは水の精霊の銅貨を見つめて、「そうですね」と、握りしめた。手を胸にあてる。

「ルリ様は本当に、シャーがお好きなのですね」

言ってしまってから、俺は白分を殴りたくなった。無神経な発言にも、ルリは怒ったりしなかった。

「ええ」

わずかにかなしそうな響きを含んでいたので、俺は胸がきりきりと痛んだ。

銀貨にしるされた王の横顔は、すべて右を向いていた。

どれも表情には乏しいけれど、見ようによっては、他を寄せつけない高貴さのあらわれにも思えた。

青の王の肖像は鼻が高く、他の銀貨の王と違って、短髪だった。

「これ、シャーに似ていますね」

「ヒソク様もそう思われますか？　わたくしも、子どもの頃、そう思いました。初代のアジュール王の肖像画が宝物庫に飾られているので、あとでご覧になられますか？　シャーにそっくりで驚かれますよ」

「初代のアジュール王？」

「ええ」

「あの、どういう意味でしょうか？　最初の青の王は、シャーと同じお名前だったのですか」

不思議に思って尋ねると、ルリはわずかに戸惑ってから、「いやだ」と言った。

「わたくし、大切な話をしていませんでしたね。『アジュール』は、代々青の王に引き継がれている名前です。王になられたら、もとの名は捨てて、アジュール王と名乗ることが義務付けられているのです」

「では、今までの青の王はすべて、アジュール王なのですか？」

ええ、とルリは言った。

「シャーのことも、即位される前は、アージェント様と呼んでいましたよ」


ルリの言っていた行商が、王宮にやってきたのは、しばらくたってからのことだった。

赤の宮殿でギルと遅い朝食をとっていると、外から女たちのにぎやかな声が聞こえてきた。

窓から身を乗り出すと、宮殿の廊下に女たちが集まり、行商が広げた布を取り囲んで、商品をためつすがめつしていた。

侍従以外の男は、宮殿の中に上がることは許されていない。商人は廊下よりも一段低いところでひざまずきながら、女たちの問いに答えていた。

布の上には書物らしきものもあったが、宝石に比べて地味なそれは、誰の手にも取られなかった。表紙に星図が描かれているのが見えて、俺はなんの本か目を凝《こ》らした。

「欲しいものがあるのか?」

いつの間にか、ギルが後ろに立っていた。俺の頭のてっぺんにあごをのせていた。チビだということを強調されるような仕草に、俺はひょいと顔を上に向けた。そうすると、ギルはあっさりと顔を引いた。

「ヒソクの番だ」と、にっこり笑う。

「ずいぶんと悩まれていたわりに、うれしそうなのですね。俺、まずいところに置きましたか?」

「早く盤を見てみるといい」

わくわくした声にうながされて、盤の前まで連れて行かれた。

赤と黒の駒の位置を確認したが、困った局面ではなさそうだった。それどころか、布陣には少しの乱れもなく、ギルの動きを封じていた。

「あ」と、声をもらした。

でたらめにたいこを打ち鳴らすように、急激に心臓の動きが速まる。そっと黒の駒にふれて、赤い王の駒の前に置いた。

「シャーマット」

「君の勝ちだ」

ギルに言われて、俺はちょっと呆然《ぼうぜん》とした。盤上をすみずみまでながめて、一枚の絵のようだなと思った。

「手がふるえてきました」

「はは、俺も最初の時はそうだった。ヒソクと同じくらいの年に、はじめてバーガンディーに勝ったけれど、その一勝をあげるまでに何年もかかってしまった。ヒソクのほうが断然すじがいい。これからもっと強くなるよ」

「ギル様は負けても、あまり口惜しそうではないのですね」

「そういえばおかしいな。バーガンディーの時はムキになったのだけれど。でも、君が勝ってもうれしい」

くったくのない笑みで答えられる。

手を抜かれたわけではないのなら、俺もうれしかった。じわじわと喜びがこみあげてきて、顔がにやけるのを我慢できなくなった。

ほおをやわらかくつままれる。

「ちゃんと笑わないと、へんな顔になってるぞ」

吹き出すと笑いが止まらなくなった。バカみたいに笑ってしまって、侍従が心配して部屋の様子をみにきたほどだった。

「行商の手が空いたら、部屋に来るように言ってくれないか」

ギルが頼むと、侍従は頭を下げて部屋から出て行った。

俺たちは机の前に座り直して盤をながめ、どのあたりで勝利を確信したかとか、ここに置いたのは間違いだったとか、試合をふり返ってわいわいと言いあった。

俺はまだ興奮がさめなくて、話をしている間、ずっと顔がゆるんでいた。

しばらくして、侍従が黄色の布を持って戻ってきた。行商が王の部屋に入ることはできないので、商品だけを持ってきたと言った。

ギルは盤をそっとよけて、黄色の布を広げさせた。

「勝利の祝いに、ヒソクの欲しいものを贈ろう。さっき見ていたのは、この本だったか？」

俺はあわてて、「そんなものはいりません」と言った。

喜びに水をさされたような心持ちになった。

俺はギルが、一緒に喜んでくれるだけでうれしかった。この上、なにかを贈られるのは、やりすぎだと思った。

ギルは戸惑って首をかしげた。

「すまない。機嫌をそこねてしまったか？」

「ギル様が謝られることはないです」

ぼそぼそと答える。

俺は機嫌をとらなくてはならない女ではないし、小さな子どもでもない。一方的にものを与えてもらうような関係だと思うと、気がふさいだ。

つまるところ、俺はいつの間にか赤の王と、友人のような関係になったと錯覚していたのだ。

ギルは困ったように、俺の顔をのぞきこんできた。

顔をそむけると、シャトランジの横に飛び乗ったシンクが、にゃあにゃあ鳴いた。しょぼくれたギルのかわりに、抗議しているようだった。

俺は、はあとため息をついた。

「本を、見せていただいてもいいですか」

ギルの顔が、ぱっと輝く。

それを見て、やっぱりこの人は、王らしくないと思った。俺の知る王は、どちらも傲慢《ごうまん》で、威圧感を周囲にまき散らしていた。ギルに同じ王の血が流れているとはとうてい思えなかった。

ギルはシンクの頭をなでていた。活躍をたたえるように、大きなてのひらでなでまわすと、シンクも指先にじゃれついた。

お祝いのつもりなら、俺にもそういうことをしてくれればいいのに。そう思ってから、少しくらりとした。

「星座の本だな。ヒソクはこういうのが好きなのか」

ギルは興味深げにそう言った。

茶色の表紙の小さな本には、星にまつわる物語が描かれていた。シアンに借りた本より文字が少なく、ありていに言えば子ども向けの絵本だった。

けれど、染色された本はめずらしかったし、紙をめくるのを止められなかった。

ひとりの男が地面に倒れているところで、手が止まった。かたわらにもうひとり、男と同じ服をまとっていた男が立っている。

次の場面は、雲のすき間から異形の者があらわれるところだった。

倒れていた男は立ち上がり、もうひとりの男と手をつないだ。添えられた文には、ふたりは命をわけあったと書かれていた。双子座の話だ。

俺は侍従に本をみせた。

「あの。俺、これを買いたいです。足りるでしょうか」

腰にまきつけていた袋から、ルリにもらった黒の銀貨をとりだした。侍従は戸惑ってギルに目を配った。

「いつもの支払いとは別に、商人に渡してやってくれ」

「かしこまりました。こちらはお預かりします」

侍従はしずしずと俺から銀貨を受け取った。

しばらくして、黒の銀貨1枚は、緑の銀貨1枚と、赤の銀貨3枚になって戻ってきた。きゅっと握りしめて、侍従に礼を言う。

「にこにこして、そんなに欲しい本だったのか?」

「いえ、買い物をするのがはじめてなんです。おもしろいものですね」

笑顔で答えてから、あ、俺はすねていたんだっけと思い出した。

けれど、ギルがうれしそうな顔をしていたので、もうどうでも良かった。

黄色の布に並べられた、赤い花に目がとまった。銀の髪飾りに、赤い石が花のように埋め込まれている。ルリに似合いそうだと思った。

「あの、青の侍従が赤い装身具を身につけるのは、まずいのでしょうか」

そう尋ねると、ギルは息を止めて、目を大きく見開いた。

薄茶の髪まで、ふわ、と逆立ったみたいだった。

「え？」

俺が言葉を続けようとすると、ギルはくちもとをてのひらで押さえて、「待って」と言った。

「すまない、勘違いをした。それは、本を読み聞かせてもらっている侍女の話だよな」

「は？　ええ、そうですけど。ルリ様に似合いそうだから、買ってあげようと思って……」

言いかけて、ギルがどういう勘違いをしたのかがわかった。机に両手をついて席から立ち上がる。

「そういう意味じゃありません！　俺が赤いものを身につけたいとか、そういうつもりで聞いたんじゃなくて、ほんとにルリ様に」

「うわっ、言うな！　自分が一番バカみたいだと思ってるんだから、追い打ちをかけるな！」

子どもみたいに赤くなって、耳をふさいだギルを見て、俺はふるえた。気恥ずかしさで、身体がふるえることがあるなんて思わなかった。

だいたい、恥ずかしい勘違いをしたのはギルのほうだったのに、どうして俺まで恥ずかしくならなきゃいけないんだ。胸が熱くて、めまいがした。

「倒れそうです」

素直に白状すれば、ギルも机につっぷして、「俺もだよ」と低い声で言った。

それから布の上に手をのばして、小さな指輪をひとつ取った。赤い石のかけらが一粒だけ、控えめに埋め込まれた指輪だった。

「つけてほしいと言ったら、してくれるか？」

ギルは机に両ひじをついて、大きな目で俺をじっと見つめた。

「赤の宮殿に住んで、食事の時だけじゃなくてそばにいてほしい。たぶん、ヒソクがそばにいたら、侍従としてじゃなくなると思う。男にこんなことを言われても困るか？」

俺はぎゅっと、服を握りしめた。

身を守るようなかっこうに、ギルは傷ついたように目を細めたけれど、俺のほうがずっと泣きだしそうだった。

叫びだしたいくらいに、頭が混乱していた。

ギルの言葉は、迷うことなく正確に俺に届いた。けれど、俺にはどうする道も残されていなかった。

今すぐ無理だと言わなくてはいけないのに、ギルの顔が近づいて、くちびるがふれたら、耐えられなくて目を閉じてしまった。

「ヒソクが好きだ」

全部が綺麗だと思った。

わき出る水みたいに濁ったところなんかひとつもない、美しい声だと思った。

また、服を握りしめた。その下の、青いティンクチャーがわずらわしかった。

また、やわらかくくちづけられた。涙が出そうなほどのしあわせを感じて、俺は自分が、どす黒い悪魔だと知った。

「むりです」

ギルの肩を押し返した。

「俺は、青の宮殿の従者なんです。赤の王のおそばに、置いてもらうことはできません。お許しください、俺は……」

本当は侍従ではなく、側女なのだと。

青の王の女だと、告白しようとして身体がこわばった。

それだけは言いたくない。この綺麗な男に、汚いものを見るような目をされたら、俺はすべてを放り出して、この場で死んでしまうかもしれない。

俺はこれからも、ヒソクのふりをすると誓った。

ヒソクのためだ。自分に言い聞かせて、弱いところを吐き出すのを耐えた。

「申し訳ありません。許してください」

「すまないヒソク。俺が悪かったから、泣きやんでくれないか」

ギルは弱り切った声で、そっと俺の髪をなでた。

今朝、赤の宮殿を訪れた時は、こんなふうに終わってしまうなんて、少しも思っていなかった。最後だと思えば、ますます泣けてきた。

俺がこの世に、ひとりきりだったら。

もしもひとりきりだったら、ギルの誘いを受けられただろうか。

好きだと告げることができたかもしれないと思ったら、ギルにもヒソクにもすまなくなって、涙があふれた。

かつ、と靴を鳴らす音が聞こえた。

「シャー、セーブル様がお見えになりました。謁見の間へ向かうご用意をお願いします」

バーガンディーは、部屋の中になにも見えていないかのような、落ちついた声でそう告げた。硬質な声に、俺は責められているのを感じとった。

「あの、俺、失礼します」

あわててギルのそばから離れる。バーガンディーが、にらむように俺を見た。その横をすり抜けて、部屋の外に飛び出した。

呼び止めるギルの声が聞こえたけれど、ふり返らずに廊下を走った。

慣れた道が、ひどく長く感じられた。涙で目の前がくもっていて、横から突き飛ばされた時には、なにが起きたのかわからなかった。

「痛っ！」

うつぶせに床に転がった。片腕を背中にねじり上げられて、首すじにひやりとしたものが押し付けられる。

首に痛みがはしって、それが剣の刃先だとわかった。

「黒の王の御前だぞ。頭を下げろ」

俺はハッとした。長い髪の男が、切れ長の瞳で、俺をじっと見下ろしていた。

細い銀のリングを頭にはめ、黒いまっすぐな髪をたたえたその顔は、黒の銀貨にしるされた王の肖像と似通っていた。

色が抜けたように白い顔だった。対照的に、瞳は深い闇色だった。背筋に言いようのない悪寒《おかん》がはしった。

「ヒソク！」

黒の王は、声のしたほうに視線をやった。

「これはこれは、赤の王。ひどい怪我をしたとうかがいましたが、お元気そうでなによりです」

ギルは見たこともない険しい顔で、「その者を離してください」と言った。

「彼はこの宮殿で働く者です。無礼があったのなら、わたしからセーブル様にお詫《わ》びいたします。その者を離すよう、黒の兵に命じてください」

セーブルは横目でちらりと俺を見てから、手を横に払った。

それが合図となって、俺を押さえていた兵が立ち上がった。赤の侍従たちが駆け寄ってきて、俺を抱き起こしてくれた。彼らは俺を連れて庭に降りた。

黒の王は芝居がかった仕草で、肩をすくめてみせた。

「あの少年を、赤の宮殿で働く者と言いましたか？　ずいぶんと変わったことを言われる」

「おっしゃる意味がわかりかねます」

「貴方はこの者に、ヒソクと呼びかけられたでしょう。前にファウンテンで見かけたことがあるので、すぐに思い出しましたよ。浅黒い肌に、黒い髪と緑の瞳。このような姿の者が、王宮内にそうそういるわけもない」

俺はぎくりとして、顔を上げた。

赤の侍従があわてて俺の腕にとりすがったが、俺はセーブルから、目をそらせなくなった。おそろしい予感に、身体がふるえだした。

セーブルは俺を見下ろして、楽しそうに目を細めた。爬《は》虫類《ちゅうるい》のような、なめらかな笑みだった。

「床《とこ》に伏している間に、ずいぶんと鈍られたようだ。それとも、この幼い術師が、相当うまく立ち回ったのか。ぜひ、手並みを拝見したいものだ」

「術師、とは？」

虚をつかれたギルを見て、セーブルは笑った。

「貴方が疑いもしなかったとは。さすがは、青の王の子飼いの術師だ」

「青の王？」

「貴方にはこう言ったほうがわかりやすいですか？　この少年が、ヴァート王が滅した原因になった、青の星見だと。星見のヒソクの話は、貴方も聞いたでしょう」

胸の内でヒソク、と呼んだ。助けをもとめた。

のどが、カラカラに渇《かわ》いていた。セーブルはくちに指をあて、なにかに気づいたように「ああ」と言った。

「そういえば、ヒソクの名は、青の王の裁判では出ませんでしたね。緑の王が色香に迷って手を出した、青の側女の名前は」

セーブルはゆっくりとギルに近づいて、肩にそっと手をかけた。

「その場で斬首《ざんしゅ》されるほどの原因を作りだした、青の女の名を知りませんでしたか。それならば、私に感謝したほうがいい。あの猛々《たけだけ》しい青の王がこれを知る前で良かった。でなければ、きっと貴方も緑の王の二の舞だ」

ヒソク。

ヒソクヒソクヒソクヒソク。

止まったと思っていた涙があふれてきた。

のどが空気を欲しがってわなないた。水の中に頭まで押し込められてしまったようだった。

セーブルは念を押すように、ぽんとギルの肩をたたいた。耳もとに顔を近づけると、何事かささやいた。

なにを言ったのかは聞こえなかった。ただ、すうっと、その場の空気が冷えたような気がした。ギルは肩に置かれた白い手を、そっと退けた。

それから一歩踏み出して、俺に背を向けた。背の高い彼がそうすると、俺のところからは、セーブルの姿がまったく見えなくなった。

「今日は、わたしではなくヒソクに会いにいらしたのですか。術師に目のないセーブル様らしいふるまいですね」

静かだが、よく通る声でギルは言った。

「適当な理由をつけて、わたしの宮殿を訪れ、ヒソクに会おうと画策するとは、ずいぶんと強引な手段のように思えますが？　その執着を、アジュール王が耳にしたら、それこそ不快に思われるのではないでしょうか」

「今日は、貴方の見舞いにきたと申し上げたでしょう」

「本当におっしゃるとおりでしょうか？　セーブル様ご自慢の、術師の力をもってすれば、ヒソクの居場所などすぐにわかってしまうのではないですか。まして王宮の中であれば、術師の力など使わなくとも、他にも知る方法はいくらでもあります」

「私が赤の宮殿に、間諜《かんちょう》を送ったと言いたいのですか？」

「カーマインに会いに、日参していらした方から、そのようなありきたりの言い分を聞くとは思いませんでした。カーマインにすり寄られていたのを、わたしが不快に思わないとでもお思いでしたか」

「いいでしょう」

セーブルはゆったりと言った。

「今日のところはこれで引きましょう。貴方のそういう顔は、めったに見られるものではない。嫌いではないですよ」

　そう言って、ギルから身を引いた。

「けれど、やはり『星見のヒソク』には気をつけたほうがいいようですね。おだやかな貴方が気色ばむほど入れこんでいる。術師というのは、使いこなしていくらの者ばかりです。逆にあやしい術で惑わされぬよう、御身にお気をつけなさい」

　セーブルが去ってしまうと、ギルはようやく、俺に向き直った。それから、ひざをかかえるようにその場にかがんだ。

　ギルはためらいなく両手を広げた。

「おいで」

　猫にするように呼ばれて、俺はぼろぼろと涙をこぼした。首を横にふって、あとずさった。

　バーガンディーが、「シャー」と呼びかけた。

「セーブル様のおっしゃるとおりです。青の星見に心を砕かれることが、どれほどの危険かおわかりでしょう。青の王の仕掛けた罠《わな》ではないとも、言いきれません」

「ヒソクから話を聞くだけだ。このまま返しては、バーガンディーも心配だろう」

「シャー」

　とがめるような響きに、ギルは眉尻を下げて、バーガンディーを見つめ返した。

「すまない、これだけは譲れない。長く仕えてくれているおまえのためにも、無謀《むぼう》なことはしないと約束するよ」

そう言うと、ギルは身軽に廊下から飛び降りた。

動けなくなっていた俺を、猫のようにかんたんに抱き上げ、その場から連れ去った。

行きついた先は、はじめて会った時と同じ場所だった。木々に囲まれたそこは明るい光が差し込んでいて、色とりどりの花が咲いていた。

ギルは俺を肩から降ろすと、城壁に背中をもたれて、ずるずるとしゃがみこんだ。

俺は立ちつくしたままだった。

頭の中の大事な部分が壊れてしまったようだった。涙が止まらないし、止めようという気力すら少しもわいてこない。

王宮にやってきてから、胸に降り積っていた疲れとかなしみが、今さらのように押し寄せて、胸をぎりぎりとしめあげた。

「ヒソク、おいで」

ギルは小さな声で言った。

俺はその場に崩《くず》れた。

「無理です。俺はもう、あなたにふれることはできません。なにかしてくださるのなら、優しいことをおっしゃらないで、俺を殺してください」

腕を引かれて、よろけるようにギルの胸に倒れこんだ。

ぎゅっと抱きしめられて、その腕のあたたかさに、空っぽになっていた心がふるえた。

「宮殿はつらいか」

俺は、返事ができなかった。こうしてギルと一緒にいれば、王宮も悪くないところだったように思えるのが、とても不思議だった。

目を閉じる。ヒソクと見た、最後の星空がまぶたに浮かんだ。

こんなにも苦しい思いをするくらいなら、まぶしい星たちに見守られたあの夜、俺は妹を殺して死ぬべきだったのかもしれない。

3章　声

部屋の外が暗くなったり明るくなったりする、そのうつり変わりをただながめるだけで一日を過ごした。

ルリが部屋まで様子を見にきてくれても、寝台に起き上がることすらできなかった。

医師は俺を診《み》て、のどや頭の痛みはないかと尋ねた。俺はどの問いにも、ゆるく首を横にふるだけだった。医師は困り切った顔で、そばにいたルリに話しかけた。

「首の切り傷は、たいしたことないねえ。声が出なくなったのは、精神的に強い衝撃をうけるようなことがあったからではないかと思うよ。あんたはなにか知らないか」

ルリが曇った表情で、わからないと答えた。心配そうなルリを見てさえ、困らせてはいけないという気持ちすらわいてこなかったから、俺は死んでしまったのだなと思った。

声が出ないことも、仕方ないとあきらめてしまった。すぐに、眠りに落ちてしまうのを止められなかった。うとうとすると、頭に浮かぶのは妹のことばかりだ。

今どこにいるのだろう?

セージと、舌っ足らずな声で名前を呼んでほしかった。ヒソクが間違いなくしあわせなのだと、今すぐに知りたかった。そうでなかったら、俺はもうどうしていいかわからない。

見返りが必要だった。

このつらさを我慢できるくらいに、ヒソクがしあわせになってくれなければ耐えられない。

押し付けの愛情しか持っていない自分を愚かだと思うけれど、こうする以外に心の平穏を保つ方法を知らなかった。

一日に何度も眠りに落ちる。

そうして何度も、目を覚ます。

やがて、部屋の外が、オレンジ色の夕日に包まれた。夜空を見る前に、俺はまた、深い眠りへと落ちていった。

夢の中で、ヒソクは黄色い砂漠にいた。別れた時よりも髪がのびていて、黒い巻き毛は、砂漠の砂ぼこりのせいか、色あせて見えた。

ヒソクは岩の上に座り、暗くなった空を見つめていた。その先の、うんと遠くに届けるように、「セージ」とささやいた。

すると、小さな星が2つ並んで、猫のしっぽのように流れて消えた。

ヒソクのまわりを、幾人もの老人が取り囲んでいた。俺がヒソクを預けた、赤毛の男たちではなかった。知っている者は誰ひとりとしていなかった。

老人たちは、オアシスのそばにぼろぼろのテントを張って、少しばかりの干し肉や木の実をわけあいながら生きていた。

ヒソクは、広い砂漠のどこに行けば、水が飲めるのかを知っていたので、老人たちにとってなくてはならないものだった。

ヒソクはみなに、オアシスから立ち去るように諭した。けれど、疲れていた老人たちはすぐには動けず、少女の言葉をとりあわなかった。

それに、オアシスには美味しい果物がなっていた。そんなところはめったになかったので、わずかな期間で立ち去るには名残惜《なごりお》しかったのだろう。

朝陽が昇ったら。次の朝陽が昇ったらと、老人たちはヒソクをなだめ、好きなだけ赤く甘い果物をむさぼった。

やがて真っ暗闇の中、いくつもの小さな光が近づいてきて、馬に乗った集団がオアシスへやってきた。

黒い甲冑を身につけ、灰色のマントをまとっている。

男たちはテントを破壊して、あるだけの食べ物を奪い取った。すべてが終わる頃には、泉は赤黒くにごっていた。

ヒソクはひとりの男に抱え上げられ、その場から連れ去られた。

老人たちは、誰ひとりとして立ち上がることができなかった。

夜が明け、砂漠に静かな青空が戻った。じりじりとした太陽が真上にのぼる頃、雲ひとつない空に幾筋もの強い閃光《せんこう》がまたたき、雷鳴が響いた。そして、ひときわ激しい轟音《ごうおん》とともに炎はオアシスに横たわる老人の遺体を焼いた。

「ヒソク！」

叫びながら目が覚めた。

あたりは薄暗くなっていて、部屋には、銀の皿にくべられた火の明かりだけが輝いていた。

身体が冷えるほど汗をかいていた。ふるえが落ちつくのを待つと、俺は寝台から立ち上がった。

棚から本を取り出し、部屋の外までよろよろと歩いていく。

暗い夜空を見上げて、夢の中の星を思い出そうとした。ヒソクが見上げていた星の位置と、俺が見ている夜空の違いを、見つけようとした。

本をひらいて、地図の描かれたところをちぎりとった。中央に記載された王宮を向いて、ヒソクが俺の名を呼んだのなら、それは星の位置からも、南方である可能性が高かった。

砂漠はシェブロンの中には存在しない。南方の下に描かれたビレットは、広大な砂漠を有していた。ビレットのことなら、ギルに聞けばわかるかもしれない。

歩きだそうとしたのに、ひざの力がかくんと抜けた。赤の宮殿に向かおうとしただけで、身体はすべてを拒否した。

誰かを呼ぼうとしたけれど、ケホと乾いたせきが出ただけで、声が出なかった。

今さら、焦った。廊下にへたり込んで夜空を見上げた。

はじめて、神様に祈った。これが、バカげた夢で、俺の取り越し苦労であることを、心の底から祈った。

その時、祈りに応えるように、2つの並んだ星が、夜空を横切った。


「ヒソク様！」

ルリの悲鳴が聞こえた。

ふわりと、嗅いだことのある香のにおいがした。無意識に側に来たあたたかい身体に、身をすりよせた。

首からあごにかけてのすっとした輪郭線をながめて、俺はまだ、夢の続きにいるのかと思った。こんな男は死んだらいいのにと心の中で唱え続けた、あの夜を思い出させた。

まだ、かなしい何かが始まる前の夜のことだ。

夢ならいいのにと、俺はもう一度思った。

「シャー、こちらへお願いいたします」

ルリのひそめた声音が聞こえた。

そっと寝台に横たえられる。かたわらに腰を降ろした青の王は、俺の首に手をあてた。

「あとは侍従に面倒を見させる。おまえはもう休んでいろ」

「かしこまりました。お留守にされている間、目を離さぬよう頼まれておりましたのに、ヒソク様をお守りできず、申し訳ありませんでした」

「病み上がりのおまえに何ができる。やることを与えたほうが退屈しないと思ったまでだ」

「ですが……」

「いいから、早く部屋に戻って寝ろ。まだ完治はしていないと医師から聞いたぞ」

「もうすっかりいいのですよ。シャーもわたくしが歩きまわれるほど回復していて、驚かれたのではないですか。つきっきりで看病してくださったヒソク様のおかげです」

「代わりにこれが寝ついていては、バカのやることだろう」

そう言って、前髪をすかれた。ざらざらした手は、俺のひたいの上で止まった。

ルリを引き留めそうになるのを、必死に耐えた。歩く音が遠ざかっていく。

親指が、まぶたの上をなぞった。

「ヒソク、いいかげん寝たふりはやめろ」

泥のように重いまぶたを、そろそろと持ち上げた。

薄暗い部屋に、青の王とふたりきりだった。途端に身体がこわばった。青の王は俺の肌をなでた。ぞわぞわとした嫌悪感を、目をつぶって我慢した。

「それが、王を迎える女の態度か?」

あざ笑うようなくちぶりで、一番聞きたくなかった言葉を吐かれる。そんなものにはなりたくなかった。

顔の上に、ばさりと紙が放り投げられた。

「地図を持ち出して、なにを探していた。気を失うほど思いつめるくらいなら、くだらない用ではないのだろう」

言われて、大事な記憶がよみがえり、あわてて地図を広げた。部屋が暗いせいで、青の王は顔を寄せてきた。

声を出そうとしたけれど、のどから空気がもれただけで、まともに音にかえられなくて、地図を指さした。

「南方?　なんだ、わかってほしいならくちで言え」

ぶるぶるしながらにらむと、「くちがきけなくなったのは聞いている」と言われた。

「ビレットか」

コクコクとうなずいて、砂漠を指でとんと叩いた。

「ベンド砂漠がどうした。ここに行きたいのか?　なにもないところだぞ」

めいっぱい首を横にふる。俺は自分に指を向けた。

すると、すぐに「本物のヒソクか」とため息のような返事があった。

「妹の居場所を白状してどうする。逃がしておいてほしかったんじゃないのか」

俺はもどかしい思いで、くちをぱくぱくとさせた。

肩をつかまれて、引き寄せられた。目の前に青の王の顔があって、俺はぎくりとした。青い目は、にじむように濃く色を変える。

「妹が危険なのか」

どうして伝わるのか、不思議だった。

「おまえに星見の能力はないのではなかったか。なにもできないと豪語していた、あれはどうした」

そんなことは、俺のほうがききたかった。

俺じゃなくて、ヒソクの力かもしれなかった。ヒソクが助けを呼ぼうとして、俺にあの光景を見せたのかもしれない。

それが一番ありそうだった。だから、さらわれる場面を、俺に見せたのだ。助けをもとめたのだと思えば、いてもたってもいられなくなった。

「ベンド砂漠まで、馬でも7日はかかる。砂漠では、飲み水もままならない。おまえのように体力のない者が行っても、ヒソクにたどり着くまでに死ぬぞ」

7日と聞いて、絶望的な気持ちになった。

先ほどの流れ星が、ヒソクの見ていたものと同じなら、あの夢は、おそらく今夜のことだった。今から行っても、砂漠につく頃には、ヒソクは連れ去られているだろう。

俺は地図をながめて、なにかできないか、必死に考えた。焦燥感にさいなまれる。せめて、ヒソクのいるオアシスのことだけでも伝えたい。

そば机に置かれた、紙とペンをとりあげた。『オアシス』と書いた。

『老人』『馬』『黒い甲冑の兵』『連れ去られる』

腰をつかまれ、寝台に引き戻された。仰向けに寝転がされ、男の影が覆いかぶさった。

押し戻そうとしたが、力の差は歴然としていて、簡単に抑え込まれてしまう。

脚のあいだに男のひざが割りこむ。服のすそをたくしあげられて、無遠慮に足の付け根をさわられる。

悔しさのあまり、鼻の奥がつんとした。

「約束を覚えているか？」

青の王はささやいた。逃げようとしたが、足首をつかんで引っ張られ、さらに密着した。

「西方に行く前に、留守の間は問題を起こすなと言っただろう」

叱るようなことを言って、胸のティンクチャーにくちづけた。今すぐ皮ふを焼き切りたいほど、苛《いら》立《だ》ちがつのった。

書きつけた紙をたぐり寄せて、青の王の鼻先に押しあてた。それをちらりと見て、「文字が書けるとは驚きだな」と、どうでもよさそうな声で言った。

片手で紙を握りつぶすと、床に投げ捨てた。

「交換条件のつもりか。くちがきけなくなっても、可愛げがないのは変わらないな。それとも妹が死んでしまえば、私に従う必要などないという、意思表示のつもりか」

妹と死という言葉を一緒に聞いて、くたりと力が抜けた。

もしも、ヒソクが死んだら、俺は生きている意味がなくなる。怒りも嫌悪も忘れて、青の王を見つめた。

男は小瓶《こびん》を出して、俺の腹にたらした。

どうしてヒソクだけは、殺さずに連れ去ったのだろう?

あの場で殺さないのなら、妹になにをするつもりなのだろう。あいまいな想像に、胸が焼き切れそうになる。

ヒソクを助け出せないなら、あんな夢は見たくなかった。なにも考えたくなかった。腹の上にたらされたアンバルの匂いを、いっぱいに吸い込んだ。頭の中がぐらぐらとゆれた。

固く閉じていたすぼみに、油をぬりこまれる。自分でほぐすことしかなかったそこは、他人の指にびくついた。大きな手で急所をさわられる恐怖に、俺はぐずって泣いた。

強引に動かされると、すぐに興奮にすりかわる。ほぐされても、貫かれる時は、ひどい痛みをともなった。

空っぽの腹に受け入れれば、それが内側にぴったりとおさまるのを感じた。ゆさぶられると、なにも考えられなくなる。ずっとこのままでいたい。

抱きついても、汗の匂いすらしなかった。けれど、俺は青の王の首すじに、血の匂いを嗅いだ。

ぐっと深くつきいれられて、目の前がぱちぱちと白くはぜる。

綺麗に光る向こうに、切り取られた光景が浮かびあがった。何枚もの絵をばらまかれたようだった。

武器を手にした男。追われて逃げる者たち。

青い甲冑を着た兵、ほおに血をあびたシアンが屋敷を指さし、なにかを告げようとしていた。

見覚えのある屋敷だった。俺が住んでいた、西方の慈善家の屋敷だ。あの家で、何度も主人に犯された。

黒煙が噴き出し、盛大に燃えていた。屋根が崩れ落ちた。腹の底から、いい気味だと思った。

はあはあと、あえいだ。薄いくちびるを重ねられる。

ギルの優しいくちづけを思い出す。同じところを、血の匂いがする男に踏みにじられる。

青の王の首につかまりながら、くちびるだけを動かして、ギルと呼んだ。


うーん、と腕を持ち上げて伸びをする。妙にすっきりした頭を軽くふった。

寝台から立ち上がると足元がふらついたが、廊下を歩くうちにそれも慣れてきた。

廊下の先からルリがやってきて、驚いたように目を丸くした。

「ヒソク様！　起き上がっても大丈夫なのですか」

ちょうど食事を運ぶところだったのだろう、ルリの持っていた盆には、スープや果物が、多すぎるほどのせられていた。

ぐるぐると、強烈な空腹感を感じた。

ありがとうと、言ったつもりだったが、くちびるだけが、ぱくぱくと動いた。

ルリは痛ましそうに俺を見たが、すぐに明るい顔をとり戻して、「今朝は日差しがやわらかいですから、お庭で召し上がりますか？」と、言った。

青の宮殿の庭園には、銀細工の施された丸机と、同じ意匠の椅子が備え付けられていた。

出された食事をくちに運ぶ。あたたかいとうもろこしのスープは美味しかった。

「少し背が大きくなられましたね」

ルリが、まぶしそうに俺を見つめた。つい、にこりとしてしまった。

「ヒソク様の笑顔、久しぶりに見せていただいた気がします。シャーとお会いになりましたか？　昨日、倒れていたヒソク様を、寝台まで運んでくださったのですよ」

ルリの言わんとするところがわからなくて、きょとんと顔を見つめた。

青の王にうとまれている俺のことを、気遣ってくれているのかなと思った。

「なにがあったのか心配されています。のどの傷のこともありますし、調理場への出入りも禁じられるおつもりのようですよ」

驚いて、食事をする手が止まった。

ルリは俺を見て、「シャーには、ヒソク様の作られる食事はとても美味しいと、申しておきました」と言った。

「ずっと、わたくしのせいで、調理場へ通われていると思って、心を痛めていたのです。けれど、多くの調理人がヒソク様のことを心配されていました。その食事もみなさんで用意してくださったんです。調理場は、ヒソク様の大切な場所なのだと、シャーに話してくださいね。心から申し上げれば、わかってくださる方です」

あの男が俺の話に耳をかたむけてくれるとは思えなかったけれど、ルリの話がうれしかったのでうなずいた。

「本をお持ちしましょうか？　せっかくですから、なにかおもしろそうな物語でもお読みしますね。

書庫から探してまいりますのでお待ちください」

そう言って、ルリは席を立った。

ひとりきりの庭園はひっそりとしていた。

晴れ渡った青空を見上げる。まぶしい色の空だった。

「ヒソク」

呼ばれた気がした。ふり返ると、庭にギルが立っていた。俺はまばたきも忘れて、呆然とした。ギルはゆったりと歩いてきて、俺の前で立ち止まった。

「忘れ物を届けにきた」

差し出されたのは、行商から買い求めた絵本だった。

ギルは俺のひざの上に、本をそっと置いた。

「それから、銀貨も忘れていた」と、小さな皮の袋を、本の上に置いた。

「他の宮殿に忍び込むのは、ずいぶんと緊張するな。こんなことをやってのけるなんて、やはりヒソクはすごい。君の部屋もどこにあるのかわからないし、今日も会えないかもしれないと思って、あきらめそうになった」

ギルはそっと、俺のほおに手をのばした。

「少し痩せたな。ちゃんと食べているのか？　食べないとだめだと言ったのは、ヒソクだぞ」

そう言って、おだやかな顔でほほえんだ。

声が出なくて良かったと思った。声を出せたら、くちづけてほしいと言ってしまうところだった。

ギルの視線が、俺の首もとにうつった。傷を気にしているのかと思って、首を横にふった俺は、バカだった。

鎖骨の下に広がる、青いティンクチャーを、ギルはながめていた。

昨夜の情交で、いっそう濃い色をとり戻していた。自分の顔が、醜《みにく》くゆがむのがわかった。

ギルの目から隠したいと思った。けれど、動くこともできなかった。ギルが立ち上がって、びくつく俺の前髪に、くちづけた。

「またここへ来てもいいか？」

目を伏せてじっとしていると、ギルは「また会いにくる」と、優しく言い直した。

そうして、来た時と同じくらいにゆったりと、庭園から出て行った。

俺はその後ろ姿を、食い入るように見つめていた。まばたきのあいだに消えてしまう、夢なのではないかとおそれた。

皮の袋から、銀貨がひとつこぼれおちた。横を向いた王は、頭に葉でできたかんむりをつけ、５枚のうちで一番おだやかな顔をしている。

銀貨のふちをとりまくように、小さな文字がしるされていた。

ギュールズと胸の内でつぶやいた。王の名前のしるされた赤の銀貨を、そっとなでた。

銀貨を袋に戻そうとして、中に入っているものに気が付いた。それは、前に見たことのある、赤い石のはめ込まれた指輪だった。


ルリには少し休むと伝えて、部屋へと戻った。

侍女に頼んで、服を用意してもらう。ファウンテンに着ていったのと同じ、かしこまった格好だ。久しぶりに、青い石の飾りのついた腕輪を両手にはめた。少しのびた髪を、後ろでひとつにしばった。

準備を終えると、侍女をひとりだけ連れて、青の宮殿を抜け出した。

青の宮殿と黒の宮殿のあいだには、ひときわ大きな建物がある。

カテドラルと呼ばれる建物だ。大きなドーム型の屋根があり、4つの細い尖塔《せんとう》が、四方を守るように整然と配置されている。

建物の中には、式典の際に使われる大きな聖堂や、王が会合を開く部屋のほかに、宝物庫などがあって、何人かの兵が交代で見回っていた。

兵に出会うが、侍女を連れている俺には、何も言わずに道をあけた。

黒の宮殿にたどり着くと、侍女が一歩前にすすみ出て、俺があらかじめ頼んでおいた言葉を、見張りの兵に告げた。

「青の星見のヒソク様です。黒の方へのお目通りをお願いしていると伝えてください」

兵はじろりと俺を見下ろした。高価そうな服に目を止めて、思案する顔になった。

しばらくして、俺と同じくらいの年頃の少女がふたりやってきた。

胸もとの大きく開いた服を着た彼女たちは、どちらとも区別のつかないそっくりな顔をしていて、白い肌にしるされた、黒い羽のティンクチャーも同じだった。

首からは馬をかたどった銀色の飾りを下げている。4頭の馬が複雑にからみ、それぞれの馬の首は、野の花のように互い違いを向いていた。

「シャーがお会いするそうです。こちらへどうぞ」

少女たちのあとに続いて、黒の宮殿を歩いた。

宮殿の造りは、青の宮殿と左右対称になっていて、部屋の大きさなどにあまり違いはなかった。けれど、いつも静かな青の宮殿と違って、どの部屋もにぎやかな声があふれていた。

そっと部屋を見ると、裸の女が酒を飲む男にしなだれかかっていて、あわてて目をそらした。

先をゆく少女に、くすりと笑われたような気がした。

黒の王の部屋は、宮殿の奥にあった。中に入ったら、広さよりも異様な色に目を奪われた。すべての壁が、光沢のある黒い石で埋め尽くされていた。

少女たちは部屋に入ると、慣れた様子ですみへ行き、ひざをついた。

セーブルは複雑な模様の絨毯《じゅうたん》の上でくつろいでいた。

「これは星見の者よ。よくいらした。そのようなところで立っていないで、座られたらどうですか」

俺はこくりとつばを飲み込むと、セーブルのそばに近づいた。

部屋には机などはなく、少し間をあけて、セーブルの向かいに腰を下ろした。頭を下げて、紙をさしだした。

『お話ししたいことがあります。のどを痛め、声が出ないため、侍女を呼んでもかまいませんか』

セーブルはそれを声に出して読んで、それからちらりと俺を見た。

「かまいませんよ。入ってきなさい」

侍女は俺のかたわらにひざまずき、「ヒソク様のかわりにお話をさせていただきます」と言った。

「先日お会いした時は、そのようなことはなかったはずですが、どういった理由で、言葉を失ってしまったのか、興味がありますね」

セーブルはそう言って、意味深な目を向けた。

俺は服の襟元《えりもと》をぐっとひらいて、のどの傷を見せた。

黒の兵のつけた傷跡を見て、「まさか、その傷が原因だとでも?」と、うすら笑った。

本気で信じ込ませることができなくても良かった。原因をあいまいにさせる効果を狙っただけだった。

正直に、精神的に弱いと知らせることは、話をすすめる上で不利になるかもしれないからだ。

「お話とは、声が出なくなった恨《うら》み言でしょうか?」

セーブルは興味が失せた様子だった。俺は文字を書き、侍女に渡した。侍女がそれを読みあげた。

「傷のことで、黒の方に不平を言うつもりはありません。こちらには、術師が多く住まわれているとうかがいました。彼らは、どのようなことができるのですか?」

「ほう。同じ術師として、他の王に仕える術師のことが気になると?」

「星見とは学士のような者です。けれど、わたしは星について勉強などしていません。生まれた時から、身についていた能力です」

セーブルをじっと見た。

「黒の王は、カーマイン様にご興味がおありとうかがいました。不思議な能力を持つ術師を欲しているということでしょうか」

「星見殿のおっしゃるように、私は術師になみなみならぬ興味がある。私がとくに興味があるのは、これから起こることを予言する、サキヨミです」

「いま、黒の宮殿にいるサキヨミには、満足しておられますか」

「それはどういう意味で？」

「わたしの力が、彼らよりも高ければ、黒の宮殿で召し上げてもらえないでしょうか」

意外な申し出であったらしく、セーブルはしばらく返事を返さなかった。

それから、「はっ」と鼻で笑った。

「赤の王に続き、この私までたぶらかそうという魂胆ですか。それとも、なにか私から手に入れようというおつもりで？」

「ふさわしい地位をいただければ、それでかまいません」

セーブルは疑り深く、俺を見つめた。

「今日の貴方は、この間とは違い、ふるえているだけの子どもではない。悪くありませんね、教えてあげましょう。かつての王たちはみな常人にはない能力を持ち、初代に至っては人の心を操る王までいました」

「黒の王がおそばに術師を置かれるのは、古代王の力を感じたいからなのでしょうか？」

「そんなあいまいな望みではありません。神の血は、神の血を持つ者と交わることで強くなるのです」

「神の血を持つ者？」

「ふふ、術師のことですよ。不思議な力を持つ術師は、王と同じで、オーアの血が流れていると言われています」

俺は驚いた。

「だからこそ、青の王も『星見のヒソク』を求めたのです。強い力を持つ者と交われば、より神の力は濃くなる。ヒソクの名を聞いたのは私のほうが早かったのに、黒の兵を出し抜いた」

声には、苛立ちが含まれていた。

俺は機を逃さぬよう、「では、青の王を見返すよい機会ですね」と言った。

セーブルの細い目が、いっそうに険しくなる。

「どうも、星見殿のことがわからない。なにが狙いです」

「お疑いなら、術師を連れてきて、わたしの魂胆がなにかを、視《み》させればいいでしょう」

「黒の宮殿の術師に、能力があるかを確かめにきたのですか。青の王も、ずいぶんと危険なことをされる」

「青の王はこのことを知りません。わたしは青の王のもとを離れたいだけです。あのように、疑い深い王のもとでは、わたしの力は活かすことができません。セーブル様は、わたしには興味がございませんか？」

目を細めて誘えば、セーブルは手にした酒をあおった。それから、俺の胸元を指さした。

「他の王のティンクチャーを持つ者を抱くと、死ぬと言われている。そのことはご存じですか？」

「――え」

「王にしか知らされていない、王宮の禁忌です。王同士はもちろんのこと、違う色のティンクチャーを持つ者を抱くことはできない。これは、初代パーピュアをめぐる呪いとも言われています」

「初代パーピュア王？」

一番小さな銀貨を思い出した。

細かく波打つ、長い髪を持っていた。真珠のような小さな粒が、髪にいくつもちりばめられていて、女性のようにも見えた。

「男でありながらその美しさは女神のようであったと言われています。アメジストの瞳に金の髪、真っ白な肢体《したい》は他の王をただの男にかえてしまい、彼らは女に目をくれることもなく、紫の王の虜《とりこ》になった。血を遺《のこ》す義務すら忘れた時に、何千年と受け継がれる呪いは生まれた。神の怒りともいえるでしょう」

セーブルは白い顔に、下卑《げび》た笑みを浮かべた。

「禁忌をやぶればどちらも死ぬ。今では呪いの効力が弱まったのか、片方だけが死ぬ場合もあるようですけれどね」

そう言って、くつくつと笑い出した。

「青の王に尋ねればいい。詳しく教えてくれますよ」

不意に腕をのばして俺の胸にふれた。ぐいっと服をはだけさせられたので、俺の隣で、侍女が息をのんだ。

「四十日後」

セーブルは言った。

「星見のヒソクを取り返されたと知ったら、青の王は一体、どんな顔をするでしょうね」

くちぶりから、『星見のヒソク』を、もともと自分の物と思っているとわかった。悪くない話に、俺はほほえんだ。片手で紙に書きつけて、そのままセーブルに見せる。

『能力を持つ者が国外にいれば、捕まえにいくこともあるのですか？　ビレットであっても？』

セーブルは紙を奪うと、自分の席に戻った。

「どこでその話を？」

さきほどまでの上機嫌とは打って変わって、いぶかしげに俺をにらんだ。

「青の宮殿では、黒の軍の動きまで把握しているのですか」

俺は黙って見つめ返した。

星見としての能力のない俺が、セーブルに取り入るのなら、はったりしかなかった。

「本日はこれで退散いたします。星見として召し上げるおつもりになったら、お呼びください」

俺は席を立った。

セーブルの反応で、間違いなくビレットに兵を送ったという確信を得た。胸がふるえるのを、必死に抑える。

砂漠に来た男たちは、黒い甲冑を身につけ、灰色のマントをはためかせて去っていった。マントにしるされた模様は、ティンクチャーと同じだった。

あれがただの盗賊ではなく、黒の兵なのだとしたら、戻ってくるのは黒の宮殿しかありえない。

なんとしてでも、ヒソクが連れてこられる前に、黒の宮殿に入りこまなければならない。青いティンクチャーが消える、四十日も待てなかった。

「セーブル様、外に行けば、おもしろいものをお見せできますよ」

セーブルは俺のあとについて、廊下に出た。俺は、庭園へと降りたった。黒の宮殿の庭園からは、南側の街が臨めた。

「こんなところになにがあるのです」

いかずちです、と俺はくちの形だけでそう言った。

「いかずち？　星見殿はこの青空が見えないのですか。見てみなさい、雲ひとつないでしょう」

セーブルはくだらない遊びに付き合わされたと知って、眉をひそめた。

俺は眼下に広がる街をながめた。

抜けるような青い空が、突然強い光をはなった。轟音とともに、青白い炎が街に落ちた。

遠くの街にも同じことが起こっていた。鋭い杭を打ったようないかずちの道は、南方のさらに先、ベンド砂漠に続いている。

砂漠の夢だ。いく筋もの雷が落ちた時、それはヒソクの消えた方角に、向かってつらなっていた。砂漠から王宮の方角へ、滝のような雷が落ちた。

雷鳴が、何かを知らせるように響く。セーブルはらんらんと輝く瞳で、俺を見つめていた。


俺は黒の宮殿をあとにした。カテドラルを通りすぎる途中で、王宮の正門に続く道に目をやると、シアンが兵を引き連れて出て行くのに気づいた。

シアンも俺に気がついて、それから意外な場所にいる俺に目をとめて眉をひそめたので、声をかけられる前に足早にその場をあとにした。

青の宮殿に足を踏み入れても、やはりいかずちの話は皆をにぎわしているようだった。

「姫さん！」と、声をかけられる。

廊下の下に、ハクがいた。

「無事で良かった。急に調理場に来なくなったものだから、心配しましたよ」

俺は困って、ハクを安心させるようにほほえんだ。

侍女をふり向いて、紙をもらった。

『なんでもありません。心配かけてごめんなさい』と書きつけて、ハクに見せた。ハクは紙と俺を見比べて、「どうしたんです」と言った。

「ヒソク様は声を失われています」

侍女が代わりに答えた。

「そりゃ、しゃべれないってことですか？」

驚いたハクは俺の肩をつかんだ。

「やはり、ひどい目にあったんですね。あたしがギル様のことを姫さんに言ったりしなければ良かった」

俺はあわてて首を横にふった。

ハクは俺の首の切り傷に目をとめ、「それ……」と手を伸ばした。

その手を侍女が強く叩いた。

「星見のヒソク様の前ですよ。頭を下げて礼をつくしなさい」

侍女の凛とした声に、ハクは呆然とした。

「星見……？」

ハクはまじまじと、俺を見つめた。そして、ぎこちなく頭を下げると、ゆっくり調理場へ向かって歩きだした。その背中は、かなしんでいるようにも見えた。

俺はひきとめる言葉を持っていなかった。ハクをだましたのも心配させたのも、すべて俺のせいだった。くちびるを噛んで、言い訳したい気持ちをふり払った。

胸に黒いティンクチャーをしるされた、双子の少女を思い出す。

ヒソクを同じ目に遭わせることはできなかった。そのためには、黒の宮殿に入り込むしかない。

セーブルから渡された、銀の細工を取り出した。4頭の馬が絡み合う飾りに、禍々《まがまが》しいものを感じた。セーブルは人を喰う馬だと言っていた。

飾りを見せれば、黒の宮殿にはいつでも入れる。俺は袋にしまって、見つからないように棚の奥に隠した。

同じ場所に隠しておいた、革の袋を取り出す。指輪をはめた。赤い石は、暗がりでもキラキラと輝く。飛び上がりたいほど、うれしい気持ちでいっぱいになる。

この指輪をつけて、赤の宮殿へ行くことはきっとない。けれど、ギルがこれを俺にくれたことがうれしかった。

また会いにくると言った。優しい声を噛みしめれば、その時だけはすべて忘れてしあわせになれた。

寝台に寝転がって、左手を天井にかざす。

もしも俺が青の宮殿ではなく赤の宮殿に連れてこられていたら、どうなっていただろう。

俺がヒソクではないと知っても、ギルなら助けてくれたのではないか。

そうしたら今頃は、ヒソクとふたりで赤の宮殿に置いてもらえたのではないか。

俺は毎日彼のために料理をつくって、あの部屋でヒソクと子猫と一緒にシャトランジを楽しんで、そうして夜はあの静かな庭園で、ふたりで星をながめたかもしれない。

ヒソクが好きだ、と。

ささやかれたあの続きは、まったく別のものに変えられたのかもしれなかった。

あんなふうに好きだと言われることは生まれてはじめてで、それがどれほど自分を熱くするのか俺は知った。

好きだと答えることになんのためらいもない立場なら良かった。

赤のティンクチャーをつけてギルのそばにいたかった。

ギルは俺を偽物のヒソクとしてではなく、セージとして見てくれるだろう。

それは夢のような話で、かなしいくらいにしあわせな想像は俺の心を少しだけなぐさめた。

袋に戻そうとしてそっと指輪を外す。

「なにをしているのです」

突然の声にびくりとして、俺は指輪を取り落とした。

カツンと冷たい音を立てて床に落ち、部屋に入ってきたシアンの足元に転がった。

俺があわてて寝台に身体を起こすのと、彼がさっと指輪を拾い上げるのは同時だった。

いぶかしげにそれを明かりに照らして、そこに赤い石が嵌められていることに気づいて、無表情な男は顔色を変えた。

「赤の装身具ではないか。これはどういうことだ」

俺は声が出ないことを恨んだ。

寝台から飛び降りて、返してもらおうとシアンの腕に飛びついた。それをかわして彼は逆に俺の腕をつかむと、後ろ手にひねった。

床にひざをつくと、シアンは俺に指輪を見せて問いかけた。

「これはなんだ。自分で買い求めたものか？　私物はすべて王宮に入る時に取り上げられたはずだ。一体、どこから盗んだ」

俺はぶるぶるふるえて、彼の手にある指輪を目で追った。

ただそれを取り上げられるのが怖かった。

「この宮殿で、赤の装身具は扱われない。まさか赤の宮殿へ行ったのか」

それはもう質問ではなく断定で、俺は血の気が引くのを感じた。

足音がして、シアンは入口に視線をやった。

部屋に入ってきたルリがシアンに気づき足を止め、それから背後から組み伏せられた俺に気づいて盆を取り落とした。

食器は割れはしなかったが、ひどい音をたてた。

「シアン様、なにをなさっているのです！」

ルリは駆け寄ってくると、俺の腕を押さえつけていたシアンの前にひざまずいた。

守るように俺の肩に手をふれる。

「どうしてこんなことをされるのです。ヒソク様は昨夜まで寝つかれていて、起き上がられたばかりなのですよ。声も失われているのになんてひどいことを」

「病み上がりの者がどうして正装してカテドラルにいたのだ」

「え？」

戸惑ったルリの声に俺は身をふるわせた。

「ルリ、おまえも術師にたぶらかされているのではないか。この者は知らぬ間に赤の宮殿に入り込み、このようなものを掠《かす》めているのだ」

赤い石の埋め込まれた指輪を見せられて、ルリは息をのんだ。しかし、すぐに気を張り直して、シアンを見た。

「わたくしが、ヒソク様に銀貨をさしあげました。お好きなものを買ってくださいと申し上げたのもわたくしです。自分のお金でなにを買い求めようとも、ヒソク様の自由ではございませんか」

「赤の王に通ずる色を身につけることは、シャーを裏切ることになる」

「お待ちください。シアン様ともあろう博識のお方が、そのようなことをおっしゃらないでください。シャーへの忠誠から、青色を身にまとうことが常識とされていますが、処罰を受けるほど厳しい規定はありません」

シアンはちらりと俺を見下ろした。

心臓がうるさいくらいに鳴っていて、ふたりの声が頭の中で反響した。

「宮殿では常識だ。この者は青の術師なのだぞ」

「わたくしは、ヒソク様が赤い指輪を身につけているのを、見たことはございません。気にいって買い求められても、わきまえて、人前でつけるのをよされているのです」

ルリは説得したが、シアンはそれでも疑わしげだった。見せつけるように、俺の目の前に指輪をさし出した。

俺は食い入るように、指輪を見つめた。

「では、赤の王とはなんの関係もなく、赤の指輪を買い求めたというのか」

俺は首を縦にふるだけのこともできず、固まった。

必死に俺をかばっていたルリが、不思議そうに「ヒソク様」とささやいて青い瞳をまたたかせた。

シアンのこれ見よがしなため息が聞こえた。

急に腕を解放されて、乱暴に床に叩きつけられた。とっさのことで身を守ることもできず、頭を床に強くぶつけた。

「嫌疑《けんぎ》が晴れるまで、これは預からせてもらう」

そう言い残して、シアンが去る。

ルリは俺を抱き起こすと、床にぶつけた頭をさすってくれて、「大丈夫ですか」と心配そうに声をかけた。

けれど俺は、彼女にはかまわず立ち上がった。頭の痛みによろめきながら部屋を飛び出て、シアンが歩いて行った方向へと走り出す。

「ヒソク様！」

ルリの悲鳴を無視して走った。

暗い廊下は薪《たきぎ》の明かりしかなくて、姿を見失いそうになったけれど、必死にあとを追う。

指輪のことしか考えられない。あれは替えのきかない大切なものだ。捨てられたら耐えられない。

俺以外の誰にも、さわられたくなかった。

庭園にさしかかると、俺はシアンがどこへ向かっているのかがわかって、いっそう気持ちが焦った。

この先には、青の王の部屋がある。

シアンを呼び止めたかった。のどからは、ひゅうひゅうという、荒い息しか出なかった。シアンは青の王の部屋の前で足を止め、見張りの兵になにか話しかけた。

あと少しで追いつくところで、俺は声をかけられた。

「ヒソク?」

ふり向くと、青の王が立っていた。

「こんなところでなにをしている」

怒気をはらむ低い声に身がすくんだが、それよりも隣に立つギルに気づいて呆然とした。

薪の光がギルの薄い色の髪をちらちらと赤く照らしていた。

彼もまた驚いたように目を丸くして俺を見ている。

青の王が近づいてきて腕をつかもうとしたので、とっさにそれをふり払った。ギルの見ている前でふれてほしくなかった。

けれどその程度の抵抗では男の前ではないに等しくて、シアンがやったように肩をきめられて、王の身体に引き寄せられる。

「アジュール様、乱暴はやめてください」

ギルの焦った声がした。その声は取り乱したものではなかったが、隠しきれない怒りを含んでいて、俺はつかまれた腕にじわりと汗をかいた。

おそるおそる青の王を見上げれば、ひたりとギルに焦点をあわせて、刺すようにその顔を見ていた。

「どうされた、赤の王」

声から楽しそうな空気を感じ取って、その瞬間、俺はだめだと思った。罠にかかる猫を見ているような、残酷な響きだった。

ギルはこんなところにいてはいけない。早く青の王のもとから逃げてほしかった。

ぱくぱくとくちを動かしたけれど、ギルに届く言葉は出てこなかった。もどかしくて肩が折れそうなほど痛いのも忘れて暴れる。

「シャー、このようなところでどうされたのです」

シアンの声がして、俺は指輪のことを思い出した。

彼は俺と青の王を見て、それから立ちつくしているギルを認めると慇懃《いんぎん》に頭を下げた。

それから悠然と顔を上げて彼に話しかけた。

「これは赤の方。このような遅くにお約束もなく王を訪れるとは、なにか急ぎの御用でしょうか。王とはいえ謁見される場合は、側近に話を通してからいらしていただかないと困ります」

「よせシアン、なにをつっかかっている。昼の落雷で南方に被害が出たので赤の王自ら報告に来たのだ。そうだったな、赤の王？　南方への支援は約束した。もう話は済んだからお引き取り願えないか」

ギルはふたりの話のあいだ、じっと目をそらすことなく俺を見ていた。その瞳は暗がりで赤く見えた。

俺は他に知られないようにわずかに首を横にふって、早く去ってくれることだけを願った。俺のせいで、迷惑がかかってしまうことがおそろしかった。

けれど、ギルははっきりと青の王を見返した。

「アジュール様、もう一度申し上げます。ヒソク様から手を離してください」

静かな声が廊下に響いた。

「それはどういう意味だ。青の術師をどう扱おうと、他の王がくちだしするようなことではないだろう。それともお優しいギュールズ王ははじめて会う者にも情けをかけられるほど心が広いのか」

「はじめて会うのではありません」

すっと血の気が引いて、目まいがした。

青の王の服を握りしめた。すがりついているのか、押さえようとしているのかどちらなのかわからなかった。

「ヒソクとわたしは、調理場で何度も会っています。何度も会いに来て、ヒソクと話をするうちに、女性を想うように好きになりました。青の術師と知っても想いは変わりません。近いうちに青の王にお願いにあがるつもりでした。わたしはヒソクをそばに置きたいと思っています」

「青の女に手を出すと、自ら宣言するつもりか」

冷え切った王の言葉に、俺はふるえながら首を横にふった。

そんなことを望んでいたわけじゃなかった。

一緒にいたいとは思ったけれど、ギルを面倒な立場に追い込んでまで、しあわせになりたいわけではない。

おだやかで優しい者をおとしめてまで、そばにいることを望んでいなかった。

ギルには伝わってしまったのだろうか。宮殿はつらいかと、尋ねられた時の腕の中のあたたかさを思い出す。俺はきっと、また間違えてしまった。

「そう言っているぞ、ヒソク」

耳もとに顔を寄せた青の王が、密やかにささやく。

俺は動かなくなったヴァート王を思い出した。鋭い剣からしたたり落ちる、赤いねっとりとした血。

人の命を奪っても顔色ひとつかえない悪魔のような男と、俺はあのとき嘘でぬりかためられた取引をした。

「おまえ次第だ」

俺にだけわかる声で、青の王がうながし、俺の手を離した。よろけながら、自由になった身体を見下ろした。

俺にはあとなにが残っているだろう？

ヒソクのために、この命はまだ投げ出せない。けれど、ギルにどんな災難が降りかかるのかを思えば、俺はすべてを投げ出してでも、それを止めたかった。

青の王に手をのばした。寄せられた顔にくちづけた。そうすることで、ギルに背を向けたことだけが唯一の救いだった。

ぱちぱちと火がはぜる音が響く。

ふれるだけのそれでは満足してもらえないだろうと思い、くちをあけて自分から舌をからめて誘った。

両手を首にまわして抱きつくと、身体を片腕にかかえられて、足が床から浮いた。

ほおに手をあてられてまた深く舌をからめられて、鼻にかかった吐息がもれた。

ギルには見えていない側の目からこぼれた涙を、王はさりげなくくちびるでぬぐうとこめかみにもくちづけた。

「悪いな、赤の王。しつけのなっていない飼い犬のしでかしたことだ。非礼は私が詫びよう。今夜はもう遅い。シアン、青の宮殿を出るまで、案内してさしあげろ」

「かしこまりました。赤の王、こちらへどうぞ」

「待って。待ってください。ヒソク、それは本当の答えじゃないんだろう。君が泣いたのを、俺は知っている」

抱きあげられたままで、その声にふるえた。

ふり返ったらきっとあの眼に嘘を見透かされてしまう。俺は怖がりの子どものように青の王にいっそう強く抱きついた。

「赤の王、いらしてください。お気は済んだでしょう」と、シアンがうながした。

「だめだ。ヒソクと一緒でなければ帰らない。おいでヒソク」

「ギュールズ王、もう戻りましょう」

バーガンディーの声がした。

みんな早く消えてほしかった。

どうせなら俺が一番消えてなくなりたかった。

「シャー、こちらをどうぞ。ヒソク様から渡されたものです」

そう言って、シアンが差し出したものを、青の王は片手に受け取った。

俺はそれが何なのか見なくたってわかった。

「これは返したほうがいいか?」

青の王の言葉に、ギルの気配がざっと色めくのが背中越しにもわかった。身体から残りの力が抜ける。

「ヒソク、赤の王がお帰りだ。見送ってやりなさい」

そう言って、王は抱きついていた俺の顔を少しだけ離した。

腕に抱きあげられたままで、俺はギルを見下ろした。これが罰なら、やっぱりあの時にギルに殺してもらいたかったと思った。

うっすらとほほえんだ。そうするとギルがかなしげに顔をゆがめたので、俺はそれで合っていたのだとホッとする。

青の王は俺を抱き直して、悠然と廊下を歩き出した。

あとを追うようにヒソク、と呼ぶ声が聞こえたような気がしたけれど、もうそれすら思い出したくなかった。

薪の明かりすら届かない庭園に足をふみいれると、青々しい草の匂いがした。

調理場からは明かりがもれていたけれど、中の声は聞こえてこなかった。

俺は身をふるわせると、青の王の肩でしくしくと泣きだした。

「こんな安物の指輪につられたか。それとも好きだと言われて、のぼせあがったか？　少しは頭が働くかと思ったが、見た目どおりの子どもだったな」

返して、と言った。

声にはならなかったけれど、俺が身体を起こしたので、王はさっとそれを手に届かないところに動かした。

もどかしい思いで、腕を伸ばして足をばたつかせる。たとえ地面に落とされたって、指輪が手に戻るならそれで良かった。

「返したところで、身につけることはないだろう。それは赤の王よりもおまえが一番よくわかっているんじゃないのか」

だけど、それくらいは返してほしかった。ひとつくらい、ギルの思い出がほしかった。

ぼろぼろと涙がこぼれて、指輪をうばいとることすらできないくらいに視界が濁る。

頭の後ろを抱えられて、強引に顔を引き寄せられた。

ぴったりとくちびるを押しあてられたことよりも、首の後ろに赤い石がふれていることに目まいがした。

ギルのことで頭がいっぱいになってしまう。青の王にくちづけられながら、ギルのことばかりを思い出した。何度でも、心の中でその名を呼ぶ。

俺を好きだと言ってくれた、優しい声しか考えたくなかった。

粘膜をふれあわせて深くくちづけあえば、ギルとしていると錯覚しそうだった。頭が熱くなる。また好きだと言ってほしかった。

「赤の王はなんと言った？　ヒソクが好きだとでも？　なにも知らない、幼い王がくちにしそうな言葉だ」

セージ、と夢の中のような声が俺を呼んだ。

「本当はあの男にもそう言われたかったんだろう。セージが好きだと。ヒソクではなく、そう呼ばれることを欲していたのか」

ひそやかにささやかれて鼻先をすりあわされる。

「セージを愛している」

心ない言葉と一緒に大きなてのひらでほおをなでられたら、甘い響きだけが毒のように身体に染みわたって背筋がしびれた。

唾液がふれるくちくちした音に追い立てられて、舌をからめることに夢中になる。

きっとわからないのだ。こうして好きだと言われることが、どれほど俺の心をゆさぶるのか。優しいささやきになぐさめられるのを、どれほど欲しているのか、こんな男にわかりはしない。

「なにを考えている。ゆうべと同じことか」

髪を引っぱられ、くちびるを離される。

「呼んでみろ」

うながされて、くちの動きだけでギルと呼んだ。声は少しもしなかったはずなのに、青の王は「バカが」と吐き捨てて、もう一度くちびるを重ねた。

そうして井戸に、指輪を投げ捨てた。

聞こえるはずのない音が、聞こえたような気がした。深く地中にうがたれた井戸の底に、小さな指輪が水音をたてるのを聞いた。

遠くで起きた波紋に身体中の水がゆさぶられて、俺は暗闇の中でようやく目を覚ます。

自分を抱き上げている男の顔をまじまじと見つめた。それが人なのかそれ以外のなにかおそろしいものなのか確かめようとした。

セーブルにもらった、絡み合う4頭の馬たちの細工を思い出した。人ではないなにかのような気がして、ぞっとした。

どさりと草の上に落とされた。痛みよりも、指輪のことしか考えられなくて、井戸に駆け寄った。石造りの井戸の上に身を乗り出した。その下はぞっとするほどの闇が待ちかまえていた。青の王をふり向くと、気にせずどうぞと言わんばかりの顔で、俺が飛び降りようとするのを見ていた。手足がしびれたようになった。

「おい」

場違いな声がした。

「あんたたち、そこで一体何をしているんだ。調理場で使う井戸だぞ」

白い服をまとったハクが暗がりからあらわれた。

「近づくな」

青の王の鋭い声が響いた。ハクは命令した男を見て、それから伸ばされた手にティンクチャーがしるされていることに驚いて、足を止めた。

「姫さん?」と、弱ったように視線をさまよわせた。

「おもしろい余興の最中だ。邪魔をするな」

青の王は、念を押した。強い夜風が吹いて俺の服をゆらした。

ぐらりと身体がかたむき、なにかにしがみつこうと、伸ばした手が宙をさまよった。

「危ない!」

ハクに突き飛ばされた。草むらに一緒に倒れこむ。はあはあとしたハクの息だけがあたりに響いていて、それは生きていることを俺に伝えた。

青の王は、俺のかたわらに立った。

「妹を見捨てて、おまえだけが楽になるつもりか？」

その問いかけに、俺はヒソクのことが、頭から抜け落ちていたことに気づいて戦慄《せんりつ》した。ふるえはハクにも伝わってしまい、彼は身体を起こすと「あ、あんた」とふるえる声で言った。

「子どもにおそろしいことをさせておきながら、よくそんな平気な顔をしていられるもんだ。それでも血の通った人間のすることなのか⁉」

青の王は、まるでハクがそこに存在していないかのように、すべてを無視して俺を見ていた。

光源などないくらがりでも、青い目は冴え冴えと光を放っていて、まるで不吉な星のようだった。煮えくり返るような怒りが腹をみたした。出口を求めて、渦巻《うずま》いていた。

ざわざわと、悪寒がつま先からかけのぼってくる。似ているものを知っていた。羽のティンクチャーをしるされた時のような、血がわきたつ感覚だった。

身体中の毛をそばだてて、やってくるものに備えた。

こめかみがキンと硬い音を立てた。

殺してやる。

心の中で強くそう願えば、強い風が吹いて、俺の髪をなびかせる。ハクは「うわっ」と叫んで、雷にでもふれたかのように俺から手を離した。

青の王は目を大きく見開いた。草むらにみすぼらしくうずくまっている俺を、はじめて見るもののように見つめた。

「姫さん、声が？　もしかして声が戻ったのか」

ハクのふるえる問いかけに、俺はくちを開いた。けれど、吐息しかもれなかった。

ぐらぐらと煮え立つ頭で、もう一度、許さないと叫んだ。俺の考えをかたどった『声』は、暗闇を覚ますほど、大きく響いた。

青の王は「なるほど」と、静かに言った。

「昔、王宮にいた術師に、同じ能力を持つ者がいた。今のおまえのように、声に出さなくとも相手に思念を伝えることができた」

そう言って吐息を吐いた。

「声を失い、能力に気づいたか。星見のヒソクと同じ血が流れているのだから、術師の能力を持っていても不思議はない」

どういう意味だ、とまた声がした。頭の中で思い浮かべただけなのに、ずいぶんと大きく響いた。

ゆっくりと立ち上がると、「姫さん」と弱々しいつぶやきが聞こえた。

ハクがかたわらにへたりこんでいた。化け物を見るような目で見上げていた。

俺は、優しい者を怯えさせた自分に気づいた。痩せた身体は、なにも変わらない。脚も腕も自分のものなのに、醜くゆがんで感じられて、俺の目を焼いた。

風が吹いて、あたりをゆるがせた。俺たちのまわりにだけ、吹く風だった。調理場から人影があらわれて、彼らが不思議そうにこちらを見るのが、きっと俺の『声』のせいだとわかった。

俺は自分をとりまく世界が変わってしまったことに気がついた。

「来い、ヒソク。おまえの居場所はもうここにはない」

そう告げる王は、まるで異形の者を諭すようだった。優しげな響きさえ含んでいて、「来い」ともう一度言われて、俺は伸ばされた腕にすがりついた。

殺したいほどに憎い男は俺を腕に抱いて、やってきた時と同じように庭園をあとにした。

いやだ、いやだと俺の『声』はうるさかった。

まるで他人の声みたいに耳に入ってくる。制御のきかない騒音は、いつもの自分の声よりはるかに大きくて、侍従は驚いて声の主を探した。

けれど彼らはすぐに青の王に気づいて、頭を下げて待った。そうして、通りすぎたあとになって、抱きあげられている俺をじろじろと見た。その視線にも耐えられなかった。声は「死にたい」と叫ぶ。

「私が子どもを抱きあげているのがめずらしいだけだ。いちいち気にするな」

青の王はまるでなぐさめるように、俺の背をぽんと叩いた。

「気にしないなんて無理です！　頭の中を見られているのと同じなんですよ。こんなこと、止めたくても止められないのが、どれだけ歯がゆいと思っているんですか⁉」

「怒鳴るな、余計にうるさい」

そう言って少し顔を離すので、俺は「別にくちから出てるわけじゃないんだから、耳を離したって意味ないでしょう」と嫌味なことを思った。

青の王は視線を俺に戻して、「確かに」と言った。それから、床に俺を降ろした。

「おまえの言うとおり、顔を離すだけでは意味がないな。声の原因自体から遠ざかることにする。とはいえその大きさでは、青の宮殿から出ない限り、どこにいても聞こえそうだ」

そう言って、背を向けて歩き出す。俺は置き去りにされて、呆然と立ち尽くした。放り出された心もとなさが足元からのぼってくる。

「待って」

ハッとした。普段なら出ないような弱音だった。

「ちがう今のは」と、すぐに否定した。

「ひとりにしないで」

声があふれて廊下に反響したので、俺は恥ずかしさのあまり、その場にしゃがみこんでひざに顔をうめた。両手で耳をふさいだ。

誰かに助けを求めるのは苦手だった。物心ついた時から、なんだって自分でしなきゃいけなかったし、助けてくれる大人はそばにはいなかった。返せるものも持たずに、救いを求めることは悪いことだ。

甘えた心を、知られるのが死ぬほど恥ずかしい。

「うずくまっていないで来い」

俺は真っ赤な顔を上げた。離れたところで男はふり向いていて、おもしろそうに俺を見ていた。

「きらい」

「そう大きな声で言わなくても、聞こえている」

別に怒ったようではなかった。俺は立ち上がると、顔をこすって青の王のあとを追いかけた。

背の高い男とは足の長さが違うせいで、何度も置いて行かれそうになる。シアンのように歩をゆるめてくれることもないので、俺はあせって、服のはしをつかんだ。

ちらりとそれを見とがめられて、うるさそうに手をふり払われる。みっともないと思ったのかもしれない。

「抱き上げて歩くほうが、恥ずかしいのに」

「おまえ、黙っているから考えを読まれるんじゃないのか。なんでもいいから話していろ」

うんざりした横顔に、俺は「どこへ行くんですか」とためしに問いかけた。

そうすると、言葉にしたかったことと『声』が一致した。

「あ、ほんとだ。ずっとしゃべっていればいいんだ。あの、覚えたばかりの星の物語があるのでそれを話しててもいいですか?」

王は自分でうながしたのに、俺が話しかけたほうの耳をふさいだ。

「うるさいな」

「シャーがそうしろとおっしゃったのでしょう」

「どこか人のいない山にでも捨ててくるか。これでは宮殿中の者がうるさがって眠れない」

「そうするつもりもないのに、なんで冷たいことを言うんですか。俺がきらいだからですか」

さっき立ち止まって待っていてくれたから、きっと俺を見捨てるつもりはないのだろうと思いそう聞いてみた。

青の王は、「今のはひとりごとか?　それとも質問なのかどちらだ」と尋ねた。

苛ついた顔に俺はひるんだ。

「ひとりごとです」

「カテドラルなら人がいない。この王宮で唯ひとりもいない場所だ。その音をどうにかするまでおまえはそこにいろ」

「建物に閉じ込めるんじゃ、山に捨てるのと変わらないじゃないですか。どうにかしてくれるって言ったのに」

「ついてこいと言っただけだ。山に捨てれば、夜のあいだに獣に殺されるがどうする。どちらでもいいぞ」

「ひどい」

俺がそうつぶやけば、先を歩く王は少しだけ肩をゆらした。必死にそのあとを追う。

カテドラルには宮殿にはめったにないものがある。

鉄製の扉だ。宮殿は基本的にどの部屋も入口に扉はなく自由に風が吹き込むが、この建物にだけは正面と東西の宮殿へつながる場所に頑丈な扉があった。

夜間はそこを閉めて、見張りを立たせる。

青の王は見張りの兵から火を入れたガラスの筒を受け取って、戸惑う彼らを無視してカテドラルの中に踏み込んだ。

王は真っ暗な廊下を迷いもせずに歩く。

広い廊下にはわき道や小さな部屋がたくさんあったが、王はそれには目もくれず一番奥まった部屋まで歩いた。

正面の門からはかなりの距離があり、暗闇のせいでさらに遠くに来たように感じられた。

入口をくぐるとまずは高い天井に驚いた。

天井の少し下の部分には色のついたガラスがはめこまれて、そこから月の光がわずかにさしこんでいる。

特別に広いその部屋はカテドラルの最奥《さいおう》で、つきあたりには一段高い壇上がもうけられていた。

そこに向かう道には敷布が敷かれていて、両側に細長い鉄製の椅子が整然と何列も並べられている。

先に部屋に入った王は、油の受け皿に火を灯してまわった。

たくさんの小さな明かりに照らされて、石の壁に彫られたレリーフが陰影を濃くした。

精巧に形作られた動物や正装した僧の姿があたりをとりまいていて、壇上にはティンクチャーと同じ翼をたずさえた人物が描かれている。

「ティンクチャーはオーア神を模している。同じなのは当たり前だ」

意識しなかった質問に答えてくれる。

荘厳《そうごん》な雰囲気に息をのんでいると、「式典に使う部屋?」と聞こえた。

もちろん俺の声で、俺はあわてて「式典に使う聖堂ですか?」と言い直した。

その音は焦ってしまったせいで、さきほどよりも大きく天井に反響した。

「もしかして、俺の気分で『声』の大きさが変わるのかな。それなら話すのと同じ小ささにすることもできるかも」

「そうしてくれ。セーブルの従えていた術師は、普通と変わらず会話することができていた。おそらく意志で相手に聞かれたくない言葉も隠すことができたはずだ」

「本当ですか!」

思わず声がはねた。

「その術師の方はなんとおっしゃるのですか? これをどうにかする方法をご存じでしょうか」

「残念だが、黒の術師はとうに亡くなっている。高齢だったからな」

その言葉にがっかりした。青の王はすべてに火をつけ終えて、俺のそばまでやってきた。

「火がなくなったら、外の兵に言って持ってこさせろ。食事はルリに運ばせる。餓えはしないだろう」

「ひとりになるの？」

青の王は、椅子に腰を下ろした。

「考えていることを『声』にしないようにできたら、宮殿に戻ってもいい。早く習得できるように、努力するんだな」

「それまで、ここを出たらいけないのですか？」

「偽物の星見で、ヒソクという妹がいて、赤の王に惚《ほ》れていると、そんなことを自ら吹聴《ふいちょう》する者を青の宮殿に置いておけるか？　兵や侍従がどう思う。処罰を受けたくないのならあそこには戻るな」

「ギル」

赤の王と聞いただけですぐに頭に浮かんでしまった。その言葉に王はうんざりした顔で「シアンに殺されたいのか」と言った。

「あれは、私のことを愛しているからな。青の王に不敬を働こうとする者がいれば、容赦《ようしゃ》なく殺そうとする。どうせおまえには、それ以外にもまだ隠しごとがあるだろう」

あわてて意志を押さえ付けようとしたが、「黒の宮殿へ」と声が響いた。

「わ――！」

「うるさい！」

俺だって頭が割れそうに痛かったけれど、青の王は片手の手首をこめかみにあててうつむいた。

「普通よりも耳がいいんだ。おまえの『声』は特に響く。せめて普通にしゃべってくれ」

「俺だって、声を小さくしようとしています。どうにかしたいのは俺のほうなんだから、そんなふうに言わなくてもいいのに」

「もっと努力しろ」

強く吐き捨てられて、また「きらい」と反射に思った。男は少し顔を上げて目を細めた。

「おまえは考えていることのほうが幼いな。普段はさかしいくちのきき方をするのに、そうしていると年相応に思える」

それがいつもの冷たい笑い方じゃなくて、まるでほほえんでいるように見えたので、俺は本当に具合が悪いのではないかと心配になった。

「いつも俺を、子どもだと言うのはシャーでしょう」

「そうだな」

青の王は言い返さなかった。

「それで、セーブルのもとになにをしにいった？」

切り返しがあまりに滑らかだったから、俺はやっぱり罠だったたと知った。ほほえんだことも俺を油断させるためなら、本当に抜け目がなくて意地が悪かった。

「考えすぎだ。余計なことを思い浮かべて、黒の宮殿の話を誤魔化《ごまか》そうとするな」

「誤魔化してなんかいません。シャーの聞き違いです」

必死に別のことを考えようとするのに、「ヒソクのことは知られてはいけない」と声がした。

「また妹か」

青の王はため息をついた。

「ビレットで妹を連れ去った甲冑の男たちというのは、黒の兵だったか？」

「え、なんでそれを⁉　俺が夢の話をした時から、黒の王の仕業《しわざ》とご存じだったのですか」

「黒の甲冑を見たのだろう。暗闇でもわかるほどの黒色なら、鉄ではない。王宮に納められる黒い鉱石を、セーブルは何年も独占していて、黒の装身具を作る以外に認めていない」

「どうして、黒の王の仕業だと、言ってくださらなかったのですか」

俺は身を乗り出して怒鳴った。

「おまえに言ってどうなる？　セーブルを問いつめたところで警戒させるだけだ。黒の宮殿には、地下が掘られている。そこに押し込められでもしたら、二度と妹と会えることはないぞ」

青の王が鋭い口調でそう言った。

考えていることがだだもれの状態では、隠し事はできない。俺は覚悟を決めて、王に向き合った。

「俺を白の侍従に戻してください。もうすぐ、ヒソクがやってきます。俺は黒の宮殿の術師になり、妹を迎えるつもりです」

「そのように心を隠せないままで妹を守れるのか」

「『声』はヒソクが着くまでにはなんとかします」

「ずいぶんと簡単に言うな。セーブルが術師になにをするのか知っていて、黒の宮殿に入り込むのか」

「知っています。神の血を持つ者を抱けば、自分の血が強められると信じられているのでしょう。だけど、俺がいればヒソクには手出しさせません」

あのおぞましい黒のティンクチャーを思い出す。

「俺には『声』があります。黒の王は、きっとこれを気にいられると思うのです」

「さっきまでふるえていたくせに、したたかだな」

青の王は満足したように、くちのはしを上げた。椅子の背に腕をかける。

「おまえの勝算は『声』ではない。私としたように寝て、あのうたぐり深い王を丸めこめばいい」

おもしろがる声に目を見張った。それで、非難をこめて答える。

「シャーが昨日するから、四十日はセーブル様と寝ることができません。それだけは頭が痛いです」

「なんの話だ」

「なにって、ティンクチャーを持つ者は、他の王とは寝れないのでしょう？　ふたりとも死んでしまうって。あ、片方だけが死ぬとも、言っていた気がします。シャーに聞けば詳しく教えてくれると言われましたが、なにをご存じなんですか」

セーブルとのやりとりを思い出して尋ねれば、青の王は険しい目をして、俺を見た。

「それはセーブルから聞いたのか」

「あの、黒の王と会ったから怒ってるんですか」

青の王は黙って、ゆっくりと席を立った。

「俺なにか間違ったことを言いましたか？」

焦って俺も立ち上がったけれど、横顔からひりひりした空気を感じ取って足が動かなかった。

「ヒソク」

「は、はい」

「もしも妹のことがどうにもならなくなったら、ティンクチャーのあるうちにセーブルと寝て、殺してやれ。生かしておけば、必ずおまえにも妹にも害をなす、獣のような男だ」

青の王はそう言い捨てて、念を押すように俺を見た。そうして、俺は聖堂にぽつりととり残された。


「ヒソク様」

そっとした声に目を覚ました。ルリが俺のかたわらにひざまずいていた。

高いところにはめ込まれたガラスが、とりどりの色でやわらかく輝いている。

それでも俺が眠っていたところまではたいした光が届かず、薄暗がりでは彼女が幻のように思えてしまう。目を凝らして見つめ返した。

「ルリ様がどうしてここに？」

『声』が聖堂に反響して、その大きさにルリが少しだけ身をすくめた。

「ご、ごめんなさい」

「謝らないでください。ヒソク様のご事情はシャーからうかがっております。ずいぶんと不思議な力ですね。頭に響いてくるようです」

そう言ってから、ルリは俺を安心させるようににっこりした。

「水浴び場の支度をしましたので、どうぞいらしてください。今なら起きている者も少ない時間ですから」

閉めきった場所で眠っていたせいで、ひどく汗をかいていた。水浴びができるのなら、うれしかった。

ルリに手を引かれて、椅子の上に身体を起こした。腹の上から小さなものがするりとこぼれおちて、床の上でカツリと音をたてた。

ルリは音のしたほうを見て、「ああ」と言った。指先で拾い上げ、ほおをゆるませた。

「良かった。大切にされていたようでしたから、どうなったのか心配していたのです。シアン様から返してもらったのですね」

安堵《あんど》したように言って、俺に指輪を差し出した。てのひらにのせられた赤い石は、昨夜と変わらず光をはなっていた。

「どうしてこれが？」

「ヒソク様の指輪ではなかったですか？」

「いえ、俺が買ったものです」

俺はあわててそれを手に握りしめると、「何でもないです」と首を横にふった。

ルリはまだ火の残っていたガラスの筒を持ちあげて、外へと案内した。ルリとともに歩きながら俺はまだ混乱していた。

「これは井戸に落ちたはずのに」

「え？」

ルリは足を止めた。俺は否定するよりも先に、ルリの後ろに気を取られた。

向かいの壁に、金属の額縁にはめ込まれた、大きな絵が飾られていた。

「黒の王の飾りと同じだ」

ぽかんとして立ち尽くした。一辺が俺の身長よりも大きなその絵には、4頭の馬が絡み合う姿が描かれている。

黒の王から渡された、宮殿に出入りできるという銀細工と同じだ。

カテドラルでそれを描いた絵に出会うなどと思わず、呆然とそれを見つめた。

「神獣を描いた絵ですよ。そばで見てみますか?」

ルリはこともなげに答えて、部屋の入口をくぐった。俺も彼女のあとに続いた。

部屋というより、廊下の一角だった。天井は高く、視界は開けている。

ぐるりとあたりを見回すと、正面に1枚と、左右の壁に2枚ずつ、暗い色調の絵がかけられていた。

俺はまだ、正面の絵に釘づけになっていた。

ルリはその絵の前で足を止めた。

「神獣とは神が従えていた、不思議な力を持つ獣のことです。オーア神は5匹の神獣を従えていたと言われています」

「5匹の神獣?」

耳慣れぬ言葉に俺は興味をひかれて、もう一度その絵を見つめ直した。

「この4匹の馬の他にも、もう1匹いるのですか?」

「いいえ、ヒソク様。この馬は4匹そろってはじめて、1匹の神獣なのです。『黒の神獣』と呼ばれます。王と同じで、それぞれの色の冠された獣がほかに4匹いるのです」

「……黒の神獣」

黒馬のくちに、なにかが咥《くわ》えられている。よく見ればそれは人だった。互い違いに重なりあう馬は、人を咥えて振り回している。背筋が寒くなった。

ルリは絵を見て、「この絵は人を食べようとしているようにも見えますが、正確には食べているのではなく、ふれた者の命を奪う能力があったと言われています」と言った。

「命を奪う？」

「黒の神獣にかぎらず、残りの４匹の神獣も人に害をなす象徴とされることが多いのです。あちらの絵は紫の神獣ですよ」

左隣の壁にかけられていたのは、大きな鳥の絵だった。姿はカラスに近く、黒い羽根を広げた鳥は、地上を見下ろしていた。絵の下半分には、こまかな人らしきものが描かれていて、剣を交えているようだったが、すみには息絶えた者も積み重なって小山のようになっている。

「紫の神獣は高い声で鳴き、人を狂わせたと言われています。戦場で戦士たちを狂乱におとしいれ、同士討ちをさせるところが描かれています」

ルリはそう説明した。淡々とした口調のせいで、絵は余計に不気味に感じられた。すぐとなりに飾られていたのは、２匹のオオカミの絵だった。背景に月が描かれているので空を飛んでいるように見えた。

「ルリ様、この黒い渦巻のようなものはなんでしょうか」

「これは竜巻ですね。緑の神獣は風を操る力があり、嵐を起こして家をこなごなにしてしまうので、天災の象徴とも言われています」

じっくり見ると、竜巻には巻き込まれた人や木が描かれていた。

「この３匹は馬、鳥、オオカミと、動物のかたちをしていますが、赤と青の神獣は少し違っています」

そう言って、ルリは反対側の壁に向かって歩いた。そこにも2枚の絵が並べて飾られており、ひとつめにはヘビに似た生き物が描かれている。

「青の神獣です。ヘビの身体に、にわとりのようなとさかと、鳥の足が生えています。一番の特徴はこの大きな羽で、羽の先には爪のようなものがついています。この生き物は、地上にはいないと言われています」

「怖い目をしていますね……」

「ええ、見つめた相手を、操る能力があったと伝わっています。紫の神獣の『声』と同じように人を狂わせる能力です。次は最後の絵です。赤の神獣こそ、想像上の生き物ですよ」

赤の神獣の絵の前に立った。これまでで一番、不気味な生き物がそこに描かれていた。上半身は人間で下半身は動物のようだ。髪はなく、閉じた両目は左右がつながっていた。腕は長く地面につくほどで、肩のあたりからなにかが滴《したた》っている。

「この黒っぽいものは……血ですか?」

「いいえ、これは毒です。赤の神獣は強靭《きょうじん》な肉体を持っていました。心臓を槍《やり》に貫かれても平気なため、不死にもっとも近かったと言われています。不死を望む者の間で奪い合いになったけれど、誰も手には入れられなかった。肌から猛毒がにじみ出ていて、ふれる者は毒に冒《おか》されたのです」

毒、と俺は繰り返した。

「……あの、言い伝えですよね。こういう獣たちが本当にいるわけではないのですよね」

ルリはくすりと笑って、「ええ、もちろんそうですよ」と答えた。怯えを見透かされたようで、気恥ずかしくなった。

　ルリは神聖なものにふれるように、そっと絵に指を這わせた。

「従えていたのではなく、神が造りだした獣とも言われています。オーアがその身を引き裂き神獣を造ったと。５匹の神獣は５人の王になったと言われています」

「獣が、人になったと言うんですか？」

　冗談のような話に、どう反応していいかわからなかったが、ルリは笑い飛ばしはしなかった。

　俺は勇気をだして、ルリと同じように、絵にふれてみた。古い絵はざらりとしているだけで、俺に噛みついたりはしなかった。


　食事を終えると、ルリは侍従に呼ばれて、カテドラルから出ていってしまった。

　廊下を歩くと天井に近い部分から光が入り込んでいて、昨夜のように真っ暗ということはない。アーチ状の柱が等間隔で並べられていて、光の加減でそれはひどく美しく目に映った。

　俺はこっそりと、他の部屋を見て回ることにした。

　誰にも見とがめられずに、カテドラルを堂々と歩くことなど、望んでも得られない機会だ。神獣の絵が飾られていた部屋以外にも、宝石や装身具がそこかしこに展示されている。

　ずいぶんと年季を感じさせる装身具もあったが、それらはよく手入れされていて、錆《さび》ついたみすぼらしいものはなかった。

　シェブロン銀貨も、たくさん並べられていた。古いものから、彫刻の精度を増していて、おそらく一番古い銀貨には、神獣の姿が彫られていた。

いつからか、刻印は王の姿へと変わったのだろう。現在、使われている銀貨へ視線を落とすと、俺がルリから譲られたものよりも、くすみがなく美しかった。

サルタイアーの硬貨も飾られていたが、ルリが見せてくれた水の精霊も、対になっている火の精霊の銅貨も、展示されていなかった。

俺は次の部屋へと移った。

だだっ広い部屋の真ん中に、大きな円卓があった。机の表面に埋め込まれた石は、オーアの姿をかたどっている。

机を囲むように、5脚《きゃく》の椅子が用意されていた。背もたれに動物の皮を貼りつけた、そろいの椅子だった。欲求を抑えきれずに、ひとつに腰を下ろす。

あたりを見まわしていると、部屋のすみの鉄の扉が目に入った。扉には、オーアの模様が刻まれている。

興味をひかれて近づいた。指先でそっと押すと、抵抗があった。思い切って力をこめてみると、扉はゆっくりと開いた。

「階段？」

地下へと続いていた。おそろしいほどの闇からは、覚えのある香の匂いがした。

青の王に抱かれた時に、嗅いだものと同じだ。俺は入口に備え付けられた、ガラスの筒に火を灯すと、片手に持って地下へと歩き出した。

らせん状の階段はいつまでも続くようだった。地下へ行くほど、次第に息苦しく感じられてきて、不安な気持ちが増した。

終わりは突然にやってきた。階段の終わりに、油を入れた器が用意されていたので、俺は火をくべて、目が暗闇に慣れるのを待った。

カテドラル全体に広がっているのかと思うくらい、圧倒的な広さだった。見渡しても、家具のひとつもない。

歩き出してしばらくすると、なにかを踏みつけた。

カツンという音に驚いて足元を照らした。床にはびっしりと、陶器の皿が敷き詰められていた。

俺はしゃがみこんで、指先で皿をつついた。

「もしかしてこれ、ふたなのかな」

皿だと思ったものは、少しだけ土に埋められていた。すき間に指をかけた。

重さのあるふたを苦労して外すと、中に入っていたのは、耳飾りと腕輪だった。

青い石のはめ込まれた装身具をどかせば、ふわりと白い灰が舞った。灰にうずまっていた固いものに指が触れて、あわてて手を引っ込めた。

「今のも装身具？」

もう一度さわる気は起きなかったので、ふたを閉めた。

ざっと見ただけでも、二百はあるだろう。このすべてに装身具と灰が詰められているのだろうか？

踏まないように気をつけながら、奥へ進んだ。最後までたどり着くと、今までと比べようもない、大きなふたが並べられていた。

５つのふたには、簡素化された神獣が、それぞれ描かれていた。

「馬、鳥、オオカミ、ヘビ、目のない怪物、全部ある。どうしてこれだけはこんなに大きいんだろう」

ふたの大きさからして、人が入れそうな壺だ。

俺はそれで、ようやくこの部屋自体に恐怖を感じた。はじめの壺に入っていたのが、燃やした骨なのではないかと気がついた。

指についた灰色の粉を見つめた。へたりと、ひざから力が抜けるのを感じた。

先ほどまでと違って、壺のひとつひとつに意味が感じられて、俺は別の世界に迷い込んでしまった気がした。

急に怖くなって、階段まで戻ろうとした。途中でなにか硬いものにつまずく。それは先ほど俺が開けたふたで、きちんと閉まっていなかったのだろう。

俺はしゃがみこむと、蹴飛ばしたふたを拾い上げた。

壺の中に、緑色のものが入っていた。

「サルタイアーの銅貨？」

目にしたものが信じられなかった。

馬にのり弓をかまえる精霊の姿は、ルリに見せてもらったものとほとんど変わりなかった。しかし、決定的に違うところがあった。

銅貨の背景には、山なりに重なる線が彫られていた。猛々しいそれは炎のように思えた。俺は誰もいない地下で、「火の精霊？」とくちにした。

カテドラルに青の王がやってきたのは、ルリと水時計をながめている時だった。

水時計の上部には、2本の金属の棒が立てられている。一方の棒には等間隔で横線が引かれていて、それが30分の目安になる目盛りだ。

縦に平行にもう1本設置された棒には、細い針が横向きにくくりつけられて、水平に目盛りを指している。

棒の下部分は水をためた円柱状の容器にはめ込まれていて、浮力のある重しがつけられている。容器に水がいっぱいの時は目盛りの一番上を指しているが、水位が下がれば針はだんだんと下降する。それが、経過した時間をあらわしているということだった。

俺はファウンテンで同じものを見たことがあった。裁判には時間が決められていて、出席した者がどれくらいの時間が経ったのか、把握するために水時計が置かれていた。

カテドラルには他にも、星時計や砂時計があった。気になるものがたくさん陳列されていて、俺はかじりついてながめた。

「シアンと気が合いそうだな」

青の王は展示室に入ってくると、そう言った。ルリは青の王に頭を下げた。俺はのろのろと立ち上がって彼女にならってお辞儀をした。

「カテドラルでは誰も見ていないから気にするな」

青の王はルリにそう声をかけた。

「水時計も久しぶりだな。ルリはおぼえているか？　シアンが水時計は時間がずれると言いだして、部屋に閉じこもっていたのを」

ルリは小さく笑って、「ええ、おぼえています」と言った。

ふたりはちらりと視線を合わせて、「『砂と水ではこぼれる速さが違うんだ』」と言った。

楽しげな様子に、俺は目をぱちぱちさせた。

「でもシアン様にそれを言わせたのはシャーでしたよ。強引に外に連れだしてしまわれて。宮殿のありったけの容器を持ちだして、びしょぬれになるまで実験を繰り返されたせいで、側近に叱られていましたよね」

「シアンは怒られている間もずっと謎が解けただのぶつぶつ言っていて、ちっとも聞いていなかった。ルリは何食わぬ顔で遠巻きにしていたし、迷惑をこうむったのはひとりだけだ」

「ええ、わたくしたちそれを青の宮殿から見ていましたよね」

「わたしたち？」

ルリはふと笑みを止めて、「え？」と不思議そうな声で聞き返した。

「ヒソク」

急に名を呼ばれて、俺はびくりとした。

ルリが楽しそうにしていたから息をひそめていたというのに、なぜ台無しにするのかと思って、青の王をにらんだ。

部屋は少しの間だけ沈黙がながれた。

「ふん、ようやく考えていることが隠せるようになったのか」

青の王は馬鹿にしたように笑った。

「ヒソク様はすごいのですよ。昨日の夜には、もう普通に話すのと変わらないほど、『声』を抑えられるようになっておられました。たいがいのことはすぐに覚えてしまわれるし、学ぶことがお好きだから上達も早いのでしょうね」

「そんなのはルリ様の買いかぶりだ」

声がもれてしまって、あわててくちを押さえた。意味のない動作に俺はばつが悪くなる。

「まだまだだな」

青の王は言った。

「今のは動揺したからで、気をつけていればもう大声を出すこともありません。俺をカテドラルから出してください。もうここへ来て3日目でしょう?」

「わたくしからもお願いいたします。ここにヒソク様をおひとりで閉じ込めるのはあまりにお気の毒です」

けれど青の王はそれにには取りあわなかった。

「明後日にはここで会合を開く。それまでは大人しくここにいろ」

「カテドラルを使うから、ですか?」

俺は眉をひそめた。俺がここに閉じ込められているのが、『声』のせいではないようにも聞こえる。

俺は焦れて、青の王の服をつかんだ。

「今夜じゃだめですか?」

じっと目を見つめた。青の王は息をのんだ。

「――わかった」

視界がふるえて、俺は倒れそうになった。青の王は俺を抱きとめて、片脚を後ろについた。

ルリが焦ったように「おふたりとも大丈夫ですか」と声を上げた。

「今のヒソクの声、ルリには聞こえたか」

「え？」

ルリはきょとんとした声を出した。

「あの、わたくしには、シャーがわかったとおっしゃられたのは聞こえましたけれど……」

青の王は頭を押さえて、「なにをした」と俺に聞いた。

俺にだってよくわからない。ただ、青の王に集中して話しかけただけだ。

「あの、俺はここから出たいって」

パシンと、てのひらでくちをふさがれる。痛くはなかったけれど、勢いに驚いて『声』は途中で止まった。

「意図してやっているのか？　おまえのそれは、ただの『声』ではない。むやみに使うな」

生易《なまやさ》しい声じゃなくて、背筋がぞわりと粟立《あわだ》った。声でないのなら何だというのだ。

俺は青の王の声を思い出した。自分の意見を覆《くつがえ》すことのない男の、『わかった』という感情のない声は、なにかに操られたようだった。

「ルリ、もう下がれ。おまえに命じて、カテドラルから抜け出そうとするかもしれない」

「ルリ様にそんなことしない！」

俺は叫んだ。それからハッとして『声』を止めた。

ルリは困ったように俺を見つめたが、「ヒソク様、また明日まいります」と展示室を出て行った。

「――人を操る『声』か。思考を相手に伝えるだけではないんだな」

青の王は言った。表情が曇ったように見えた。なぜかはわからなかった。

「もう一度、やってみるか?」と、挑むようにささやかれる。

俺は男の首にゆるく抱きついて、耳元でささやいた。

「どうして俺をここに閉じ込めるのか、教えてください」

ただの声は、静かに部屋に鳴り響いた。青の王は平然としていて、操ることはできなかった。役立たずの力を呪いたくなる。

広い肩にほおをこすりつけると、片手で目を覆われて、ゆっくりとひきはがされた。暗闇に青の王の声が響く。

「王宮には術師を捜すための軍が存在する。おまえが夢で見た、黒の甲冑の男たちがそれだ。彼らが王都の近くまで戻ってきたという情報が入った。宿の店主が、幼い子どもを連れているのを見ている」

「ヒソクですか⁉」

衝撃を受けた。ヒソクが王宮のそばまで来ている。きっともうすぐ会える。暗闇に光を見つけたような、喜びが胸に広がった。

「街の医者が呼ばれたが、治療はできないと断っている」

「え?」

「王の身体を診ることは、宮殿の専属医以外には許されていない」

「……あの、ヒソクの話ではないのですか?」

なんの話をしているのかよくわからなくなった。

「ビレットにまで兵を送るのは特別な時だけだ。王が亡くなった時だけは、国外でも捜索する権限が与えられる」

「青の王？」

そのつぶやきにはなにも意味が込められていなかった。ただ、ぐるぐると、頭の中を青の王の言葉が漂って、止まる枝を探していた。

「おまえの妹は、緑の王だ」

4章　最期

夢を見た。

火の精霊と水の精霊があらわれ、俺の前にヒソクを連れてくる。

精霊は人よりも大きい。彼らに挟まれたヒソクは、別れた時よりもいっそう小さく見えた。

長い髪はほつれていた。緑の瞳で俺をじっと見つめているのに、俺はなにも言葉を返すことができない。

ヒソク、と胸の内で何度も呼びかけているのに、妹は聞こえていないのかまばたきすらしない。

呼び戻さなければと焦った。声が出なくても、今ならしゃべることはできるはずだ。おまえと同じように不思議な力を手に入れた。この『声』があれば呼びとめられるはずだ。

ヒソク、と心の中で呼んだ。

ゆっくりとふり返ったヒソクは、焦点のあわないうつろな瞳で「セージ」と呼びかけに答えた。

するとそれが合図だったかのように、黒い水の波が押し寄せてきて、ヒソクの姿は覆い隠されてしまった。


ハッとして目を覚ます。聖堂の中はすでに暗くなっていて、小さな炎だけがあたりを照らしていた。

誰もいない聖堂は、俺の不安ばかりを募らせた。

ガラスの筒を手に持って廊下に出た。ひたいに浮かんだ汗をぬぐうと、カテドラルの出口に向かって歩き出す。

服の内から赤の装身具を取り出して、右の薬指にそれをはめた。

最後の夜になる予感がした。

鉄の扉を叩いた。年若い兵が、扉をわずかに開けて顔をのぞかせた。

「どうされました、術師様」

「すみません、火をいただけますか？　明かりが消えてしまって」

兵は『声』に驚いたようだ。目を見張って、俺のくちびるが動いたのかを確かめようとした。

俺は逆に、彼の瞳を上目づかいにのぞき込んだ。そうして、兵がその視線に気づけば、薄く開かれた扉に手をかけて上半身を見せるくらいまでゆっくりと開いた。

茶色の瞳は、俺にくぎ付けになった。はだけられた胸もとに、視線が落とされた。そこには、青いティンクチャーが浮かびあがっている。

「なぐさめてもらえませんか？　こんな暗いところに、ひとりではさびしいのです」

「な、にを言っているんだ」

兵は上ずった声を上げたけれど、俺が視線をそらさずにいると、ふらりと身体をゆらせて、扉に手をかけた。俺は息がかかるほど近くで、「うれしい」とほほえんだ。

男は眼の色を変えて、俺の肩をつかむと、カテドラルに強引に入りこんできた。噛みつくように、俺の首すじに頭をうめる。体重をかけられて、俺は床にしりもちをついた。

男は性急に俺の脚を広げて、汗のにじんだ手で、服のすそをつかんで腹までまくりあげた。

俺もそれにこたえるように、男の腹に手をのばす。膨らんだ部分を、指先でふれるかどうかくらいに淡くなぞれば、兵はごくりとのどを上下させた。

彼の腰に巻かれた分厚いひもを解いた。剣の鞘が、がしゃんと大きな音を立てて床に落ちた。男は剣を、わきに蹴《け》り飛ばした。

馬乗りになられると、呼吸が止まりそうなほど重かった。俺は男の太い首すじに舌を這わせて、「早く」とささやいた。

汗をなめとりながら、両手で首に抱きつく。ほしいものが手に入った。

男が首からさげていた、細い首輪を両手でつかんだ。結び目をつくる。力をこめて、うつぶせに身体をひっくり返せば、予期していなかった男はのどに金属のひもをくいこませて、仰向けに裏返った。ぐ、とつぶれたような声がした。俺は背にのしかかっている重さに耐えて、ちぎれそうなほどひもを引き続けた。

男が手足をばたつかせる。そのせいで、さらにのどに食いこむということまでは、判断できないようだった。やがて、ぐったりとした重みが背にのしかかってきた。

俺は兵の身体の下から這い出すと、仰向けになった男の胸に耳をあてた。加減などわからないので覚悟したが、そこはまだとくとくと波打っていた。

立ち上がると、開け放たれた扉から外へと出た。

カテドラルに差し込む光よりも、月の光はずっとまぶしく感じられた。目に痛いそれを、二の腕を上げてふせいだ。

慣れた廊下を歩いていくと、すぐに見覚えのある黒い服の兵たちがあらわれた。

「セーブル様にお目通り願います」

俺は『声』でそう告げた。

「取り次いでください」と続ければ、それでようやく兵たちは、聞いたことのない『声』が、俺から発されていると気づいた。畏怖《いふ》を込めた目で俺を見て、わずかにあとずさった。

通り過ぎようとしたところで、職務を思い出したのか、俺の二の腕を乱暴につかんだ。

「その手を離せ」

声を使うと、兵ははじかれたように俺から手を離した。他の兵たちは、「こいつになにをしたんだ」とつぶやき、怯えたようにあとずさった。

「青の術師さま」

双子の術師があらわれた。やっと出てきたのかと、俺は彼女たちに向き合った。

「黒の王は、あなたを呼んではいません。今宵《こよい》はお引きとりください」

「取り次いでくださらないなら、俺は自分で行きます」

双子は眉をひそめて、くちびるの動きで「前と違う」とつぶやいた。

正体を見極めようとするように、黒い瞳を細めた。俺はカーマインを思い出して身構えたが、彼女たちはあっさりと道をゆずった。

意外に思ったが、俺はいそいでセーブルの部屋へと向かった。

黒の警備兵はいなかった。いぶかしみながら、片手で布をはね上げると、部屋の中へと足を踏み入れた。壁を埋め尽くす黒い石は、暗闇でもわかるほどひたひたと光っている。

けれど王は、その暗闇にはいなかった。失望感からひざをつくと、ぱさりと背後で布が落ちてきて、廊下の薪の明かりすら届かなくなった。

「セーブル様は青の術師には会いません」

ふり返ると、薄い布の向こう側に、そっくりなふたりの影が映し出されていた。

布がわずかに持ちあがった。ひざまずいていた俺の肩に、華奢《きゃしゃ》な手が置かれる。

「さきほども、申しあげました。黒の宮殿にいらっしゃらないから、会いようがないのです。最後まで聞けばよろしいのに、間抜けな方」

勝ち誇った言い草に、俺は苛立ちを募らせた。肩にふれた指に、きゅっと力が込められる。

「術師さまには、眠ってもらいます。セーブル様が戻られるまで、黒の宮殿で面倒を起こさぬように言いつかっています。術師さまの力は、使い方を間違えれば、とんでもない騒動に発展してしまうでしょう」

くすりと笑みをこぼすのが聞こえた。

ふれられた肩から熱いものが流れ込んできて、毒のような眠気が襲ってくる。俺は煮えたぎる怒りのまま、『声』の制御をはずした。

「黒の王はどこだ！」

双子はそろって驚いた顔をした。ひとりが、空気のかたまりに押されるように、床に倒れ込んだ。

黒い髪が、円を描くように広がった。

「ソーサラー……？」

かたわれの少女が呼びかけても、倒れた少女はぴくりともしなかった。彼女は呆然と立ち尽くした。

別のことをするのが、生まれて初めてだと言わんばかりの、驚きようだった。

「早く、黒の王の居場所を言ってください。時間がないんです」

キィンと、金属をこすりあわせたような音が、廊下にこだまする。彼女は耳を押さえて、うずくまった。

そばに近づくと、彼女は怯えた顔であとずさった。

「セーブル様は、正門です。緑の王を迎えにいかれました」


『セーブルに上手くとりいったところで、おまえにはもう手出しできない。カテドラルでおとなしくしていろ』

青の王の言葉がひらめく。

けれどひとりだけ、安全なところで待ってなどいられなかった。

ヒソクは俺の妹だ。黒の宮殿の庭園を駆け抜ける。正門へと続く近道は、枝が行く手を阻《はば》んでいた。押しのけて、すき間をぬって走った。

視界がひらけた。

たくさんの松明《たいまつ》に照らし出され、大きな門がそびえたっていた。馬に乗った男たちが、門から入ってくる。黒い甲冑を身に着けていた。灰色のマントも、夢となにも変わりなかった。

黒の兵のうしろから、馬車が入ってきた。

「意識がない。急いで、緑の王を診療所へ運べ」

聞き慣れた声がした。青の王は馬車のそばに立って、兵をうながした。

「黒の宮殿に近い診療所でよろしいですね」

隣にいたセーブルがそう念を押すと、「かまわない。新しい王を連れてきた手柄は、黒の王のものだ」と答えた。

「だが、幼い王を長旅で疲弊《ひへい》させたあげく、死なせるようなことがあれば、責任を取ってもらう。そのつもりでいろ」

「あの娘は、砂漠にいた時から目が見えなかったのです。おそらくビレットの商人に売られたのでしょう。抜け出すかして流浪《るろう》の民に拾われたようですが、どれもわたしの責任が問われるところではありませんよ」

セーブルの答えに、青の王は静かに笑みを見せた。

「どうだかな。すべては緑の王が目を覚ませばわかることだ」

運び出された布のかたまりは、ぴくりとも動かずにただ兵の動きにゆられていた。兵の顔には、人を抱えている重さなどみじんも感じられなかった。包まれているなにかが、人だなんて思えなかった。

「待ちなさい」

セーブルに呼びとめられて、兵がふり向いた。その拍子に、布のはしから人の腕があらわれた。

くたりとゆれた浅黒い手を、俺は樹の陰から、呆然と見つめた。

人形のように力ない腕が、体温の高いヒソクの手と、同じものとは思えなかった。のどの奥から、悲鳴がもれだしそうだった。

この場にいる全員を呪い殺してやりたい。

「そこでなにをしている！」

木の枝のゆれる音がして、俺は茂みから引きずり出された。

ヒソクを抱きかかえた兵も足を止めて俺を見たが、面倒ごとから守るように、足早にその場をあとにした。すぐに追いかけようとして、兵に拘束された。

「この服の色。まさか、青の侍従か？」

「私の侍従だ。手を離してくれ」

静かな声で答えたのは、シアンだった。兵は戸惑ったようにシアンと俺を見比べたが、結局は、俺を解放した。

シアンは部下に「ここは任せる」と言い残して、ぐいぐいと俺を引きずって歩いた。

正門から見えないところまでやってくると、シアンは舌打ちし、俺をにらんだ。

「カテドラルにいるのではなかったのか。黒の王に『星見のヒソク』だと気づかれたら、どうするつもりだ」

「それよりシアン様、診療所の場所をご存じですか⁉」

シアンは「……それより？」とつぶやいて、俺の腕を離した。体勢を崩してひざをついたが、そのままの格好でシアンを見上げた。

「お願いします、教えてください。今すぐ行かなければならないのです」

「緑の王に会いに診療所へ乗り込むつもりか？　そんなことはさせられない」

「妹なんです！　ヒソクは俺の妹です」

シアンは視線をそらした。

「知っている。新しい王は本物の星見のヒソクだろうと、シャーから聞いていた」

つまり、俺には意図的に隠されていた。

砂漠に黒の兵があらわれたと告げた時から、青の王もシアンも、ヒソクのことを知っていた。

胸の内にもやもやと、濁った水がわき上がってくる。

声がふるえそうになるのを、必死にこらえた。

「意識がないなんて、妹はそれほど具合が悪いのでしょうか」

「緑の王はもうあなたの妹ではない。この国の５人目の王だ。家族といえども、臣下にすぎない。王の御身についてみだりにくちにすることは許されていないと、わきまえなさい」

取りつくしまもない言い草に、地面についていた手がふるふるとふるえた。

背筋をかけ抜けたのは、純粋な怒りだった。泣きだしたいほどの怒りだ。シアンの服に取りすがった。

「離せ」

「妹の居場所を教えてください」

静かにじっとその目をのぞき込む。シアンは色の薄い目を、しだいに大きくした。

頭の中がきりきりと引き絞られる。怒りのすべてを『声』に含めた。

「答えてください。診療所はどこにあるのです」

シアンは薄く開いたくちびるで、「むらさきの、」と言った。

「宮殿のうらてに」

ぐい、と頭を引きずられて、俺は地面に倒れ込んだ。強烈な目まいと、吐き気が襲ってくる。

「あ、うあ」

首をつかんで仰向けにされる。

「むやみにその力を使うなと言ったはずだぞ」

青の王は、ひやりとした声で言った。

月を背にしていたので表情までは読みとれなかったが、俺から離れた横顔は怒りを抑えきれず険しかった。青の王はシアンに近づいて、軽くほおを叩いた。

「シアン、無事か」

人の首をしめたあととは思えないくらい、穏やかに声をかける。シアンは小さくむせてから、「申し訳ありません」と詫びた。

「あれが、言っていた能力だ。今後は子どもだからとあなどるな」

「初代王と同じ能力なのですね……わかりました。気をつけます」

青の王は、シアンの肩にふれてから、俺をふり向いた。

「カテドラルからはどうやって抜け出した。見張りの兵を『声』で操ったか？　それとも、ルリに手助けさせたのか」

「兵をたぶらかしました。まだ通路のあたりに倒れていると思います」

「たぶらかした？」

あからさまにうんざりした顔で、俺の腕を握りしめた。

「シアン、青の宮殿に連れ帰って、抜け出さないように見張りをつけておけ。侍従は身持ちのかたい女にしておけよ」

「待ってください！　ヒソクに会わせてください」

「王が病に伏している時は、回復するまでは目通りがきかない決まりがある」

「そんな……！」

「だいいち、おまえが行ったところで何ができる？　余計なことをせず、医師に任せておけ」

「ヒソクは、そんなに悪いのですか？　目が見えないというのは本当なのですか」

青の王はなにも答えなかった。

沈黙が余計におそろしかった。無意識にきゅうっと両の指を握り合わせて、祈るようなかたちをとった。

「お願いします、ひとめでもいいんです。無事な姿を見たら、カテドラルに戻ります。抜け出したりもしません。だから、ヒソクと会わせてください」

組んでいた手は、かたかたとふるえた。

布からこぼれおちた小さな手が、頭に焼きついて離れない。不吉なものを予感させた。

「ついてこい」

青の王は言った。

「は、はい！」

「シャー、口約束をヒソク様が守られると思われますか」

シアンは横目で俺を見て、非難するようにそう言った。

「約束？」と、王は聞き返した。

「誓わせたところで、こいつが守ったためしがない。青の宮殿に連れ帰れば、大人しく部屋にいると思うか？」

俺は早足でふたりの横に並ぶと、「抜け出して、診療所を探します」と開き直って答えた。シアンはわなわなと肩をふるわせた。

「あなたらしくない、甘い処置だと思われませんか。あまりヒソク様を特別扱いされては、他への示しがつきませんよ」

俺がちらりとシアンを見つめたら、同時に青の王もシアンを見ていた。

シアンは視線に挟まれたことに気づいて、居心地の悪そうな顔をした。

「ヒソクを大人しくさせておきたいのなら、縛っておけ。手足が自由な限り、そいつはしたいようにするぞ。声を失った時ですら、黒の王に会いに行くのだからな」

「したいようになんて、なにもできていません。だけど、ヒソクのことだけは別です。なんだってします」

「そうだったな」

青の王が同意したので、俺は少し不思議だった。

診療所は、黒の宮殿と紫の宮殿の境目に建てられていた。近づくと、診療所の入口を守っていた黒の兵たちが気色《けしき》ばんだ。

青の王は、「見舞いにきた」と、こともなげに伝えた。

「申し訳ありません。黒の王から、誰も中へは通さぬようにとの命を受けております」

「では今すぐ、セーブルをここへ呼べ」

不遜《ふそん》な態度に、兵たちは顔を見合わせた。

「早くしろ。パーディシャーを待たせたとわかれば、おまえたちの首も危ないぞ」

「パーディシャー……？」

「黒の兵の不敬は、黒の王の責任におよぶ。お優しいセーブルがおまえたちをどうするのかは、容易に想像がつくだろう」

兵たちはうろたえて、知らせに行くと言って走った。兵は３人もいて、俺は後ろ姿を見ながら、この場から逃げ出したなと悟った。

残った兵たちもどことなく落ちつかない様子で、ちらちらと仲間の去ったほうへと視線をやった。

「雨でも降り出しそうな空ですね」

シアンが静かな声で言った。ぎくりとした兵たちは、後ずさるように診療所の入口から、身体をずらした。

「中でお待ちください。黒の王がおいでになるまで、緑の王と話をすることはできません」

青の王とシアンは、兵の横を通り抜けて診療所に入った。俺もあわててあとに続いた。

薬品の匂いが鼻をつく。たくさんの部屋があったが、どこもおそろしいほどに静まり返っていた。

「ずいぶんと静かなところなのですね」

俺の言葉に、シアンがふり向かず答えた。

「緑の方を運び込むため、寝ていた者たちはよそへ出されたのです。緑の王には診療所の医師ではなく、緑の宮殿から呼ばれた、王の専属医が付き添っています」

最奥の部屋には、黒の侍従が数人待機していた。青の王に気づいて、頭を下げた。

部屋の中から、薬を煎じるように命じる声が投げかけられた。

「聞こえなかったのか？　薬を持ってくるように言っただろう」

医師とおぼしき老人があらわれた。頭を下げている侍従たちを見て、それをさせた男に視線をうつした。

「まさか、青の御方ですか？　ここになんの用です」

歯並びが悪いせいなのか、きいきいと鳴るようなしゃべり方だった。

「おまえがマラカイトか。青の医師からうわさは聞いている。緑の医師は優秀だという話だな」

「わたしが聞いた話では、青の方は、他人のうわさになどご興味のない方のようだったが？　それともよほど、他人の生き死にを見るのがお好きなのですか」

マラカイトの毒のある言い方に、シアンの顔が曇った。

青の王はそれを目で制して、「前王とはそりが合わないと聞いていたが、そうでもないようだな」と、言った。

俺は今さらのようにハッとした。緑の宮殿の専属医ならば、当然、ヴァート王の側近であったのだろう。

「忠義に厚いおまえのことだ。新しい王を任せても問題はないな」

わずかに老医師の視線が泳いだ。俺はその様子に不安が募って、くちを開いた。

「あの、緑の王は大丈夫なのでしょうか。すぐによくなるのですよね」

「あなたは？　青の侍従ですか」

医師はこの場にそぐわない俺に対し、いぶかしげに尋ねた。

「これは青の術師だ。聞いたことがあるだろう？　ヴァート王が手出しした、青の女だ」

みるみるマラカイトの表情は変わった。ぐっと握りしめられたこぶしを、部屋の壁に打ち付けた。

「青の方。わたしは前王の恨みを晴らす気はない。しかしなぜ、こんなところにそのような者を連れて来るのか、正直に申し上げて、あなたのお気をはかりかねます」

「この者が、そこで死にかけている、緑の王の兄だからだ」

「……え？」

マラカイトはぽかんと固まった。あまりにも予想外の言葉だったのか、二の句をつげずにいる。

「緑の王は意識が戻らないのだろう。この者に話しかけさせてみろ。術師としての能力はかなりのものだ」

「それは、どういうことですか？」

俺を見る目はうろんになり、意味をはかりかねて顔がゆがんだ。

ヒソクと会う手立てだと気づいて、俺は『声』を抑えるのをやめた。

「俺は声を出すことができません。くちは動いていないですよね。けれど、考えたことを音にしたり、相手の意識に直接話しかけることができます」

空気が大きくゆれた。俺は『声』を、マラカイトにだけ集中させた。

「たとえば、あなたにだけ聞こえるように、なにかを命ずることもできます。やってみせましょうか」

マラカイトは怯えたように部屋の中へとあとずさる。

青の王はたたみかけるように「神の血が生んだ能力だ」と言った。

医師はまばたきをして王を見つめたが、宗教が絶対的な力を持つ国で、その言葉になにかの折り合いを見いだしたようだ。

「わかった、もういいからやめてくれ」

そう言ってハアと深くため息をついた。

「その力で緑の王の意識を起こすことができると言うんですね。たしかに肉親の言葉のほうが、より目を覚ますきっかけになるでしょう。それはわかっているが」

マラカイトはちらりと俺の顔を見て、「本当にあの方の兄なのですか?」と尋ねた。

俺はそれにうなずく。

「これまで病の人を見た経験は? 治療したことがあるという意味ではなくてもいいんです」

意味がわからず、俺は首を横にふった。

すると、マラカイトはむずかしい顔をして、青の王を見た。

「こんなに幼い方に、肉親の伏したところを見せるのは気が進みません。緑の王はかなり衰弱されています」

俺はすうっと意識が遠のきそうになった。

「会わせてください」

気を張るように強くそう言ってしまった。

「衰弱していたって、ヒソクは俺の妹です。会わないでいるほうがずっとつらい。俺の力ではどうにもならないとしたって、そばにいてやりたいんです」

医師は驚いたように俺を見た。

「シャー、セーブル王が来る前に終わらせないと、面倒なことになりますよ」

シアンの声が響いた。

王はうっすらとうなずいて「会わせてやってくれ」と言った。

マラカイトはあきらめたように俺を手招きした。

「少しの時間しかとれませんよ。黒の王に誰にも会わせないようにと言われているんです」

「わかりました」

俺は彼のあとに続いて奥の部屋に入った。

そこは前の部屋よりもわずかに薄暗かったけれど、ヒソクのまわりにはたくさんのガラスの筒が置かれていて、そこだけ発光しているかのようだった。

ちらちらした光の中に、妹は眠っていた。

仰向けに寝かされた身体の細さに驚く。

子どもらしくふっくらしていた手足は骨が浮き、首やあごのあたりはさらにぺたりと皮だけになっていて、ほつれた黒い髪は色が抜けたように茶がかっている。

顔の上半分にかけられていた布のせいですべては見えなかったが、頭もひとまわり小さくなってしまったようだった。

「ヒソク……？」

そっと小さな手を持ちあげる。かつて俺にふれた、やわらかいてのひらと、同じものとはどうしたって思えなかった。緑のティンクチャーをなでたけれど、小さな指はぴくりともしなかった。

「ヒソク、俺だよ」

薄い胸にひたいをつける。

すうっと息を吸って、今度は耳を押し当てると、弱々しいけれど鼓動が返ってきた。生きようとする音に、俺は心の底からほっとした。

ひたいから鼻の上まで、うっすらと湿った布がかけられていた。布をそっとめくった。

ふたつの閉じたまぶたには、傷跡があった。

「……え？」

布がぱさりと顔の横に落ちた。火傷のような引き攣《つ》れが、明かりの中であらわになった。

「目が開かないようにされています。人買いは、子どもを売る時に身体のどこかを欠損させて、高値をつけると聞いたことがあります」

マラカイトの苦しげな声が響いた。

おそるおそる、両手でほおを挟んで、「ヒソク」と呼びかけた。

血の気の引いた小さな顔はぴくりともしない。たしかに妹なのに、ひどい傷のせいで、まったく別の者のように見えた。

「聞こえているなら、俺を呼んで」

すがりつくように頼んだ。『声』を集中させることなどできなかった。ただ、呼んでほしかった。

ヒソクのくちびるが、うっすらと開いた。

「セージ」

水みたいに、たゆんだ音がもれ聞こえた。それは、『声』だった。頭が割れるように痛みだして、俺はその場に倒れた。


次に目を開いたら、星くずをちりばめた夜空が、めいっぱいに広がっていた。風がさわさわと、前髪をゆらしている。

ほおにあたる草の感触で、俺は自分が、野原に寝転んでいることに気づいた。

地面にはりついた虫みたいに、身体はぴくりとも動かせなかった。声を出すこともできない。ただ、空を見上げていた。

さえぎるものがなにもない、この星空を知っていた。

右手にやわらかいものがふれている。顔を向けることはできなかったけれど、体温の高いそれが、なんなのかは知っていた。

すっぽりと俺のてのひらにおさまっている、愛らしい指の持ち主を知っている。涙があふれそうになった。

となりに眠る、ヒソクの顔を見たかった。

これは、ヒソクと別れて王宮に来ることを決めた、最後の夜だ。

あの時はわからなかった星の名前が、わかるようになっていた。けれど、それ以外はなにもわからなかった。

これが夢なのか、俺はどうしてこんなものを見ているのか、なにもわからない。

「セージ、寝ちゃった？」

返事ができない。ヒソクは俺が起きていることに気づかないのだろうかと、もどかしい思いがした。

ほおに指が、そっとふれた。

「ヒソクが守ってあげるからね」

疫病が流行《はや》る前の夜と同じように、妹はそうささやいた。子守唄のように優しい声で、眠っている

俺に語りかける。

「なんども夢を見たの。あのひとたちと一緒に行けば、よそへ売られてしまう。でも、ふたりで王宮へ行けば、セージはわたしをかばって殺されてしまう。だからこれが、一番いい方法なんだよ」

妹は舌っ足らずの甘い声でそう言った。

「ふたりで逃げられるくらいに、大人だったらよかったね」

ふわりとした息をついた。

「かなしまないでね。セージを守れるんだから、わたしも泣かないよ。わたしがこんなことを考えているなんて知らないでしょ。わたしも、セージがわたしを逃がそうとしていることを、知らないふりしているから、これでおあいこだね」

そう言って、身を乗りだして俺のひたいに自分のひたいをくっつけた。ぬれた緑の瞳が、星みたいに輝いていた。

「さよならセージ。きっとまた会えるよ」


「ヒソク、目をあけろ」

青の王の声がして、目を覚ました。

かたわらにひざまずいていたマラカイトが、「大丈夫かい」と心配げに尋ねた。

「急に倒れるから驚いたよ」

「俺……いまのは」

呆然とあたりを見回した。そこは薄暗い診療所で、野原などではなかった。

俺を抱えていた青の王は、その場に座らせた。石の床はひやりとつめたかった。

「子どものこんな姿を見るのは、医師であるわたしでも、つらいものだ」

マラカイトは気遣うようにそう言って、俺の肩に手を置いた。

「やはり、見せないほうが良かった。治療はわたしたちに任せて、あなたは宮殿にお戻りなさい」

寝台にはヒソクが横たえられていた。そばに立っていたシアンは、痛ましい表情で彼女を見下ろしていた。

俺はふるりと首を横にふった。

「いやだ、離れない」

「しかし……」

「お願い。俺を妹のそばにいさせてください。お願いします」

マラカイトの腕をつかんで、灰色がかった目をのぞき込んだ。

青の王の手が肩にかかったが、振りほどいて、もう一度、マラカイトを見た。

白髪がふわりとゆれた。軽い物が落ちるように、マラカイトはうなずいた。

「ヒソク！」

鋭い叱責《しっせき》に、びくりと身体をふるわせた。

マラカイトの目も、正気を取り戻した。邪魔をされた。ヒソクとのあいだを引き裂こうとする、すべてが憎かった。

「いやだ！　ここにいる」

ガラス筒の炎が、いっせいにゆらめいた。

火は風を受けたように燃え上がり、あたりが強い光で照らされる。姿のない『声』は止まらなかった。

「俺のせいだ」

声にならない叫びは、診療所の壁に反響した。

細かくゆれるガラスの筒に、亀裂が入った。ひと呼吸のあと、こなごなに飛び散った。侍従が驚いて、悲鳴を上げた。

うつむいたら涙がこぼれそうになって、奥歯を噛みしめた。青の王は腕の力を強めて、「ヒソク」とささやいた。

「間違えるな。妹がこうなったのはおまえのせいではない」

正しいことを言い聞かせる声で、俺は裁かれる気分になった。ぐしゃりと顔をゆがめて「ちがう」と答えた。

「ちがう、ぜんぶ俺のせいだ。ヒソクはこうなることを知っていた。さらわれることも、ひどいことになるってことも知っていたのに」

息を吸い込んだら、のどがふるえた。

「俺のために、身代わりになった」

ヴァート王が殺された時。

俺はこんなひどいことをヒソクに見せなくて、ほんとうに良かったと思った。

青の王に抱かれて、ティンクチャーをつけられた時だって、俺は間違っていなかったと、信じていた。

ヒソクを失う恐怖に比べたら、なんだって耐えられると思っていた。俺の自己満足が、妹にこの道を選ばせた。

どうして守るためだなんて、正義感に浸っていられたんだろう？

なにも気づかず、ヒソクの手を離してしまった。

足元から、すべて残さず溶けてしまいたかった。俺には守られる価値なんかない。

「この惨状はどういうことです」

険しい声とともに、セーブルが部屋へ入ってきた。

黒の兵があとに続き、床に飛び散ったガラスの破片を見て、剣を構えた。

セーブルは青の王を見た。

「さきほど、緑の王の件は、私に一任するとおっしゃったはずです」

「診療所に運ぶことは許可したが、すべての権限を預けるつもりはない。緑の王の病状は、この国の行く末にもかかわる問題だ。ひとりの王にだけ任せるわけがないだろう」

「ふん、手際よく緑の専属医まで用意して、よほど、緑の王が私の手におさまるのが気にいらないとみえる」

「王を診るのは、専属医の務めだ」

「そこまで気を遣われているのに、貴方は星見を連れてきた。なにをしようとしていたのか、申し開きできるのですか」

「緑の王の意識を取り戻す、手助けができるのではないかと思ったが、セーブル王の気に障ったようだ。戻るぞ、ヒソク」

シアンは、座り込んでいた俺に手を貸した。

「待ちなさい」

セーブルは引き留めた。

「手助けとはどういうことです。青の星見殿は、人を癒す力までも持っているということなのか」

人を超えた力に、並々ならぬ興味を抱《いだ》く男らしい、言葉だった。

どうでも良かった。俺はこれが現実なのだろうかとあやしんだ。地面がふわふわとやわらかい。

「ヒソク」

はじめて俺の『声』を耳にして、セーブルは目を見張った。シアンは、俺を引きずるようにして、部屋から出た。

くたくたした足のせいで、ほとんど、もたれかかっていた。

シアンは不満を言わず、俺を支えながら、診療所の廊下を歩いた。歩調はやはり、ゆっくりだった。優しいのだなと思った。

王宮へ来てからは、いつだってルリがいた。調理場のハクも、俺みたいなのにも優しかった。子猫のいる、あたたかい部屋を思い出す。ヒソクがいたらいいのにと、思ったことがあった。身につけた赤い指輪が、ちりりと痛んだ。


記憶のはじまりは、大きな湖のそばだ。

湖は森の中にあった。水面は白みがかった薄い緑色で、光の加減で空色にも見えた。

朝になっても鳥の鳴き声すらしないその森に、俺とヒソクは捨てられていた。

誰に連れてこられたのか覚えていないけれど、妹の泣き声だけは、昨日のことのように思い出せる。

俺は痛む腹を押さえて、這いながら妹のそばへとにじり寄った。草むらにぺたりと座ると、ひざの上に赤ん坊を抱き上げた。

あやすようにゆっくりとゆらした。

「おなかがへった？　ごめんね、あの実はもうなくなってしまったんだよ。待ってて、ほかになにかないか探してくるから」

俺はあたりを見回した。湖のそばには、あげられるものがあまりない。樹の根のすき間に、虫が歩いていくのを見つけた。

生い茂る葉を手でかきわけて、身体をくぐらせると、つぶれた果実が落ちていて、たくさんの虫がたかっていた。

俺は虫を払って、「虫だって食べてるんだから、だいじょうぶ」と、くちに入れた。

酸味のある、甘い果汁があふれる。

妹のくちにいれるものは、先に俺が食べた。昨日はそれで失敗してしまった。食べてはいけないものだったようで、腹の痛みに、一日中動けなかった。

果物を拾って妹のそばに戻った。笑いかければ、妹は泣きやんで、手を振り回した。

指先を握ると、びっくりするような力で、俺の指を握り返した。

木の実を噛み砕いて、妹のくちに近づけた。

妹は食べものを与えられてうれしそうにした。くにくにと動くくちびるは可愛かった。

「そばにいるからだいじょうぶ。置いていったりしないよ」

意味がわかるような年じゃないはずなのに、妹は俺を見つめてにっこりと笑った。ふわりと花がひらくような笑顔だった。

湖からやってきた、浅黒い肌の子どもは、街の人には受け入れられづらかった。そんな中で、赤ん坊を失くしたばかりの家族が、手を差し伸べてくれたのは奇跡に近かった。

俺はヒソクを安心できる場所に置いておけることを喜んだ。

けれど、湖にふたりきりだった頃のほうが、一緒にいられたなと思ってしまうのだった。

さびしさから家の中をこっそりとのぞいて、仕事をさぼるなと殴られたこともあった。

懲りずに何度も妹のそばに近づいた。そのたびに、赤ん坊は泣いたり笑ったり忙しくて、その声で家族に見つかっては怒られるの繰り返しだった。

けれど、４年が経つ頃から、母親はヒソクにかまわなくなった。

「話しかけても返事もしないし、あの緑の目も薄気味が悪い」と、遠ざけるようになった。

ヒソクは乳を求めて泣くことがなくなると、あまりに大人しい子どもだった。

「だめだよ、みんなと仲良くしなくちゃ」

俺は妹にそう諭した。

けれど、ヒソクはすねたように俺を見て、首を横にふる。そうして、俺にぎゅっと抱きついた。

どうしたらいいのか困ったけれど、俺はそれよりも、妹が俺だけを頼ってくれるのがうれしかった。

そうして、俺たちはまた、別の家で暮らすことになる。慈善家の屋敷は大きくて、立派な調度品もあった。

「これ、湖みたい」

ヒソクはぽつりと言った。

見たこともない、美しい壺が置かれていた。少し青味がかったそれは、たしかに、湖の色によく似ていた。

見とれていると、主人が近づいてきて、俺の肩に手を置いた。熱い、じっとりしたてのひらだった。

ヒソクがつないだ手を、きゅっと握ったので、俺はそれにこたえるように妹を見た。

ヒソクは俺ではなく、主人であるチャイブの顔を見つめていた。

「それが気にいったのかな？　とても綺麗な緑色だからね」

チャイブは言った。

「緑の王は青磁《せいじ》が好みで、国内で流れていたものは、すべてとりあげられてしまった。それは、こっそりと買い付けたんだよ。発色のいいものはあまり残っていなくて、そんな小さな壺しか手に入らなかった」

「セージ？」

俺は首をかしげた。チャイブはほがらかに、俺の無知を笑った。

「聞いたことがないのか。青磁とは、この緑色につけられた名前なんだよ。王宮にしか存在しない、民が手に入れることが禁じられた色だから、秘色《ひそく》とも呼ばれている」

ヒソク、と俺はくちの中で繰り返した。

「私の家に来た記念に、君たちに名前をあげよう。色にさえ名前があるのだから、君たちにだって、呼ぶ名があったほうがいいだろう？　奴隷には名がないというが、私はそんなふうに、君たちを扱ったりしないよ」

「なまえ？」

俺は戸惑って、チャイブを見上げた。

「そうだよ、君たちのこの瞳のように、特別な名前で呼んであげよう」

主人は息がかかるくらいに近づいてきて、俺の顔をのぞき込みながら、背中をやわらかくなでた。

その間もずっと、ヒソクがつかんでいる指はきりきりと痛んでいた。


「シャー、緑の医師がセーブル王にヒソク様のことを告げれば、また面倒事を呼び込むのではないのですか」

シアンはわずらわしげに言った。

「あの王の尋常でない術師への執心はご存じでしょう。声で人を操る能力に気づかれた上、緑の王の兄だなどと知れれば、カーマイン様以上の執着を受けることは目に見えています」

青の王はシアンをふり向いた。

「私がどうにかする。おまえは心配するな」

はじめて会った時のように気軽に言い、視線を診療所の入口へと向けた。

ひたりとそこで止まる。

目の前に赤い服を着た一団が立ち止まった。

「ヒソク？」

ギルが驚いたように俺を見つめていたが、すぐに平静な顔をとり戻すと、青の王の前に立った。

「緑の王が、運び込まれたと聞きました。衰弱が激しいということですが、明日の会合には出てこられるのでしょうか。王位継承式の手はずはこちらで整えることになっていますが、延期させたほうがよろしいですか」

「明日はまず無理だ。緑の王の治療に関しては、黒の王に任せている。尋ねてみろ」

「それは、具合が良くないということでしょうか？　幼い王だと聞きましたが、もしかして命が危ないのですか」

そう言って表情を曇らせたが、青の王はそれに返事をせず、黙って道をあけた。

ギルは会釈でこたえたあと、行き過ぎようとそぶりをみせたが、遠慮がちにちらりと俺をふり返った。

「なぜ、ヒソクまでここにいるのですか」

「ヒソク様は術師として、シャーに付き添われているのです」

ギルの問いに、シアンがかわって答える。

「術師として？　ヒソクがですか」

不思議そうに俺を見つめた。それからわずかに眉をひそめた。俺のほおにふれて、そっと自分のほうを向かせた。

「ヒソク、具合が悪いのか？　目が赤くなっている」

心配げなまなざしが降り注ぐ。魅入られるようにくちびるが動きかけたが、「赤の方」と、シアンのたしなめる声で、ギルは俺のほおから手を離した。

名残惜しそうに俺にほほえんで、青の王に向き直る。

「失礼いたしました。では明日、カテドラルでお会いしましょう」

「ああ」

青の王に一礼して、通りすぎる。俺はギルを見つめた。離れていく背中に、さびしさが胸をよぎった。

「待ってください」

普通の声とは違って響くようで、ギルは一瞬だけ、戸惑った表情を浮かべた。

俺は自分の指にふれた。

「これは、ギュールズ王にお返しします。俺には必要ないものです」

手を差し出すと、ギルはうながされるままに、俺の手の下にてのひらを差し出した。

ぽとりと、赤い石の指輪を落とした。ギルはゆっくりと顔を上げて、俺を見つめた。俺が好きになった瞳には、困惑がにじみ出ていた。

「さようなら」

もう二度と間違えたくなかった。

大切なひとを傷つけたくないのなら、はじめからそんな者など、つくらないほうがいい。ヒソクを傷つけてはじめて、俺はそれを知った。

抱きついてくちびるを求めると、青の王はそれに応じた。王の部屋は、灯された火の光で明るかった。

自分から誘うように脚をひらく。男の手がそれを割り広げて、付け根まであらわにされた。服を脱がされる間、部屋のすみに控えた侍従の姿が頭をよぎった。けれど、すぐにどうでもよくなって、広い肩に頭をうずめた。

耳の後ろがドクドクと波打ち、昂《たかぶ》った気持ちのせいでじわりと涙が浮かんだ。

「あおのおう」

声は頭の中で鳴り響くだけだった。抱いてほしいとくちにしたのは俺だった。『声』を使ったかどうかもわからなかったけれど、青の王は自嘲《じちょうてき》的な笑みを浮かべて、俺を見下ろした。

ひゅうひゅうとのどが音をたてる。

神経に近い皮ふをなめとられて、色の違う胸の飾りに歯をたてられたら痛みにふるえた。くちの中で潰すように苛《さいな》まれたら、知らない刺激に腰がずくりと重くなった。

幼いそこを舌で押しつぶされて、思わず短い髪をつかんでしまうと、ふりほどかれて寝台に押さえつけられた。仰向けになった体温が急に上がる。

「は、早くしてください」

焦れてひざを下腹部にこすりつけるように動かしたら、王はそれにうるさいと答えて首をつかんで強引に引き戻した。

込み上げてきたものが、苛立ちなのかみじめさなのかわからない。

「うあ、もう入れて」

キンとこめかみが痛んだ。慣らされていないそこに指があてがわれて、期待したものと違うことに気づいて涙がこぼれた。

間をあけずに抱かれているせいで、節の立った指はたやすくのみ込まれる。

内壁をえぐる指先の動きは苛立ったようで、強い痛みを感じて声をもらした。痛みを与えられるほうが気持ちが良かった。

「ひっ、あ、気持ちいい」

そうくちにすれば視界が淡くにごる。自分の声に犯されるような気がした。

ずくずくした刺激は身体の最奥にまで響いて、収縮した内臓が無意識のうちに痛みからの逃げ場を求めて腰をゆらめかした。

浅いところをさわってもらおうとして腰を引いたけれど、すぐに引き戻されて深く埋め込まれる。ままならず弄ばれる快感に身体中のうぶ毛がそばだつ。

優しさもなく広げられただけの行為なのに、指を引き抜かれた頃には性器はとろとろした液にまみれていた。だらしのない身体に目まいがする。

伸ばした指先がかたかたとふるえていたけれど、そっとほおをなでて金色のまつげにふれた。

王は表情を変えずに俺のすきにさせておいてから、息がかかるくらいに顔を近づけた。

「ヒソク、殺してほしいか」

ひそめられた言葉は、まるで俺の『声』のように激しく脳をゆさぶった。

は、と透明な息を吐いたら、涙があふれてきて止まらなくなる。掠めるようにまたくちびるを奪われて、「殺して」と小さくこたえた。

王は色の濃い視線で俺をのぞき込むと、ため息のような重い声で「バカが」と告げた。

大きく開かされた脚を片方だけ折り曲げられる。押し当てられただけでも達しそうになった。人の肌がふれて尖端が自分に喰いこむのを、ほとんど飛んだ意識で受け止める。

指をのみ込んでいた狭いところは無理やりに押し広げられて、絶望的な痛みをともなった。骨がこすれるきしんだ音まで頭に響く。

ヒソクをあんな目にあわせるつもりではなかった。

ただ守りたかった。

妹がどこかでしあわせだとわかればそれ以上に望んだりは、しなかったのに。

仰向けののどがしゃくりあげた。

「俺のせいで……俺のせいなのに」

「ヒソク、こっちを見ろ」

とがめるように名を呼ばれる。

俺はヒソクじゃないとくちの中で言い返す。妹のようにはうまく立ちまわれなかった。大切な人からしあわせを奪った愚かさに、俺は打ちのめされた。

中に入り込んだ硬い感触を、しぼりあげる。そうする時だけはひとりじゃないと感じられる。

ふいに涙ごと顔をぬぐわれて、ぱちぱちとまばたきを返した。

見つめ返した青い瞳は冷めきっていて、診療所から戻って以来、麻痺《まひ》したところへひやりとした空気が流れ込む。

誘われるようにまた殺してくれと頼んでしまいそうだった。

瞳をぬぐわれるはしからさらに新しい涙が浮かんできて、流れた涙に汗が入り混じる。

ヒソクに星見の力がなければ、未来は変わったのだろうか。

何通りも存在した未来の中で、ヒソクは俺が助かる道を選び、守られるべき妹でいることをやめてしまった。

神の血が憎い。

気味の悪い『声』も、ヒソクのサキヨミも、ヒソクの思い出を共有させた夢もすべて悪い呪いのようだ。５匹の神獣のように人に害をなすひどい存在のように思えた。

青の王の手には、俺を苦しめたオーア神が青くしるされている。目の前の男を、醜い神の象徴のようだと思った。

「ヒソク」

その名で呼ぶなと、怒りがわいた。

殺してやりたい。どす黒い思いがわき上がって、抑えきれなくなる。青の王はわずかに眉をひそめてから、思い出したように深く性器を押し入れてきた。

「あ……っ」

予期していない動きに、考えがぶれた。

「殺せると思うのなら、やってみろ」

歯がぶつかるほど、くちびるを合わせた。つきあげられて、冷や汗が身体中の穴から吹き出た。

足を浮かせた格好では、体格差のせいで、好きにゆさぶられるだけになってしまう。

乱暴に狭いところを広げられた。その動きにすら、快感を拾おうと意識は傾く。慣らされた身体は貪欲だった。

「あっ、あん。痛い」

発情期の動物の声が、鼓膜をふるわせる。ならったわけでもないのに、あえぎながら男を見上げることを覚えた。

興の乗った様子のない男であっても、心のどこにも傷つかず、抱き返すことができる。

麻痺するほどにこすりあげられた内側の熱のせいで、俺はゆさぶられるままに少しだけ精液をはなった。

王は動きを止めて、ぬるんだ水を塗り込めるようにひくつく性器の先に押し込める。

射精したばかりのそこをいじられる刺激に、ぞわっと鳥肌が浮く。

「は、それ、やめないで」

声をあげてひどすぎる快感を逃がそうとしたけれど、腕を押さえられてやわらかく性器の裏すじをこすりあげられる。

あわせた肌の感触でそれがひどく優しく感じられて、別の男に抱かれているような気さえした。

身体の内にとどまっていたペニスすらゆるく出し入れされて、それまでとは違う気遣うような性交に目まいがしてくる。

そんなものは経験がなかった。

じゅうぶんに熱くなっていた内側が熱いかたまりを黙って受け入れる。奥までいかずにずるりと生々しく引き抜かれて、焦らすように浅いところでの抽挿を繰り返される。

「う、っん」

途方もない快感に背筋が凍えた。

これと同じものを知っている。

ギルに触れられたほおが急にこそばゆく感じられて熱をもった。

くらくらと意識をかき混ぜられる中で顔を近づけられて、蔑《さげす》むものとは違うまなざしに息をのむ。

「愛している、セージ」

薄っぺらの身体にすり込むように、深い声でささやかれる。

意味をなさなかったそれは、やがてゆったり身体中に行き渡って、吐精と同じくらいの快感を呼び起こした。

放り出した足の指の先までしびれる。

俺は取り返しのつかない赤い顔で王を見上げたが、予想の通りに酷薄な笑みを浮かべた男がいた。

「やっとこちらを向いたか」

黒いものを含んだ声音だった。

わないたあとで、快感とも恐怖とも違う生理的な涙がこぼれた。ゆがめられた顔に満足したのか、青の王は「おまえはそういう表情が一番似合う」と言った。

簡単にもてあそばれる自分が、みじめだった。

「愛情に飢えた人間は、物足りないほど簡単に落ちる。少しばかり優しくされたからと、素性もわからぬ者たちに妹を託したのは、確かにおまえの罪だ」

言葉の全部が針のようだ。

「うっ、うえっ」

本能的に身体が男を拒否したが、押し返す腕は、赤ん坊ほどの力も入らなかった。

身体にだったら、なにをされてもあきらめられた。心の一番やわらかいところをえぐり取られて、俺は声を上げて泣いた。

死んだらいいのにと願う。青の王は俺の髪にくちびるをうずめて、小さく笑った。

「ヒソク、倍ほど生きている男を手玉に取るつもりなら、気を散らしてても抱いてもらえるとうぬぼれるのはやめろ」

やがて泣き声を聞くのにも飽きたのか、処女のようにこわばった身体を押し開いて行為をはじめた。


明け方の、うっすらとした明かりの中で目が覚めた。

人の気配にぎくりとしたけれど、かたわらに横たわっているのは、昨夜さんざん見た顔で、俺は身体を少しだけ離した。

背を向けて外をながめる。まだ薄暗く鳥の鳴き声もしない静かな朝だったけれど、部屋の外には侍従が控えている気配がする。

王の部屋で眠ることを許されるとは思わなかった。

はあ、とため息をついて、青の王が目覚める前に部屋へ戻ろうと思いついて上体を起こした。

服を着ていなかったのは初めてのことで、一瞬言葉を失う。宮殿に来てからはそれまでの習慣が麻痺しているなと、あらためてうんざりした。

ふと違和感を覚えて、もう一度見下ろした身体はどこかがいつもとは違った。

「え、ティンクチャーが」

ない。胸から青い羽のしるしが消えている。浅黒い肌は王宮に来る以前のもので、久しぶりに俺だけの色だった。

呆然としてしばらくぽけっとそれを見つめたあとで、言いようのない悪寒が背筋をかけあがってきた。

身体がふるえだして止まらなくなる。

俺は眠っている青の王を見た。

そうして、すぐそばについていた自分の手に視線をうつした。

力を込めて布を握りしめていた手の甲には、緑のティンクチャーがしるされていた。

青と緑の神のしるしが、目の前でつがいのように横たわっている。

この手の意味するものが確かな言葉に変わってしまうことに、身体は必死に抵抗していた。

「ヒソク？　どうした」

王は眠たげな細めた目で俺を見上げた。

凍りついていた視線の先をたどっていき、やがて寝台の上へと落ちる。自分のそばに置かれた手を見つけて驚いたようにその手首をつかんだ。

強い力だった。

まさか、と聞いたことのないゆらいだ声音で王が言う。

瞬間的にぐっと込み上げてきたものを堪《こら》え切れず、俺は寝台の上に吐きだした。

「シャー、どうかなさいましたか？」

部屋の外から様子をうかがっていた侍従の声が聞こえたが、その間にも薄く色づいたなまぬるい水が、腹の奥から込み上げてくる。

押さえた片手で受け取れないくらいあふれてきて、その場に倒れ込みまた吐いた。遅れてのどが焼けつくようにひりりと痛んだ。

「ヒソク様、大丈夫ですか⁉　誰か診療所へ行って、医師を呼んでくるんだ。ヒソク様が倒れられた！」

「よせ、医師は必要ない。それよりもシアンのところへ行き、今から出向くと伝えろ」

鋭い王の声に彼らは散り散りになった。

寝台に敷かれていた大きな布を、裸の身体に巻きつけられる。

強引につかまれ腕に抱き上げられて、俺はさらに身体を縮こまらせて吐き気に苦しんだ。

肩までかけられた布のせいで両手をつかえず、けほっと胃液をこぼした。

王は気にせず寝台から降りて、俺を抱えたまま足早に部屋を出た。

歩くたび振動で臓腑《ぞうふ》がきしんだ。

強く殴られた時みたいにちかちかした光がまたたいて、氷のように手足が冷えている。

薄らいだ意識で王を仰ぎ見て、くちびるを動かしたが『声』は響かなかった。

なにをくちにすべきなのかがわからなくて、ただはくはくと空気を求めて動く。鼻の奥が刺されたみたいに痛む。

廊下のはしでこちらに向かってくるシアンと出会う。

「シャー、このような朝方に侍従をよこされるとは、一体どうされたのです」

「ヒソクを預かれ」

王はそう言って、シアンの腕に俺をゆだねた。彼は言われるまましっかりとそれを受け取ってから、

「え」と困惑した声を上げた。

「ヒソク様をですか？」

「いいな、これから西の診療所へ出向くが、私が戻るまでそいつを誰にも会わせるんじゃない。舌でも噛みそうになったら殴ってでも止めろ」

シアンがいぶかしげに「診療所？」と繰り返したが、青の王はすでに背を向けて来た道を歩き出した。そのあとをあわただしく兵が追いかける。

「俺も、行きます」と声を絞り出した。

「シャーのご命令だ。ひとまず私の部屋へ運ぶ。話はそれからだ」

シアンはそっけなくそう答えて、廊下を歩き出す。

暴れたくても力が入らなかった。

心のどこかで、腕から降ろされなかったことにも安堵していた。

青の王とともに診療所へ行けば、知りたくないことを知ることになる。それがおそろしかった。

シアンの部屋は広かったが、たくさんの棚に本が乱雑に積み上げられていて、歩ける場所だけを見れば手狭にも感じられた。

整った身なりや几帳面そうな物言いには不釣り合いな部屋で、古い本のむっとする匂いと香りがた

だよい、書きこまれた紙は何枚か床に散らばっていた。

侍従に命じて大きな長椅子の上からも本をどけさせ、シアンは俺をそこに降ろした。

水を与えられてくちに含まされると、押し戻されて吐き気は弱くなったが、腹の底では変わりのない澱《よど》んだ気配がたまったままだった。

シアンは布のすき間から素足が出ているのに目をとめて、かたわらの侍従に声をかけた。

「ヒソク様の部屋から着替えと、身を清めるための用意を持ってきなさい」

「かしこまりました」

彼らが去ると、シアンは俺を見下ろしてくちをひらいた。

「シャーがあれほど取り乱されるとは、ただごとではないのだろう。緑の王のご容体に変わりがあったと、診療所から遣いが来たのか？」

シアンはうつむいたままでいる俺の肩をつかんだ。くたりとした身体はゆれて、布がずれて背中までずり落ちる。

なにも身につけていないのを見て、シアンは俺の前にかがみこんで布のはしを握り、さらされた素肌を隠すように胸の前で布同士をあわせた。

それから俺のくちもとをぬぐう。

汚れをふき取るそれは、仕方のない子どもにするような優しい仕草だった。

布に絡みついていた手がゆれて、力なく長椅子に落ちる。

シアンはつられるように見下ろして動きを止めた。浅黒い手も吐いたもので汚れていたけれど、禍々しい模様はくっきりと浮かび上がっていた。

「ティンクチャー」

目覚めてからずっと、俺が『声』にできなかった言葉をつぶやいた。

それは事実をそのままにあらわしただけで淡々としていたが、「まさか」と続いた声は青の王と同じものだった。

「星見のヒソクが亡くなったのか」

脳がぐらりとゆれて、舌を噛ませるなと言った青の王を思い出す。

そんなことくらいで本当に死ぬことができるのだろうか。

死ねば楽になることができるのだろうか。

たわむれに舌に歯を喰いこませれば、とがったところから先に埋め込まれた。

噛み切れるかもしれない、と思いつけば気持ちが折れるのはたやすく、しびれる痛みをいとわずに力を込める。

がちり、と当たったのは骨だった。

シアンが無理やりくちに入れた親指は、皮ふを歯でやぶられてすぐに血があふれだした。

「――っ」

噛まれた痛みにシアンは息をのんだ。

俺はさらに力をいれて、邪魔な指を食いちぎろうとした。錆びた鉄の味がした。

「この国では、王が自ら死を選ぶことは、許されておりません」

ぎこちないが、丁寧な言い方に、びくりと身体がふるえた。

くちびるを離すと、シアンの指は血まみれになっていて、赤くにごった唾液が一緒にこぼれた。

「ちがう」

小さな『声』は、びりびりと部屋に響く。

「こんなのは、間違っている。ヒソクは死んだりしない」

俺の言葉に答えはなかった。シアンは床にひざをついたまま、じっとしていた。うつむいた顔は苦しげに見えた。

どうなぐさめたらいいかわからず困っているように思えて、俺は息を吐いた。

詰まっていた栓《せん》が抜け落ちたように、ぼろりと涙がこぼれる。

声も出さず泣きだした俺を、見てはいけないものを見た時のように、シアンは視線をそらした。そして、床をじっと見つめたまま動かずにいた。

「あなたの妹は、一体どういう少女だったのでしょう」

ぽつりとそう言った。

俺に語りかけるというよりも、ひとりごとのような小さな声だった。

「ヒソクという名を聞いた時から、シャーはいつもと違いました。術師などそばに置いたこともなかったのに、星見の少女だけは黒の王よりも先に見つけ出すようにと厳命された。黒髪で、緑の瞳を持つ少女だと知っておられたから、青の兵もヒソクの居場所をつきとめることができたのです」

今回のことは、初めからなにかおかしいのです、とシアンはつぶやいた。なにかを憎むような低い声だった。

「ビレットにヒソクがいると聞いて、それは必ず緑の王なのだとシャーは確信を持っていた。そして、不思議なことを言った。自分がかつて出会った少女はヒソクと名乗り、緑のティンクチャーがあったと」

そっと俺の手にふれて、間違いのないしるしをつかむ。強い力だった。

「王都の宿屋から、ヒソクの命は数日が限度だろうと、報告を受けていたのに、シャーは星見のヒソクが死ぬはずないと信じていた。まだ『その時』は来ていない、と。彼女が15、6の歳になるまでは、死んだりしないと、そう言っていたのです」

その時、と俺は頭の中でその言葉がまわるのを感じた。シアンの語る意味はなにひとつくみ取れず、ただ涙があふれるのに任せていた。

涙がぽとぽと落ちて、シアンの指も一緒に濡らす。

彼はそれすら気にした様子もなく「教えてください」とさらに手に力を込め、俺を見上げた。

「『ヒソク』とシャーはいつどこで出会ったのでしょう。それともあなたの『声』のように、人の心を操るあやかしをかけられているのでしょうか」

シアンの声にはいっそ狂人を心配するような悲痛な響きが込められていたが、俺はひとつも返す言葉を持っていなかった。

ただ、哀れだと思った。

心の底から肉親でもない男を気にかけている彼は、哀れに思えた。

ばかげた話をくちにする青の王よりもずっと、彼のほうが呪いにかかっている。

国への忠誠心であるのか、それとも青の王個人への執着なのかは、俺にはわからなかった。

俺は「ヒソク」と、愛しい妹の名を呼んだ。

予定されていた王の会合は、急遽《きゅうきょ》、朝からひらかれることになった。

もともと議題は新しい緑の王に関するものだったが、席についたのは4人。不在の王についての話し合いがなされたと、部屋に戻ってきたシアンから聞かされた。

シアンは、俺が抜け出さないように見張っていた侍従と入れ替わり、部屋にはまたふたりだけになる。

彼が部屋から出て行った時から、寝台に横たわったままの姿でいる俺のかたわらに、シアンは自分が座るための椅子を置いた。

ティンクチャーがあらわれた時点で王だと認められるが、国をあげて王位継承式を行うまでは、新しい王の存在は民に公表されない。

俺の妹は、みなに知られる前に、緑の王ではなくなってしまった。

前代未聞のこの事態をどう処理するかという問いに、青の王が決着をつけた。

「身元もわからず死んだ少女のことを公表しても、民に混乱をもたらすだけだ。さいわいにして次代の王の身柄はすでにこの王宮にある。星見のヒソクを新しい緑の王として、予定通り王位継承式を執《と》り行う」

王としてではなく、おまけにひとりの知り合いもいない王宮で、ヒソクの身体はひっそりと焼かれた。

シアンは最後に会わなくてもいいのかと尋ねたが、妹がいなくなったことを、どうしても受け入れることができなかった。ただ、時が静かに通りすぎるように祈っていた。

「起きているのですかヴァート王」

ヴァート王？

シアンが俺に話しかけているのだと気づくまでに、しばらくかかる。

王の呼び出しがあるとき以外、ほとんど俺のそばにいる彼は、いつもと変わらぬ無表情で告げた。

「継承式が済めばあなたは青の宮殿にはいられなくなります。正式な緑の王として前王の建てられた宮殿へ移り、そこで生涯を送ることになります。どうかその前に、王としての自覚をお持ちください」

なにも聞きたくなくて、薄目をあけていたのをまたつぶった。

俺はシアンの部屋でひとり閉じこもって、待っていた。

ヒソクに会えるのを。

「セージ」

ゆっくりと目を開けると、やっぱりそこには元気な姿の妹がいた。

月明かりに照らされ黒い髪はつやつやして、緑の瞳も明るく輝き、なめらかな肌にはひとつも傷なんかない。別れたあの日のままだ。

俺は暗い草むらに身体を起こして、妹と向き合った。ヒソクは泣きだしそうな顔に笑みを浮かべて、俺に手をのばす。

小さな指のあいだに自分の指を差し入れて、両手ともきゅっと握ったら、陶器でできているように硬くて冷たかった。

指に慣れたあたたかい感触ではないのが、かなしかった。

「セージ、何度もここに来たら、だめだよ。『ここ』はもうないところなの。いつか帰れなくなっちゃうよ」

妹の弱々しい声に、俺はかなしさが増した。

「帰れなくてもいい。俺はここにいたいよ。ずっとおまえのそばにいたい。ごめんな、あの時、ひとりにして。これからはずっと、俺がそばにいておまえを守るよ」

「どうしてそんなこと言うの」

ヒソクは顔をゆがめ、責めるように俺を見た。

「おまえが身代わりになって、俺がしあわせになれるわけがない」

「セージだってそうしたじゃない。わたしのためになると思って、代わりに王宮へ行ったんでしょう。それと同じことだって、わかって」

俺は答えに困ってしまってただヒソクに「ごめん」と詫びた。今ではそれがすべての原因だったと知っていたから、『過去』に来るたびに妹に何度も詫びた。

けれどヒソクは「謝ってほしいんじゃないよ」と首を横にふるから、話し合いはいつも並行して終わってしまう。

「だめなんだ。おまえがいなきゃ生きていけない。おまえを守るって、それだけが俺の生きる意味だったのに、今さらひとりでなんて生きていけない。一緒にいてよ」

くちにすればヒソクは笑顔を浮かべてくれるけれど、「だめだよ」とまた言う。

「もう『この夜』とは違っているでしょう？　今はもう、わたしがいなくなっても平気な『居場所』ができたでしょう。そこへ帰らなくちゃ」

そう言って、ゆっくりと指を離される。

俺じゃ無理なんだと泣きながら訴えれば、甘い笑顔を浮かべた。

「ねえ、本当はこれは秘密なんだよ。でも仕方ないから教えてあげるね。ここに来たりしなくても、またわたしは現れるから安心して。セージのそばにいくから、それまでどうかしあわせでいて。また会った時に、こんなふうにわたしがかなしくならないように、しあわせになって」

目を覚ますとそこはまたシアンの雑然とした部屋で、俺はひとりきりだった。

寝台のそばの机には、小さな陶器の筒が置かれていた。

眠りにつく前に、シアンが置いていってくれたものだ。

いつか屋敷で見かけたのと同じ色で、俺はそのなめらかな緑にふれて「ヒソク」とつぶやく。

久しぶりに身体を起こしてそれを胸に抱くと、このままあの冷たい地下に閉じ込められることがなくて良かったと思った。

土に並べられたたくさんのふたと、一緒にされることは我慢ができなかったから、あることと引き換えにそれを手に入れた。

妹は返してやるから継承式までには正気を取り戻せと、そう冷たく取引した王はあれから一度もここへはやってきていない。

顔をあげれば、にじんだ月が空に昇っている。

あれから数日経ったことが、その満ち方でわかった。完全に丸になった時が、緑の王としての王位継承式だと言われていた。

継承式についての説明をシアンから受ける間、俺は侍従に着替えをほどこされていた。

ファウンテンに着て行った服よりもずっと重たく感じられる。

幾重にも服を重ねられて、金糸の織り込まれた帯をななめにかけられる。

伸びかけた髪は編み込まれ、緑の石が埋め込まれた金の耳飾りをつけられると、それで身動きが取れなくなった。

きらびやかな衣装はひとつも俺には馴染まなかったけれど、シアンは黙ってうなずいて侍従たちを下がらせた。それからちらりと外に目をやる。

「継承式まではまだ間があります。どうぞ座ってお待ちください」

うやうやしく手をとられて、長椅子に座らされた。

たった数日なのに、これで彼の部屋を去るのだと身にしみてさびしくなった。

興味深い書物も見たことのない器具も、シアンが描いたのか精巧な図面もそこらじゅうで俺の気をひいていて、これで最後だと思うと離れがたかった。

「あなたが回復されて、良かった」

シアンが外をながめたままでぽつりとそうつぶやいた。

今日の儀式のための言葉なのかもしれないけれど、俺はそれをなぐさめと受け取った。

「ヒソクが言ったんです。いつかまた会えると。だからそれまでは、ひとりでがんばります」

そう答えれば、シアンは虚をつかれたような顔で俺を見つめて、やはり青の王の狂気を心配するのと同じように、眉をひそめた。

それに俺はほほほえむ。

ほほえむ、という仕草をしたのがいつぶりなのか考えるが、思い出せなかった。

「用意はできているか」

青の王は当たり前のように部屋にあらわれて、俺に目をとめるとわずかに切れ長の青を見開いた。

俺と同じように正装していたが、着慣れているのかわずらわしそうなところは感じられなかった。

帯刀した剣をそっと押さえ、空いた片手で俺をうながす。

手をのばすと、するりと腕をつかまれて椅子から立ち上がらされた。

シアンが「カテドラルまでお供いたします」と言う。

廊下に出ると、ちらりと青の王に視線を向けて「耳飾りはどうなさいました?」と尋ねる。

「おまえがいないから忘れた」

あっさり返されて、シアンは舌打ちしそうな顔をそむけた。

青の王は俺の背に手をまわして、倒れないか心配するようにゆっくりと歩いた。

歩調を合わせてもらうのは初めてだなと、俺は思った。

暗い庭園にさしかかると、白い建物の前にハクが立っているのが薪の明かりに映った。

そちらに身体を向けようとすると手の力が強くなったので、逃げようとしているか疑っているのだとわかる。

こころなしか歩調も速くなったので、俺は横目でハクを見つめて心の中だけで別れを告げた。

顔を上げて背の高い男をにらむと、青の王は視線に気づいて俺を見下ろした。星見のヒソクに対してしていたのと変わらない、バカにしたような笑みを浮かべる。

嫌になるくらいにそれを見慣れてしまった。

継承式のあいだ、それぞれの侍従たちはカテドラルの外で待たされることになっているので、シアンとは入口で別れた。

別れ際、少しだけ心配したような表情を見せるので、俺はほほえんだ。

足を踏み入れると、室内はひやりとしているが暗くはなく、そこらじゅうに明かりが灯されていて幻想的だった。

ちらちらと炎がゆらめく長い廊下を歩いていると、カツンカツンと靴のかかとの音だけが反響する。

ふと数日前の言葉がよみがえった。

「シアン様にうかがいました。シャーは前にヒソクと会ったことがあるのですか？」

「もうその呼び名はおかしいだろう、緑の王」

「ではなんとお呼びすればいいのですか。青の王？　アジュール王？　それともアージェント様、とでもお呼びしましょうか」

青の王は少しだけ黙ったあと、くっ、と笑った。

「おまえは時折、私の予想を超えたことをする。気味が悪い」

「これ以上、お気を悪くされたくなければ質問に答えてください。ヒソクとは会ったのですか。シアン様が心配されていましたよ。からかうのなら相手を見たほうがよろしいのではないですか」

「そうだな」

王はあっさりと認めた。

「おまえの妹とは、あの日、診療所で初めて出会った」

「では、なぜシアン様を惑わすようなことをおっしゃったのです？」

「気が合うだろうとは思っていたが、存外にシアンが気にいっているんだな。緑の宮殿に連れていくのなら、許してやるぞ」

驚いて目を見開く。言葉を失った。

かつりと行き止まりまできて立ち止まると、「いりません」と言った。

「俺はもう、大切なひとは作りません」

聖堂に目を向ければ、夜だというのにそこは光で満たされていて、正面に描かれた神のしるしは宝石のように輝いていた。

足を踏み出せば、王たちは俺を迎え入れる。

王位継承式自体は容易いもので、５人の王がカテドラルの聖堂に集まり、新しい王はオーア神への誓約をのべる。

ひとつ、シェブロンの繁栄に身をささげること。

ひとつ、自ら命を絶たないこと。

ひとつ、神の血を後世に残すこと。

ひとつ、緑の王ヴァートの名を継ぎ、王として生涯を生きること。

確かめるように、誓いをたてた。俺は誓約書から目を離し、神を見上げた。

ヒソク。

おまえと同じ意味の名でいられることが、俺を慰めてくれたのに、それすらもう叶わなくなってしまった。

5章　新たな始まり

「新しい緑の王と、面識がなかったのはわたしだけなのか。アジュールはともかく、わたしだけ仲間はずれとはひどいのではないか」

腰に手をあて、そう非難したのは、美しい顔をした王だった。

継承式が済み、カテドラルを出ようとしたところで、俺とギルはわずかにぶつかってしまった。

「申し訳ありません」

あわてて頭を下げたけれど、ギルはゆっくりと「大丈夫だよ」と言った。

「それより声をどうしたんだ？」

「いえ、あの……病気にかかって、声が出ないのです」

苦しまぎれにそう答えた。ギルは一瞬でかなしげな顔になって、俺を見つめた。

「でも、代わりにこの『声』を得たので、困ることはなにもないのですよ。本当に、ギュールズ王に心配していただくほどのことではないです」

ぎこちなく手を横にふって安心させようとするが、茶色の瞳に見られれば俺の方がかなしくなってしまう。

セーブルが含みのある顔で俺を見ていた。わずかに下卑た笑みをくちのはしにのせたので、俺はムッとしてそれを受け止めた。

おおかた、赤の宮殿での密会を、青の王に告げ口しなかったことを感謝しろとでも、言いたいのだろう。

セーブルは、青の宮殿で起きた騒動を知らない。言いふらされなくとも、とっくに青の王に筒抜けになっているのだと、思わず言い返してやりたくなった。

「なんだ、ギュールズは新しいヴァートのことが好きなのか」

ぎゃあと叫びたくなった。ふり向くと、紫の王がいた。

「今、そういう目で見ていただろう」

あっさりと、涼やかな声音で指摘した。ギルも俺も言葉を返せずにいると、視線をちらりとセーブルに向けた。

「セーブル王も関わりがありそうだし、新しい緑の王と、面識がなかったのはわたしだけなのか。アジュールはともかく、わたしだけ仲間はずれとはひどいのではないか。しかし、ヴァート王は、もとはといえばおまえの女ではなかったか？　なあ、アジュール」

青の王の横に並ぶと、恐れを知らない態度で、肩をつかんだ。

身長は青の王の肩ぐらいまでで、華奢ともいえる体つきをしていたが、物言いと顔つきには余裕が漂っていたから、並んでも見栄《みば》えでひけをとらない。

興味まるだしの、あっけらかんとした声に、青の王は無表情で応えた。

「なんだ、だんまりか。徹底的にわたしをのけ者にするつもりだな」

紫の王はうるんだようにも見える、青い瞳をちらりと俺に向けて、腕組みした。

粗野な仕草でさえ、優雅に感じられるのは、その容姿のせいもあった。

小さな顔に金のまつげが目立つ瞳が並び、狂いもなくまっすぐに鼻筋がとおり、閉ざされたくちびるはうっすらと赤い。口元のほくろは魅惑的で女性よりも女性らしい、匂いたつような色香があった。

紫の服も、ななめにかけられた帯も、すらりとした手足に合うようにほどよく細めにあつらえてある。それを見て、集まった王たちはみな、色の違う同じ服を着ているのだと気づいた。体格が違うので気がつかなかったが、青の王とだって同じ服だった。

紫の王は、細い指先をギルにあわせて、言った。

「ああなるほど、わかったぞ。ギュールズはヴァートが好きで、ヴァートも憎からず思っているが、青の女だったから、ギュールズを好きでも言いだせなかったのだな。セーブル王はなんだ？　このおかしな『声』が欲しいのか。術師と聞けば、犬にでも食いつく浅ましさは健在か」

次々に矛先をかえて俺たちを指さした挙句、そう結論づけた。誰ひとり、そのとおりだなどとくちにはしないが、素直に言って、その場のだれよりも状況を把握していた。

俺は倒れそうになりながら、解説を聞いていた。

紫の王は、パンと快活に手を叩く。

「おまえたち助かったな。ヴァートが青の女のままでいれば、ややこしいことになったが、もうそんな心配は無用だ。荒れきった西方の統治に追われて、うつつを抜かすヒマもなくなるだろう。第一、王同士は恋などできないのだからな」

「パーピュア、いい加減にしておけ」

青の王が、王の名を呼び捨てるのを、初めて聞いた。俺を叱責する時の口調よりは穏やかで、あきらめを含んでいるようにも聞こえた。

セーブルがちらりと青の王を見たが、すぐに視線をそらした。

俺はそれに気づいて、セーブルが以前、王同士が交わればどちらかが死ぬと言っていたのを思い出した。

そういえば、青の王にそれを問うたのも、この聖堂だった。

記憶を巡らせていると、不意打ちでぐいっと腕を引き寄せられる。みずみずしい果物のような香りとともに、やわらかい感触が肩にふれて、あれ、と思った。

にっこりと笑みを浮かべたパーピュアは、花が咲いたようだったが、庭園のすみに咲くような淡い色のものではなく、大輪で色の強い凛とした花を思わせた。

「なあヴァート王、今夜はわたしの宮殿で飲まないか。わたしとも、親交を深めようじゃないか」

「それはいかがでしょう、緑の王。その方のご趣味は前代のヴァート王とよく似ておられますから、おひとりで紫の宮殿に出向かれることになれば御身も危ないですよ」

セーブルの言葉に、パーピュアはいやそうに顔をしかめた。

「それは少し、意味が違うのではないか？　それに、黒の宮殿のほうが危ないに決まっている。あそこの術師はことごとく王の手付きだろう。術師であるならヴァート王もその対象に入るのではないか」

「そうですね。気にいりにしていた黒の術師がひとり、眠ったまま目覚めないので、緑の王でなければ術師にお迎えしたいところでしたよ」

セーブルの言葉に俺はハッとした。

「それって、双子の女の子のことですか？」

今までずっと忘れていた。ヒソクを迎えにここから飛び出した、あの夜のことを。黒のティンクチャーをやどした女の子は倒れて動かなかった。あの時、ひどく頭を打ったのかもしれない。

「教えてください。彼女はずっと目が覚めないのですか？」

「どうしたんだ、ヴァート王。黒の術師と知り合いなのか」

不思議そうにパーピュアが尋ねたが、俺はその手をふりほどいた。セーブルは俺に視線をうつして、

「そうですね」と言った。

それはかなしそうではなく、俺の反応を見るのが楽しそうだった。

「あの双子は、ふれた相手を眠らせることができるのですよ。それがどうも、貴方に能力を『跳ね返された』ようだ。そのせいで、ソーサラーが眠ったままになったと、双子の片われが言っていました」

「跳ね返された？」

たしかに『声』を使ってしまったが、そんなつもりはなかった。

「双子のもうひとりも術師なのでしょう。目を覚まさせる術を持ってはいないのですか？」

「片われが眠ったままなので、それはできないのですよ。あの双子は、そろって初めて能力を使うことができるのです。そういう不便なところも気にいっていたのですが、実に残念だ」

「……そんな」

呆然とその場に立ち尽くした。

あの夜、誰が傷ついてもかまわないと思っていたけれど、実際に自分のせいで伏している者がいると聞けば、折れそうなほどに心がゆれた。

「話はよくわからないけどな」

パーピュアが言った。

「先に術をかけたのが黒の術師ならば、正当防衛ではないか？　ヴァート王が責を負うような話には聞こえないのだが」

「違います。黒の宮殿に勝手に入り込んだ俺がいけないんです」

「入り込んだ？　なぜ」

きょとんとして、見つめられる。この話を続ければ、必然的にヒソクを探しに行った話にもふれてしまう。必死に頭を巡らせた。

「セーブル様に、お会いしたくて……黒の宮殿にうかがいました。いつでも来ていいとおっしゃっていただいたのですが、おられないと聞いて取り乱しました」

嘘ではない、と思いながらもギルを見る勇気はなかった。

パーピュアは形の良いくちびるをぽかんとあけて、「はあ？　すごい話になってきたな」と言った。

「では、ギュールズはヴァートが好きで、ヴァートも憎からず思っているが本当はセーブル王が好きで、でもアジュールの女だから言いだせなかったのか。複雑すぎる。これでわたしもヴァートを好きになったら大変だ」

ちっとも大変でなさそうに、カラリとそう言って、肩をすくめて見せた。

「緑の王、明日の式典の準備がある。宮殿に戻るぞ」

助け船は、青の王のものだった。

俺がおそるおそるふり向けば、嫌そうにしかめた顔に大きくバカがと書かれているようだった。呼ばれるまま、青の王のそばに近づいた。肩に手を置かれ、聖堂の外へとうながされる。

先に立って歩き出せば、背にパーピュアの声がかぶさった。

「その上、意外なことにアジュールは、ヴァートのことが好きなのか。王がそろって、王に懸想《けそう》するなど、初代王がみまかって以来の異常事態といえるな、アジュール」

青の王は聖堂を出たところで足を止めて、何か言いかけた。

けれど、急に身体をこわばらせてふり返る。腕をつかまれて引き寄せられるのと、背中にぴりっとした痛みを感じるのは、同時だった。

「え」

視界のはしに映ったのは、黒い服を着た少女だった。彼女は手元にきらりと光るものを持っていたが、血にまみれたそれはゆっくりと弧を描いて、やわらかい床に落ちた。

「赤の王、取り押さえろ！」

鋭い声が響いた時には、すでにギルは動いていた。

足音をたてずに少女との間合いを詰め、足先を払った。体勢を崩した少女の服をつかんで、身体を床に押し付けるまであっという間の出来事だった。

鞘《さや》から抜き取られた長剣の銀の刃は、倒れた少女の細い首に当てられていたが、いつ剣を抜きとったのかもわからない。

しなやかな動きで血に染まった短剣を蹴ると、それは青の王の足もとに届いた。俺を片腕に抱いた王はそれを受け取る。

ギルは自分が引き倒した少女に目もくれず、冷静に周囲の気配をうかがって「この娘、ひとりのようです」と、刺すような声で言う。おだやかないつもの雰囲気とは違っていた。

「ソースラー？　おまえがなぜここにいるのだ」

セーブルがほとばしるようにくちにしたので、俺ははじめて彼女の名を知った。自分が傷つけた少女の、姉妹の名だ。

ギルは黒の王をふり向いた。

「この娘には黒のティンクチャーがあります。これは、どういうことでしょうか、セーブル様。緑の王の命を狙ったとすれば、斬首はまぬがれない。あなたもただでは済まされませんよ」

静かな怒りを内包した声に、セーブルは顔をしかめた。

「ソーサラーの、かたきだ」

少女は床に横たわりながら、しっかりと俺を見据えてつぶやいた。

長い黒髪が、ヘビのように床に広がっていた。拘束されてもなお、深い憎しみをにじませた声に、剣を手にしたギルの肩がわずかに動く。

薄茶の瞳はオレンジの光に照らされて、濃い色をやどした。

「セーブル様、許可を与えてください」

その静かな声がなにを欲しがっているのかがわかって、俺は背筋が凍った。

「ギル様！」

呼ばないと誓った名で、彼を呼んでしまう。ギルの目がわずかにゆれたのを見て、俺は身体を起こした。

「その子を殺すのは待ってください。セーブル王がお話しになられた、俺が眠らせた少女の肉親です。俺のせいで姉妹がそのような目に遭ったのですから、彼女の俺に対する恨みはもっともです」

ギルは床にこぼれた赤黒い血を見たきり、俺のほうを見ようとはしてくれない。返事をしたのは、意外にもセーブルだった。

「いかなる理由があろうとも、王の殺害を企てた者は死罪をまぬがれません。わかりました、ギュールズ王。この場で、黒の術師を切ることを許しましょう」

「やめてください！」

『声』を張りあげると、ビリビリと空気がゆれた。跳ね返るように、身体に負担がかかり、傷口が熱くなった。

どろりとあふれた血を、青の王は押さえ付けた。

「なにをやっている。大人しくしていろ」

耳もとで怒鳴られる。顔を近づけられたので、「守って」と俺はささやいた。

「あの子、守ってあげてください。俺がぜんぶ……わるいから」

もしも、ヒソクが同じ目に遭わされたなら、俺だってきっと同じことをしただろう。

双子の片われと一緒にいられなくなった彼女の苦しみは、俺には自分のことのようによくわかった。

「ごめんなさい」

青白い顔色の少女は、怒りに満ちた目で俺を見ていた。ごめん、ともう一度ささやいたけれど、彼女に聞こえたかはわからない。

その時、つんざくような悲鳴が、聖堂に響き渡った。

それは俺の『声』よりもずっと、感情に訴えかけるような悲痛な叫びで、ソースラーですら、びくりとふるえた。

視線の先にはパーピュアがいた。

美しい顔を両手で覆って、長い叫びをもらしたあと、糸が切れたようにぐらりと倒れ込んだ。セーブルがその身体を支えたが、意識はとうになくなっているようだった。

どうして、と思った。豪気なパーピュアに似つかわしくない姿に、違和感を覚えた。

ふいに視界が白くぶれた。

「アジュール王、ここはお任せしてよろしいですか。外の兵に医師を呼ぶよう伝えてきます」

ギルの声がした。

「そうしてくれ。出血がひどい」

止血されたが、流れた血が多すぎて、身体は徐々に冷たくなっていく。抱きしめられる力が強くなったので、俺は身体の力を抜いて、ふたたび深い闇に身を任せた。

王宮で過ごした記憶は、そこでぷつりと途切れた。


「緑の王、目覚められましたか」

しわがれた声は、どこかで聞いたことがあった。

「そのままでけっこう。誰か、王宮に使いをやって、グリニッジ様を呼び戻してくれ。シャーがようやくお目覚めになられた」

俺はぼんやりとその声を聞いた。頭だけは左に向け、身体はうつぶせになっている。首が痛かった。

髪に白いものが混じった男は、寝台のそばに置かれた椅子に腰かけ、侍従に指示を出していた。

「みどりの、医師？」

西の診療所で出会った、老医師だった。マラカイトは侍従が部屋から出て行くと、灰色の目を俺に向けた。

「そのまま動かないで。傷はふさがっておりません。肺に達するかという深い傷でしたから、危険な状態を脱したといっても油断はできませんよ。横になって安静にしていてください」

そう言って、俺の背にてのひらをあてた。

俺は上半身を裸にされ、胸のあたりには白い布を巻かれていた。横たわっていた寝台は、青の宮殿のそれとは違っていた。

寝台の四隅に支柱はなく、かわりに頭の上と足元にアーチを描いた低い板が取り付けられていて、木目が美しい木には、模様が彫られている。

寝台に敷かれた布は深い緑色の布で、ところどころに金糸の縫いとりがされていた。

壁は一面に木板がはりめぐらされていて、陽の光が差し込んでいるところは透明度の高いガラスがはめ込まれ、ガラスと壁の境目は金色で縁どられていた。

「ここは、もしかして緑の宮殿なのですか」

尋ねれば、マラカイトはそうだと答えた。

「あなた様は傷を受けて意識を失っておられる間に、この緑の宮殿へと運ばれたのです。ここはもう王宮の外ですよ」

そう言われて、ガラスの向こう側をのぞき込めば、そこにはつるりとした白と緑の四角い石を敷き詰めた庭が広がっていた。

よく見れば単純に白と緑だけではなく、濃さの違う緑色やあわい黄色も含まれていて、それらが複雑に組み合わされ、まるで草むらのような様子を浮かび上がらせていた。

驚いて思わず腕を伸ばしてみれば、背中に焼けるような痛みが走る。

「ああ、言わんことじゃない。大丈夫ですか？　今しがた、動かさぬようにとお伝えしたばかりですよ」

「……ごめんなさい」

うつろな意識のせいで『声』はふわりと雲のように頼りなく漂い、気を抜くと意識がとろけそうになる。

「痛み止めがよく効いているようですな。つらいようでしたら侍従に申しつけて、薬を飲ませてもらいなさい。同じものを枕元に用意しておきます。グリニッジ様がここへ戻るのは夕刻になるでしょうからそれまでお休みください」

「グリニッジ？」

知らない名にゆっくりとまぶたを動かせば、「緑の王の側近です」と答えられる。

「あの事件の時は、王の命で西方へ出向いていたので、あなた様との面識はないのでしょう」

事件、と言われて俺は青の宮殿の廊下で起きた出来事を思い出した。

マラカイトのくちぶりは、あえて俺に思い出させるような意味深《いみしん》さを持っていた。

しわの刻まれた顔に診療所で会った時のような威圧感は感じられなかったが、俺は尋ねた。

「グリニッジという方は、俺のことを恨んでいるのでしょうか？　マラカイト様のように、前王が亡くなられた恨みを、俺にお持ちなのですか」

医師は困ったように太い眉を下げて、それから少したため息をついた。

「あなた様は、考えをそのままくちに出されるようだ。いや、その年頃では当たり前のことでしょうね」

暗に子どものようだと言われてしまう。

少しの間、マラカイトが黙っていたので、配慮のない質問で怒らせてしまったのかと心配した。

「王宮の診療所で」

マラカイトはぼそりと言った。

「あなた様にお会いするまで、私は前王が亡くなった理由を深く考えたこともなかった。王を奪われた怒りと虚無感で、あの時の私はたしかに憤っていました」

「……マラカイト様」

「前王はたしかに醜い面もお持ちだったが、私のようなしがない町医者を取り立ててくださる公平なお心も持っておられた。王に仕えるということがどれほど名誉なことかわかりますか？　王の専属医として働くことになった時には、年甲斐もなく手放しで喜んだものです。今日から神に仕えるのだと、まるで美しい物語の始まりのような心地がしたものだ。シェブロンの王に仕えるというのは、神に仕えることと同じです」

とうとうと語られる言葉に、俺は耳を傾けた。

痛ましい顔を見れば、マラカイトが王を失ったかなしみを、いまだに抱いているのがわかった。

彼は俺をシャーとは呼ばない。それも、仕方のないことだった。

「この宮殿にはそうして王を想う者は他にもおります。グリニッジ様は聡明《そうめい》な方で、前王も側近の中で一番の信頼を寄せられていました」

マラカイトはじっと俺を見つめた。

「あなた自身に責められる非がないとはいえ、青の王に対する不満が高まっている緑の宮殿で、あなた様を迎えることに抵抗を感じる者も少なくないのだと、知っておかれたほうがいい」

心配するような響きを感じ取って、「どうして」と尋ねた。

「どうして、俺を助けるようなことをおっしゃるのですか？　俺がここで孤立しても、放っておかればいいのに。いいえ、それより怪我の手当てなどしなければ、良かったのではないですか？」

「私は医師だ。怪我をした人間を放っておくことはできない」

マラカイトの灰色の瞳がかなしげにゆらいだ。

「ごめんなさい。命を助けていただいたのに、バカなことを言いました」

謝ると、マラカイトはそっと俺の肩にふれた。

「あなた様は、善良だ。前王のかたきなどと、命をおびやかすつもりはありません。安心して治療を受けてください」

マラカイトはそう言うと、そばの机に広げていた医療器具らしきものを片づけ始めた。

「かたき……？」

頭のすみに引っかかった言葉をつぶやくと、横っ面を叩かれたような衝撃が走った。

「いけない」

俺は両手をついて身体を起こした。

その勢いで背中の傷が引きつれたようにズキズキと痛みだす。

身体を見下ろしてみれば、上半身は肌がさらされているし、ひざ丈まで緑の布が腰に巻かれているだけだった。この格好では出かけられそうもない。

　俺はすぐさま寝台から降りた。

「なにをしているのです⁉」

「今すぐ、王宮に戻らなくちゃいけないんです」

　金髪の侍従に「服を用意してください」と頼んだ。侍従は目を丸くして、マラカイトと俺の顔を交互に見比べた。

「急いでください！」

「は、はい。すぐにお持ちします」

　マラカイトは、「待て、ガゾン！」と呼び止めた。それから、俺を見た。

「王宮に行かれるですと？　なにをおっしゃっているのですか。わずかに動くだけでも傷は開きます。動けばまた、悪化するのですよ」

「それでも、行かなきゃいけないんです」

　俺を襲った黒の少女が、どうなったのか、一刻も早く知りたかった。胸の奥が、虫を這わせたようにざわついて止まらない。

　肩に節くれだった手が掛けられる。

「無謀はよしなさい。あなた様はもう、この国の王なのですよ」

　灰色の瞳は、真剣そのものだった。俺はマラカイトの目をのぞき込んだ。診療所で与えた恐怖からか、マラカイトはすぐさま顔色を変えて、俺から手を離した。

　自業自得とはいえ、怯えた態度に胸がじくりとうずいた。

「俺を王とおっしゃるのなら、王宮へ連れていってください。これは王としての頼みです」と告げた。

痛み止めのおかげで、ふわりとした心地でいた。

馬車の背もたれと身体のあいだに、丸めた布を押し込んであるので、傷は背もたれにはふれていない。それでも、馬車の振動が響くと、ずくずくした鈍い痛みは絶えずあった。

マラカイトの手は、ずっと俺の手首にふれていた。脈を確かめながら、時おり意識を確かめるように「緑の王」と俺を呼ぶ。

「すみません、少し寝ていました」

俺は重いまぶたを持ち上げて、ゆっくりとマラカイトを見た。

「傷が痛みますか」

俺はゆるく首を横にふった。

「どうして王宮へ出向こうとするのです。自殺行為と呼ばれても仕方ありませんよ」

「ある少女を救わなければなりません。俺に剣を向けたことで、処罰されてしまうかもしれない」

「では、あなたに傷を負わせた相手を、助けにいくのですか？」

しわがれた声が、甲高くなる。

「王に対する反逆は、死罪と決められております。それでも、王宮に行かれるのですか？」

「彼女がそんなことをした原因は、俺なんです。相手が緑の王だからという理由だけで、彼女が殺されるのなら、止めなくちゃいけない。そんなことは間違っています。俺にはそのように守られる価値はないんです」

「緑の王、王は『神』だと申し上げたはずです」

俺は目まいを起こしながら、「どうして」と言った。

「王は神などではありません。少なくとも、俺はただの人間です。誰かの命を踏みにじって、生きる権利などない。マラカイト様も、俺がただの人間なのだと、わかってください」

俺の言葉に、マラカイトは困ったように息をのんだ。

向かいの席に座っていた侍従は、気まずげに視線を足元に向けた。

緑の服に着がえさせてくれた、ガゾンという侍従だった。まっすぐな金の髪を片側で緑のひもでしばり、毛先を胸の下あたりまでたらしている。

それを見て、最近、伸びっぱなしになっていた髪のことを思い出した。

「すみません、ヒモを持っていませんか」

俺は自分の顔の左側を指して、ガゾンに尋ねてみた。

「ヒモ、ですか?」

ガゾンは俺の欲しがっているものが、髪をしばるヒモのことだと気づいた。

「あいにく、髪飾りは持ち合わせておりません。まもなくバザールに行き当たりますので、よろしければなにか買ってまいりますが?」

「そうですか……できるだけ早く王宮に向かいたいので、バザールに寄る必要はないです。この頭ではさすがにみっともないかなと思いまして」

ふにゃふにゃした黒髪をつまんでほほえむと、ガゾンは金色の目を見開いて思いつめた顔をした。

「シャーのお召しかえの際に、髪をおまとめしたほうがよろしいか、うかがえば良かったのですね。至らぬところをお詫びいたします」

びっくりするほどかしこまった返事が返ってきた。挙句に、ガゾンは頭を下げたままの姿勢で固まっている。男の態度に、俺はひどく焦った。

「あなたの、ええと、ガゾン様のせいではありません。顔を上げてください。ごめんなさい、髪なんか、全然このままで大丈夫です」

「シャー、恐れながら申し上げてもよろしいでしょうか」

こわばった声に、俺は気圧されて、「は、はい」と、どもりながら返事をした。

ガゾンはひざにこぶしを置いたまま、俺よりも低い位置で顔を上げて、真剣なまなざしで見つめた。

「ガゾン様、などとお声かけいただく必要はございません。侍従は呼び捨てにしてください。それから、命令をお出しになる時には、ご用件のみおっしゃってください。お気遣いいただく必要はございません」

「……えーと」

俺は弱り切って視線を泳がせたが、マラカイトは当然といった面持ちでうなずくばかりだ。

しかし、あまりに情けない顔をして助けをもとめたので、それに気づきガゾンに声をかけた。

「おい、おまえがあまりにひれ伏すので、王が困られているぞ」

それすら「申し訳ございません」と慇懃に詫びる彼に、俺はこれからの宮殿での生活を思うと気が重くなった。

「もしよろしければこれをお使いになりますか」

俺が顔を上げると、ガゾンはまっすぐな目で俺を見ていた。

髪と同じ金色に近い目をしている。その綺麗な色合いに見とれていると、彼はするりと緑のひもをほどいた。

「この色でしたら、その金の耳飾りにも合うのではないかと思います。わたくしの身につけていたものを御身におつけするのは心苦しいですがどうされますか」

「えっ。あ、じゃあ、お借りします」

おずおずと手を差し出せば、それが左手だったせいか傷口がぴりっと引きつれた。

痛みにしかめた顔に気づいて、ガゾンはすぐに「では、わたくしが結わせていただきます」と言った。


慣れた手つきで結われた髪は、緑色のヒモで結ばれている。

馬車から降りる時に、ガゾンが先に降りて手を差し伸べてくれた。

王宮の門番は俺のティンクチャーを認めると、兵をつけるかどうかを尋ねてきたが、俺はかまわないと答えて、マラカイトとガゾンを供に黒の宮殿に向かった。

日中にしては涼しい日だったのに、歩き始めるとじわりと全身に冷や汗が浮く。

マラカイトの忠告したとおり、痛みが強くなる傷に、出歩くのは早すぎるのだろうと感じたが、カテドラルを横切れば自然と早足になった。

廊下を護る黒の兵は、いつかと同じ顔触れだった。

「セーブル様に取りついでください。ソースラー様のことでお話があると言っていただければ、おわかりになります」

「シャーには、どなたも取りつがぬようにと言われております。お引き取りください」

兵の態度に、ガゾンが気色ばんだ。

「緑の王が出向いていると伝えても、同じ答えですか」

「――青の術師殿では？」

兵は戸惑ったように俺を見た。

「お願いします。どうしても、セーブル王にお会いしたいのです。せめて、ソースラー様がどうなったのか、それだけでも聞いてもらえませんか」

「ソースラー様でしたら、昨日、亡くなりました。ご病気であったと聞いております」

「病気？」

嘘だというのはすぐにわかった。足元がふらふらして、よろけた。ガゾンが俺の肩を支えて、

「シャー、宮殿に戻りましょう」とささやいた。

強い視線を感じた。兵の後ろにぽつりとたたずむ姿があった。

白い手足はすらりと長いが、幼い身体つきの少女だ。

髪が長く、光彩の大きな瞳は、空洞のようにとっぷりと闇をたたえて、俺を見つめている。

俺を殺すと息まいた、あの時のような強い恨みはなかった。ただ、空気のように立ち尽くしている。

「ソースラー？」

俺は呆然と名前を呼んだ。

胸が苦しくなった。違う。カテドラルで俺を襲ったソースラーは、もう死んでいる。

「きみが眠っていた女の子？　ソーサラー？」

色の薄いくちびるに笑みが浮かぶ。無防備な幼い表情に、胸がつまった。

かたわれの少女はくるりと向きをかえて、長い髪をゆらしながら、宮殿の奥へと駆けた。

俺はあとをついていてかけだした。

後ろから黒の兵とマラカイト達のあわてた声が聞こえたがかまわず走った。

外は明るかったのに、足を進めるたび薄暗く感じられてきて、ひゅっとのどが鳴った。

あの夜の再現を、俺は経験しているのかもしれない。いいしれない不安に、身体が冷えた。

ソーサラーが急に立ち止まった。黒の王の部屋の前で、部屋からは明かりがもれていた。

「そこにいるのは、誰だ？」

部屋から出てきたのは、セーブルではなかった。

西日に照らされた顔は、俺と同じで浅黒かった。浅黒い肌はシェブロンでは奴隷に代表されることが多く、王宮ではあまり見かけない。

歳は三十半ばくらいで、肌の色の次に目立つのは、つぶれたように平らになっている片耳だった。くせのついた短い黒髪に、肩幅の広いがっしりとした体型をしている。

黒の兵かと思って、俺は身を引いた。男は鋭く俺をにらんだが、すぐに青い目を見開いて、「緑の王⁉」と驚いた。

つかつかと近づいてきて、俺の両肩をしっかりとつかむ。

「どうして、このようなところにいるのです。そばについているよう指示したのに、ガゾンはなにをしているのだ」

「グリニッジ殿、このようなところという言い方はあんまりですよ」

男の背後から現れたのは、今度こそセーブルだった。

いつもどおり、薄い笑みをたたえていた。蒼白い顔で、俺をなめるように見た。

「これはヴァート王。息災なご様子で安心いたしました。けれど油断されず今日のところはその侍従を連れて帰って、早く休まれたほうがよろしいのではないですか」

「話はまだ終わっていません！」

男が怒鳴ったので、俺はぎくりと身体をこわばらせた。

「このあとは、ヴァート王と話をすることにいたしましょう。私が王以外と話し合いの場を持つこと自体がまれなのです。宰相といえど、王の侍従にすぎないのだと、グリニッジ殿は自覚されたほうがいい」

「……グリニッジ？」

俺は男の顔を見上げた。グリニッジはセーブルをにらんでいた。

「シャーは、話し合いなどできるお身体ではない。だからこそ、この仕打ちは許しがたいと、申し上げたはずです。なぜ謀反《むほん》を企てた術師を、病死などとたばかって葬《ほうむ》ったのです。ことを公にしていただかなければ納得がいきません」

「ですから、ヴァート王への償いにと、ソースラーを処刑したでしょう」

「ま、待ってください」

俺はグリニッジの服にとりすがった。

「もしかして、あなたがソースラーを殺すように言ったのですか？　どうしてそんなことをしたんです。あの子は傷ついていただけで、なにも悪くなかったのに！」

服を握りしめてゆさぶれば、グリニッジはありえないものを見たかのように、顔をこわばらせた。

「ヴァート王、貴方ならそうおっしゃると、思っていましたよ」

セーブルはくつくつと笑った。

「腹の虫がおさまらぬと責め立て、ソースラーを殺すように迫ったのは、グリニッジ殿だ。ヴァート王、早く帰りなさい。側近の不始末を責めるなら、私の宮殿を出てからにしていただきたい」

肩をつかんでいた、グリニッジの手に力が込められた。俺はグリニッジの身体を押しのけて、一歩前に進んだ。

「セーブル様、ひとつだけ教えてください。ソーサラーはどうなるのですか」

「ソーサラー？」

俺の質問にセーブルは片眉を上げた。

「それが貴方と、どのような関係があるのです」

「セーブル様は、彼女たちがふたりそろわないと、術を使えないとおっしゃった。ソーサラーは片われを失って術師ではなくなった。それでも、まだソーサラーをおそばに置かれるのですか」

「貴方の言うとおり、術師としての価値のない女には興味がありません。おまけにあの娘は、手のかかる状態で、私の側近も手を焼いている」

「ソーサラーになにがあったのです」

俺の問いに、黒の衣装をまとった王は、「記憶を失っているのですよ」と、あっさりと答えた。

「子どもの頃まで遡《さかのぼ》って、記憶がない。昨日の朝、ソースラーが処刑されたと同時に目を覚ましたが、ろくにしゃべることもできなくなっていました。ティンクチャーが消えたあとで、王都に払い下げようと思っていたところです」

「払い下げる……それは、奴隷として売り渡すという意味ですか」

記憶を持たぬ少女が、王宮から出ればどのようなことになるのかは嫌でもわかった。

「待ってください、俺のことも忘れているなら、ソーサラーは俺が譲り受けます」

「連れ帰り、緑の女にするとでも?」

セーブルは素早く言い、目を細めてひどくうれしげにした。

その楽しそうな様子が、どこからくるものなのかわからず、寒気を覚えた。

「贖罪《しょくざい》のつもりならば、浅はかではないのですか。ソーサラーが記憶を取り戻せば、どうなると思います?」

すべてを思い出した少女は、妹が自分のためにかたきを討とうとしたことを知るだろう。そのために殺されたのだと聞けば、ソーサラーがどう思うかは想像がついた。

それでもかまわないと、俺は答えた。

グリニッジが、耐えきれなくなったように「シャー、馬鹿なことを言うのはやめてください」と、俺をとがめた。

「ごめんなさい」

俺は小さな声で謝った。

「それでも、俺はソーサラーを引き受けます。俺にできることは、それくらいしか思いつかないから、できることをします」

グリニッジは信じられないものを見たかのように、俺を見つめ返して、強くくちびるを結んだ。わかったとは言わなかった。

セーブルは、ますます表情をゆるませて、「実におもしろい」とつぶやいた。

「ヴァート王、貴方は本当に私を楽しませてくれる。貴方のためを思って行動したグリニッジを切り捨て、あだなした娘の肉親を、緑の女にすると言う。正気のさたとは思えません」

ひらりと片手をふった。

「しかし、残念です、ソーサラーの身柄はすでに他へ引き渡すことにしたのです」

「もう、商人に話をつけられたのですか？」

焦って尋ねれば、セーブルは今度こそ、にやりと笑った。

「いいえ、実のところ、ソーサラーはすでに黒の女ではないのです。今朝早く、あの娘の身柄は他へ移しました」

「黒の女ではない？　だけど、さっき廊下でソーサラーに会いました」

「自分が売られたことを理解していないのでしょう。ソーサラーがここへ忍びこんだのでしたら、青の宮殿に迎えを寄こすよう伝えなければいけません」

「青の宮殿？」

思いがけない言葉に、俺はぽかんとして固まった。

「では、シャーの……」

言いかけて、「青の王」と言い直した。

「青の王が引き受けたのですか？　ソーサラーは青の女になったのですか」

セーブルは俺の顔色を察して、「何故なのでしょうねえ」と言った。

「貴方と違い、アジュール王とソーサラーはなんの因縁もない。それなのに身柄を引き受けるとは、理解不能です。まるで、貴方へ憎しみを抱く存在を王宮に残しておきたいかのようだ」

俺を操ろうとした言葉だとわかっていたが、ぐらりと気持ちはゆらいだ。

ようやく、セーブルの笑みの意味がわかった。

俺が青の王に対して、良くない感情を持っていると信じている。さらに仲たがいをすれば、自分に有利に働くとでも思ったのだろう。

「貴方から、このような提案があるとわかっていれば、ソーサラーは無理にでも手元に残しておいたのですがね。肉親のかたきのそばに置かれた娘が、いつ記憶を取り戻すかもわからないなんて、見ものだったでしょう。もっとも、それは、ソーサラーが青の女になった今でも、起こりえることですが」

そうなれば、青の王の弱みにもなる。セーブルの言外の喜びに、俺は言葉を失った。

グリニッジが渋面《じゅうめん》で「緑の宮殿へ帰りましょう」とうながした。

帰るという言葉に、王宮に俺の居場所はないのだと、今さらながらに思い知らされた。

ふるりと身体がふるえた。足元を流れる液体に気がついた。グリニッジはつられたように床へ視線を向け、赤黒い血だまりを見た。

何か言われる前に首をふって「大丈夫」と断る。

けれどすぐに意識がかすんだ。差し出された腕に倒れ込んだ。

「シャー！　しっかりしてください」

声はどんどん遠ざかった。落ちた先はきっと、またあの草原なのだろうと思った。


空には、星ではなく明るい太陽が照っていた。暑い空気を吸い込み、ひょっとして気を失っていただけなのだろうかといぶかしんだ。

葉をかきわけて、向こうをのぞき見れば、そこは見覚えのある調理場だった。調理場の後ろには、青の宮殿があった。

「あれ……？」

違和感があった。見慣れた青の宮殿とは、なにかが違っている気がして、俺は目を凝らした。

「話を聞いているのですか⁉」

青い服を着た年配の男が、大きな声を上げていた。彼の前には、うつむいたふたりの少年がいた。なぜかふたりとも、全身がびしょ濡れだった。足元には、ガラスでできた容器が散らばっている。銀髪の少年は、怒られているのに無表情だった。となりにいる金髪の少年は、妙に真剣な顔でうなずいていた。

ふたりからは離れた、宮殿の廊下に、少女がいた。長い金髪に空色の瞳。俺の知っている彼女よりは、ずいぶんと幼かった。

「ルリ様……？」

俺と同じくらいの歳に見えた。

ルリの隣には、髪の長い青年がいて、青の近衛兵の服を着ていた。俺の場所からは顔が見えなかったけれど、頭の後ろで金髪をひとつにくくっていた。

ルリがくちもとに手をかざすと、青年は長身をかがめて、彼女の耳打ちを受けた。ルリが楽しそうに笑う。青年がなにかに気づいて、彼女の服のあわせを押さえた。ルリはあわてて、胸元を隠した。

鎖骨には、うっすらとした、紫色の羽のしるしが刻まれていた。

「紫のティンクチャー！」

聞こえるような距離ではなかったはずが、青年ははじかれたように振り向いた。にらみつけられて、身体がすくんだ。

その時、銀髪の少年が「そうだ！」と叫んだ。

「わかったよ、アジュール王。砂と水ではこぼれる速さが違うんだ！」

晴れ晴れとした声が、青の宮殿に響いた。


シェブロンの中央には、王宮が建てられている。

王宮周辺の栄えた街は『王都』と呼ばれた。王都で店を持つならば、王宮の正門の前にあるメイダーネ・シャーという大きな広場が一番の人気だ。

広場を取り囲むように高級商店が連なり、人の往来も激しかった。高価な品やめずらしいものを扱えば、王宮から声がかかることもあるので、商人たちは競って、鉱石や装身具、食料などを取り寄せた。

地方から王都を目指してくる者はあとをたたず、自然と人口は密集したが、拍車をかけたのが、緑の宮殿の建設だった。

宮殿のまわりの古い家々は取り壊され、商店や共同浴場などの施設として生まれ変わった。

わずかなあいだに、緑の宮殿の周辺は、メイダーネ・シャーと変わらないほど栄えた。

緑の宮殿の豪華さは、王宮を凌《しの》ぐのではないかと言われるほどで、建築にかけられた費用と奴隷の数は、王都の職人たちの間では、語り草になっていた。

それと引き換えに、西方では宮殿からの援助がおろそかになり、民は緑の王宮を『血の宮殿』と皮肉った。


王の部屋には、巨大なガラス窓があった。ガラスに刻まれた細かな細工は、光を受けると、２匹のオオカミを浮かび上がらせる。オオカミは、満月のふちに足先をかけていた。

目が覚めるたび、美しい部屋に戸惑った。俺は起き上がると、ガゾンに頼んで着替えを用意してもらった。

途中でグリニッジが部屋に入ってきた。はじめて会った時よりはくだけた服装だが、それでも、きっちりと正装を着こなしている。

「お身体は大丈夫なのですか」

グリニッジは顔をしかめた。

「明日は会合です。お出ましいただかなくては困りますので、それまでは横になって身体を休めてください」

「……すみません」

小さな声で答えると、グリニッジは深く頭を下げた。礼を尽くした態度なのだろうが、分厚い壁が立ちふさがっているのかと思うほどよそよそしい。

グリニッジは俺が寝台に戻るのを見届けると、「では、執務の報告をいたします」と書類を手にした。

説明は丁寧だったが、西方の経済状況や他国の情勢など、俺には縁のないむずかしい話ばかりだった。

寝台に横になって興味の持てない話を聞いていると、ついウトウトしてしまった。

なにかをする気力が、ちっともわいてこない。

前王が死んだあと、王の執務はすべてグリニッジが代わりに行っていた。彼はワズィールという側近ではもっとも高い地位についていて、政務を完璧に把握していた。

いっそ、グリニッジが王であったほうがいいのではないかと考えたが、冗談でもくちには出せなかった。

やりきれなくなって、俺はそっと視線をそらした。

不思議な夢のことを考えた。びしょぬれになって怒られていた銀髪の少年は、シアンだった。一緒に怒られていた少年が、青の王だとするならば、カテドラルで青の王とルリがしていた、『水時計』の話と一致する。

けれど、やはりどこか、いびつに感じられた。

「そうだ……宮殿の壁が、青かった」

改築で白く塗り直す前は、壁が青かったと、以前にルリが言っていた。やはり、青の王が子どもの頃の出来事だったのだと、俺は納得した。

「シャー、よろしいですか」

グリニッジの声にハッとした。

別のことを考えていたのは、ばれていただろうが、グリニッジは言及せず、「こちらが、会合の出席者です」と、紙を差し出した。

「会合では、私が全て処理いたします。シャーはそこにいてくださるだけでかまいません」

グリニッジはそう言って、椅子から腰を上げた。後ろ姿を見送って、俺はため息をついた。

翌日もいい天気で、俺はガラス越しに庭をながめていた。

背後に立っているガゾンが、髪をとかしてくれている。いつものように、ひとつで結ぶのではなく、編み込まれて飾りまでつけられた。

金属の飾りは、顔の横でシャラシャラと音をたてた。

グリニッジは現れるなり、ガゾンを呼び寄せ、「まだ支度が済んでいないのか。この時刻に迎えに上がると伝えたはずだろう」と、詰め寄った。

「申し訳ございません、グリニッジ様」

「待ってください、ガゾンのせいではありません。暑いから上着はあとで着ると、俺が言ったのです」

「風通しの良い素材の、上着を用意させますか？」

「えっ、いえ……」

グリニッジはすぐに別の服を用意させた。さらさらした感触の布だった。グリニッジはガゾンに服を渡して着替えさせるよう指示した。まるであやつり人形のようだった。

着替えが済むと、グリニッジに連れられて、部屋を出た。布張りの重厚な扉の前で、立ち止まる。

「会合には、側近とマギが出席しています」

「マギ？」

「官位を与えられた学士の呼称で……宮殿やファウンテンで働く役人のことです。彼らの問いには私が答えますので、シャーは発言を控えてください」

つまり、ボロを出すなということなのだろう。俺はこくりとうなずいた。

「シャーがお着きです」

侍従の声とともに、扉は開かれた。

そこはカテドラルの、王の会合が開かれる部屋とよく似ていた。部屋の中心に置かれた机を、皆が取り囲んでいる。

いずれも年輩の男で、新しい王を見定めようとうかがう気配が感じられた。

グリニッジにうながされて、部屋が見渡せる、一段高くなった席に案内された。背にそっと、グリニッジの手がかかったので、俺は内心でほっとした。

「お目通りがはじめての方も多いでしょう。シャーへの挨拶をしてください」

グリニッジの言葉で、ひとりが立ち上がった。

名と役職を言い、最後に「誠心誠意お仕えします」と言って、俺に向かって頭を下げる。

俺はあいまいな顔で、その連鎖をながめていた。順番が空いた席に差し掛かると、グリニッジが顔を曇らせた。

「ベールロデンはどうした」

侍従にベールロデンを呼びだすように命じ、空いた2つの椅子を飛ばして、次の男が挨拶を行った。

議題は、青の王に制圧されたあとの、西方の復旧についてだった。

俺には資料を読むことすら難解で、側近たちの意見に、ただうなずくばかりだった。

時折、グリニッジが彼らに質問をし、それに答えるという図が、当たり前にできあがった頃、「せっかく新しい王がおられるのです。シャーのご意見をうかがいたいものですな」と、ひとりの側近が言った。

みなが一斉に、俺を見た。

「え……」

グリニッジが、「王のご意見は」と説明を始めた。それは、頼りない王を助けるものだったが、見ている者には無能な王を印象づけた。

「早いところ、グリニッジ様にとりいるのが正解だな」

説明のあいだにぼそりとつぶやかれた言葉に、俺はそのとおりだと思ってしまった。

突然、部屋の扉があいた。俺が入ってきた扉ではなく、別の扉からだった。ふたり連れは空いた席の前に立った。

「遅いぞ、ベールロデン」

グリニッジが叱責すると、年をとった男があわてて頭を下げた。

「申し訳ありません、グリニッジ様。支度に手間取りました」

「正直に、おれが寝坊したって言えばいいのに」

連れの若い男の発言にぎょっとしたのは、俺だけじゃなかった。わざとらしいため息がそこらでもれたが、誰もなにも言わなかった。

渋い顔のグリニッジでさえ、「座りなさい」とうながしただけだった。

「シャー、彼らは建築士のベールロデンと、孫のウィロウです」

グリニッジはそっけなく紹介した。

「建築案はできているのか」

「こちらにございます」

ベールロデンは侍従を呼びとめ、「申し訳ないが、この書類を皆さまにお配りしてください」と、持っていた紙を、手分けして配らせた。

侍従に対して腰が低く、側近ではないのかと、不思議に思った。

物腰のやわらかな建築士の横で、さきほど驚くべき発言をした若い男は、冷めた目で机をにらんでいた。

配られた図面に目を落として、俺は息をのんだ。

宮殿を俯瞰《ふかん》で見た図から、側面図、細部の描写に至るまで、まるで写し取られたようだ。

俺には建築に関する知識などないけれど、人の手で描かれたと思えないほどに精巧だった。

重なった別の紙には、先ほどの図から必要な線だけを抜きだし、数字が書き添えられている。蟻《あり》のように小さな数字の羅列《られつ》が、なぜか美しく見えて、ぞわぞわした快感を呼んだ。

「うわあ……」

感嘆の声をもらすと、グリニッジが咳払いをした。

「それでは、宮殿の増築に関する説明を始めてくれ」

「えっ、こんなに広いのに、もっと大きくするつもりなんですか?」

思わず『声』を出してしまった。側近たちは、なにごとかと俺を見た。

「す、すみません」

グリニッジに謝った。

彼はそれを無視して、「ウィロウ、説明を」と、建築士の孫だという男にうながした。

「説明? 王様は増築について認めてないみたいだけど、話す意味はあるのか?」

ウィロウは席についてから初めて、俺を見た。

赤味がかった茶の髪に、オレンジ色の瞳をしていた。南方出身者なのかと、よく似た容姿の赤の王を思い出した。

「これ以上ないくらい、詳細《しょうさい》に報告書を作らさせたんだ。話すより、こっちを見たほうがわかるだろ。それとも、先に出した予算の問題か? 財政官の出した案は妥当《だとう》と思えるけど、王様はなにが不満なんだ」

ウィロウが手にした紙をふった。机にならべられた書類から同じものを探そうとしたが、どれのことを言っているのかわからない。

「あの、ごめんなさい。俺は字があまり読めなくて、書かれていることを説明してもらえますか」

「字が読めない？」

ウィロウはあきれた口調で、俺の言葉を真似した。

まわりの者はつられたように嘲笑をこぼし、広い部屋にはさざ波のように、いやな空気が行き渡った。

俺は、グリニッジからくちを開くなと言われていたことを思い出した。

ベールロデンが、「ウィロウ、シャーに謝罪しなさい」とたしなめた。

「おれが詫びる？　なんでだよ」

ウィロウは俺をじろじろとながめた。

「青の学士の教えを受けたと聞いてたから、少しは期待していたのに、とんだボンクラが来たもんだ。前王もひどかったけど、さすがにあんたほど無学じゃなかったよ」

その言葉には侮蔑《ぶべつ》しかなくて、俺は自分を恥じた。グリニッジがしびれを切らしたように声を荒げた。

「ウィロウ、おまえはもう下がれ。今後は集まりにも出てこなくて良い。そこの兵たち、彼を追い出してくれ」

兵が駆け寄るよりも早く、ウィロウは自ら席を立った。ガタリと大きな椅子の音が響く。

「もうここへ来なくていいなら願ったりだ。こんな幼稚な会合、時間の無駄だよ」

図面を乱暴につかんで、部屋を出て行った。

会合は散々に終わった。

グリニッジは身体中から、近寄るなという威圧感を発散し、ガゾンに俺を自室まで送り届けるように命じた。

俺は大人しく言われたとおりに、ガゾンと連れだって部屋へと向かった。

前王と俺との関係は、きっと会合に出席していた者みんなが、知っていたのだろう。マラカイトの言ったように、前王の死の原因と見られることは覚悟していたが、それ以前の問題だ。

俺には教養が足りない。話すらまともに聞くことができていない。彼らの嘲笑も当たり前だった。

「まったくあきれたものですな、新しい王には」

俺とガゾンは足を止めた。俺はガゾンの手を引いて、物陰にかくれた。

「シャー？」

指をくちびるにあてて、しいっとくちびるの動きだけで伝えた。

話をしていたのは側近だった。彼らはかくれている俺たちには気づかず、廊下を歩き出した。

「幼いとはいえ、誰だって文字くらいは読めるでしょう。それをながめるふりでやり過ごすとは、あの見た目通りだということです。これでは、緑の宮殿に仕える我々までが馬鹿にされかねない」

「まったくです。ただでさえ前王の酔狂で、グリニッジが側近をしているのに。まさかまた、奴隷の姿の者がやってくるなどとは思いませんでした」

「新しい王に、グリニッジの解任を求めるのはどうでしょう。前王と違って、我々の好きにできそうな子どもではありませんか。このままにしておけば、緑の宮殿はすべて、グリニッジの意のままになりますよ」

ガゾンの身体を、腕で押さえる。

そうしないと、ふるふるとしているガゾンは、今にも側近の前に飛び出して行きそうだった。

足音が遠ざかると、俺はガゾンを押さえていた腕を下ろして、「大丈夫ですか?」と尋ねた。

細い肩が必死に怒りを抑えているようだった。

「グリニッジ様は、どういった出自の方なのでしょうか」

その言葉に、ガゾンは金の眼をとがらせた。

「シャーまで、あのような者たちの言うことを信じるのですか。臣下でありながら、王の側近であるグリニッジ様をおとしめる、恥知らずな者たちですよ」

鋭い言い方に、身をすくませた。

「あの方は奴隷の出などではありません。外交使節としてシェブロンにいらっしゃったのです。グリニッジ様の母国では、あの肌の色も当たり前のことです」

「え、この肌が?」

浅黒い肌と黒の巻き毛が奴隷の特色ということは、シェブロンでしか通用しない常識なのだと、はじめて気づいた。

「グリニッジ様の母国は東方のそばにある小国で、シェブロンとサルタイアーの激しい侵攻によって消滅しました。民は虐殺されるか、奴隷になるしかなかったのです」

「東方のそば……それってヴェア・アンプワントのことですか?」

ガゾンは金色の目を丸くして、「グリニッジ様からその話を聞かれたのですか?」と、俺を見つめた。意外そうだった。

「いえ、青の宮殿にいた時に話を聞きました」

「青の宮殿にいらした頃……あそこでは、きっと英雄譚《たん》として語られているのでしょうね。サルタイアーに勝利したのは、青の方の近衛時代の功績ですから」

ガゾンはわずかに顔をしかめた。

「近衛時代?」

「青の方の率いる騎兵隊の働きによるものだったと、以前にヴァート王から聞きました。前王はまだ15、6の少年で、戦争には乗り気ではなかったから、近衛に全権がゆだねられていたのです」

え、とガゾンの顔を見つめた。

「少年?　亡くなった前王は、いまの青の王よりも若かったのですか?」

「それは当たり前でしょう」

「当たり前?」

ガゾンは俺がぽかんとしているのに気づいて、「出すぎたことを申しました」と謝った。

俺はあわてて、ガゾンの服をつかんだ。

「教えてください。当たり前ってどういうことですか?」

「どうとおっしゃられても……今の青の方は、前王の兄なのですから、年が上なのは、当たり前だと申し上げたのです」

「兄?」

短い髪の少年は、青い目も金髪も、青の王とそっくりだった。

けれど、あの場にはもう一人、金髪で青い目の者がいた。髪が長く、兵の服装をしていた。

ふいに、俺を混乱におとしいれている、違和感の正体に気がついた。

カテドラルでの、青の王とルリの会話だ。

ふたりの会話に、前王の話は出てこなかった。水時計の思い出が、青の王とルリとシアン、3人だけのものであったかのようだった。

しかし実際には4人目の人物がいた。それが青の王の弟だとすれば、弟のことを自分のことのように語る青の王は、おかしかった。

『ずっと前に、アジュール様からいただいたものなのです』

ルリが見せてくれたサルタイアーの銅貨を、俺はカテドラルの地下でも、見た。青の装身具と一緒に陶器に納められていた。

ルリが俺に語ったのは、前王との思い出だったことになる。

「シャー、そろそろお部屋へ参りましょう。グリニッジ様もいらっしゃると言っていましたし」

ガゾンが俺をうながした。

急に、グリニッジのことを思い出した。きっと、会合でのことを怒られるのだろう。

「あの、少し考えたいことがあるので、近くを散歩したいのですけど」

「なりません。グリニッジ様から厳命されておりますので、お部屋までお送りいたします」

有無《うむ》を言わせない口調だった。

「ガゾン様は……ガゾンは、建築士のウィロウという方を知っていますか?」

「ウィロウ様を？　ええ、存じ上げております」

「彼は前の緑の王の側近ですか？　だからあんなに大きなたい……あ、いえ」

思わずくちをつぐんだが、ガゾンには続きが想像ついたらしく、くちもとをゆがめた。

「ウィロウ様は、前王のお気にいりだったのです。建築の才能を、前王は誰よりも買っていらした。ここ数年の、宮殿の増改築に関しては、すべてウィロウ様の案が採用されています」

「すごい方なのですね」

「才能は皆が認めるところですが、ご気性に問題のある方ですから……ああ、そのキオスクもウィロウ様の設計です。屋根のついた休憩所のような建物です」

ガゾンが庭を指さしながら、俺とは反対側にある建物を見た。俺はさっとあとずさって、庭へ飛び降りると、大きな樹の裏にすばやく移動した。

「シャー？」

戸惑った声に、申し訳なく思いながらも、離れた。

庭園は広く、木立は小柄な俺をすっぽりと隠してくれる。身体から力を抜いて、くったりと横たわった。

空は澄み切っていたが、気持ちはちっとも晴れなかった。

グリニッジの出自の話を聞いたあとでは、会合で失敗して迷惑をかけてしまったことは、頭が痛かった。

黒の宮殿ではじめてグリニッジと会った時、俺も側近にしてはめずらしい容貌だと思ってしまった。浅黒い肌を、前の王は、気にしたことはなかったのだろうか。

マラカイトは、街の医師から王の専属医に取りたてられたと言っていた。ウィロウにしたって、あれほど奔放な態度なのに、建築士としての地位を与えられている。

マラカイトの言った、公平な心という言葉がずしりと胸にのしかかった。

子どもの頃にバーガンディーから逃げていたギルは、こんな気持ちだったのだろうか。こんなふうに自分の無力さを感じて、逃げ出したい気持ちで空を見上げていたのだろうか。

ガサガサと葉をわける音がして、俺はびくりとした。現れた人影は、背にした光で、髪がきらきらとして、薄い茶色のように見えた。

「ギル様？」

自分でもびっくりするくらいに、情けない声で名を呼んでしまった。

人影がしゃがみこむと、髪は元通りの赤味がかった茶色に戻った。

「こんなとこでなにしてんの？　ガゾンが血相変えて捜してたけど、ほっといていいわけ？」

ウィロウはあきれたように言った。

俺は両手で顔を覆って、倒れ込んだ。ギルのはずがないのに、期待してしまった。顔から火が出そうだった。

「気分が悪いなら、誰か呼んでくるか？」

ウィロウは心配げでもあきれるでもなく、ただ大きな瞳で観察するかのように俺の様子をじっと見ていた。

あらためて見れば、そばかすの目立つ顔は、ギルには似ていなかった。

目の前に指を差し出されて、「わっ」と後ろに身を引いた。

「な、なにするんですか⁉」

「あんたが、でかい目で見るからだろ。あんまりぎょろっとしてるから、つまんだら取れそうだと思ったんだよ」

「は……はあ？」

人の目をえぐろうとした男を、あっけにとられて見つめ直す。

やっぱり全然、ギルには似ていない。

ウィロウは飽きたように顔をふいっとそむけると、さよならもなくその場を立ち去った。

思わず後ろ姿を追ってしまった。キオスクの横を通り抜け、庭園のすみまでやってきた。

「なについてきてんだよ」

「グリニッジ様から逃げています。隠れる場所を知っていたら、教えてください」

「は？」

ウィロウはぽかんとして、俺を見つめた。

「逃げてるって、怒られるようなことでもしたのか」

「会合であれだけ恥をかかされて、グリニッジ様が俺を怒らないわけがないでしょう」

「おれのせいか？　あんたが無学なせいだろ」

今度こそあきれた顔をした。たしかに言うとおりだった。

「ついて来いよ。グリニッジに見つからない場所、教えてやるよ」

「え？」

大きな声にふり返ると、ウィロウはもう歩き出していた。

たどり着いた建物は、丸い器をひっくり返したような形だった。屋根は丸く、真ん中で半分に区切られた片側にだけ、透明度の高いガラスがはめ込まれている。

外観は大きく感じられたのに、中に入ってみると狭く感じられた。

部屋が散らかっているせいだ。床といわず机といわず、分厚い本やおかしな形の器具が転がっている。

ウィロウは積み上げられた物のすき間を身軽に歩き、奥まったところに置かれた机の前に座った。

俺は物を倒さないようびくびくしながら歩いた。

「ここはなんのための建物なんですか？」

「おれの家。宮殿は侍従がいて集中できないから、ここで暮らしてんだよ」

「家？　寝台すらないですけど？」

冗談かと思って聞き返す。

「寝るとこなら、そこにあるだろ」

指をさされたほうを見ると、本に埋もれた寝台があった。ほこりが積っていて、昨日今日にこの惨状になったわけではないことは、明白だった。

机の上だけは唯一、整頓されていた。紙が数枚とペン、それから目盛りのついた、細長い金属が置かれている。

俺は細長い金属を手に取った。

「この目盛り、水時計につけられているのと同じですよね」

「水時計？　定規も見たことないのかよ。図面を引くのに使うんだよ」

定規をひらひらとふった。

「じょうぎ、ですか。そう言えば、シアン様の部屋にも同じようなものがありました。あれは、こんなふうにまっすぐじゃなくて、半円でしたけど」

定規がぴたりと止まった。ウィロウは、「部屋って、自室?」と、妙に真剣な声を出した。

「青の学士と知り合いってうわさは、本当なのか」

「青の学士ってシアン様のことですか? だったら、シアン様は学士ではないですよ。青の宮殿の近衛兵です」

ウィロウは腕を組み、蔑むように俺を見て、「バーカ」と言った。

「バカ……?」

「青の学士が近衛隊長をしてることくらい、あんたに言われなくても知ってるよ。『青の学士』は入隊前の呼び名だ。ラズワルド騎兵隊の参謀になってからの活躍は、さすが青の学士だよ」

「騎兵隊? もしかして、即位する前の青の王も、そこにいたんですか?」

「おっ、軟弱なりしてるけど、あんたも騎兵隊の話が好きなのか」

ウィロウは初めてにっこりした。

その顔のまま、積み上げられた本の山を指さした。意味がわからず、首をかしげる。

「えっ、まさかここに座れってことですか? この本の上に?」

「他に椅子なんかないだろ」

「他にもなにも、これは椅子じゃないと思うけど」

冗談を言ったわけではなさそうなきょとんとした表情に、俺はあきらめてそこに腰を下ろした。

ウィロウは楽しそうに、「騎兵隊も最初から近衛最強だったわけじゃないんだよ」と、話し始めた。

「それまで、歩兵による密集戦術が当たり前で、騎兵隊は指揮の役目だけをすることが多かった。馬のひづめは消耗が激しいから、長くは戦えなかったんだ。でも青の学士は、馬に蹄鉄《ていてつ》をとりつけ、騎兵を主軸にした戦いを実践したんだよ」

「ていてつ?」

「こういう形の、馬のひづめにつける金属のことだよ」

ウィロウは紙に、アーチ状の二重の線をかいた。ひざの上なのに、馬の足跡と同じ形を、綺麗に描いて見せた。

「金属を取りつければ、地面とひづめがふれ合わないだろ? それまでにも似たようなものはあったけど、馬の足にしばりつけたり、皮製の弱いものだったりして、戦場を走りまわるのには向いていなかったんだ。けど、この金属の蹄鉄のおかげで、騎馬兵は青の軍の中でも一番の機動力と強さを誇るようになった」

「へええ」

俺はウィロウの知識に感心したが、ウィロウは発明された道具に感心したと思ったようで、満足げにうなずいた。瞳が子どものように輝いている。

「参謀って何人もいるのが普通だけど、青の学士はラズワルド騎兵隊の作戦をすべてひとりで指揮していたんだ。敵が潜む場所も、攻撃方法も、完璧に予測できたと言われている。戦いの先陣を切って行く派手さでは、青の王に見劣るかもしれないけれど、あの方の参謀としての素晴らしさは右に出る者はいないんだ」

俺はうん？　と首をかしげた。

熱く語るその姿に、ついさきほどグリニッジについてひたむきに語っていたガゾンが重なる。

青の王に傾倒していたシアンも、そんなふうだったなと思った。

「あ、そうか。ウィロウはシアン様が好きなんだ」

心の中でつぶやいたつもりが、声に出ていたようだ。

バン、と大きな音がした。机に打ち付けられたこぶしは、怒りのためにふるえている。

ウィロウは険しい顔で俺をにらんで、「そんな簡単な言葉で片付けるな。あの方のすごさはそれだけじゃないんだ」と言った。

オレンジ色がかった瞳が、ギラギラとしていた。

「ご、ごめんなさい」

あわてて謝る。

「大戦が終わると、青の学士は政務に力を注いだ。三角貿易を編み出し、シェブロンにとって不利益のない貿易のおかげで、青の宮殿だけでなく王宮の財政が持ち直した。今の税制度を確立させたのも青の学士だ」

「ぜい制度？　何でしょうかそれは」

ウィロウは嘘だろ、とありありと書かれた顔で俺を見てから、机に突っ伏した。

「ありえない！　こんなバカが、学士シアンの教え子だなんて、犬に聖典を説くようなものだ。青の学士も、さぞかしくち惜しい思いをされたことだろう」

「俺は別にシアン様に習っていたわけじゃありません。そんなことより、ぜい制度ってなにか早く教

えてください」

ウィロウはわなわなしながら、「そんなことより」とくちの中で繰り返した。

「税制度も知らないやつが緑の王だなんて……終わりだ。今度こそ西方は終わりだ」

「知らないから聞いているんじゃないですか。それって、みんな知っているものなんですか？」

「税も払ったことのない、馬鹿王が言いそうな台詞だ」

どん底から這いだすような声だった。

俺は無理に笑顔を作った。

「じゃあ、こうしませんか。もし教えてくれたらお礼をします」

「お礼って？　民からまきあげたカネなんか、いらねーよ」

「カネって、シェブロン銀貨のことですよね」

幼稚な返答にあきれたのか、ウィロウは黙ってしまった。俺は椅子代わりの本に手をつき、ぐらぐらするのを止めた。

「俺が王宮に呼ばれたら、一緒に行きませんか？　王の会合では、カテドラルまで側近を連れて行ってもいいことになっているんです」

「はあ？　なんでそんな面倒な行事に、付き添わなきゃいけないんだよ」

「でも、シアン様は青の王に付き添われてますよ。側近は別室に集められて待機しているので、会合が終わるまでは話をする時間もあると思うけど」

ウィロウの肩がびくりと動いた。

「だから？」

微妙に声が上ずり、視線が泳いでいた。俺はにっこりした。

「ぜい制度ってなんですか？」

「先払いしろってことか」

そう吐き捨てたが、結局は青の学士に会える誘惑に負けた。

視線を床に落とし、「税制度っていうのは」と、だるそうに言った。

「王と諸侯のために作られた制度だよ。諸侯は貴族のこと。民は、貴族から借りた土地で作物を作って、土地の広さに見合ったカネを払っている。貴族は領土を治めている王に、カネを支払う。西方なら、最終的にあんたにカネが流れるようにできているんだ。もっとも、西方には銀貨なんか流通していないから、ほとんどは織物や農作物、奴隷なんかで支払うんだけどな」

「シアン様が変える前は、どんな制度だったんですか？」

「それは……って、おい、説明してやってるんだから、紙に書きつけるくらいしろよ。あとでまた同じことを話せって言われても、絶対にしないからな」

「え？　あ、ごめんなさい」

俺はあたりを見回して、床に落ちていた紙とペンをとりあげたが、税という単語からしてつまずいてしまう。

「あんた、文字が読めないんだったな。せめて辞書くらいひけよ……あ、そうか。字が読めないなら、辞書じゃ意味がねえのか」

ウィロウは立ち上がると、棚をガサガサと引っかきまわした。

ねずみの干からびた死骸がぼとりと落ちてきたので、俺は驚いて身を引いた。

「これ見たら？」

本を渡される。ぱらぱらとめくると、シェブロン銀貨が描かれていて、その下に短い文章が添えられていた。

「絵と対になってるから、このまま暗記しろよ。税の項目なら、袋の絵がカネで、こっちが王宮を表している。図解してあるから、税の流れもなんとなくわかるだろ」

「この本、貸してくれるんですか？」

「やるよ。もう使わないいし」

ウィロウはそっけなく言って、また椅子に腰かけた。

「どうして、使わないのに今まで持っていたんですか？　古い本みたいですけど」

「いらないなら返してくれよ」

「えっ、いえ、借ります。大事な本なのにありがとうございます！」

立ち上がると、深く頭を下げた。

ウィロウは机にひじをついて、「子ども向けの本ひとつで、そんなに大げさに感謝されても、嫌味かと思うだろ」とあきれたように言った。

「本を貸してくれたのもうれしいですけど、それよりも、字が読めないことを心配して、どうにかしようとしてくれたのがうれしかったので、そのお礼のつもりです」

間違っていたら恥ずかしい推測だ。

ぎこちなく笑うと、ウィロウは途端にうんざりした顔になった。

「あんた、人生困らなそうだな」

「いえ、本が読めなくて困っていました。以前にも、起きたことを目で見て、書物と照らし合わせて考えろと言われたんです。文字が読めなければ、いつまでもそうすることはできませんから」

「……それって、青の学士から言われたのか？」

「あ、いえ。シアン様じゃなくて別の方です」

「ふうん、そいつも青の術師？」

俺が青の術師だったことを、ウィロウは前から知っていたとわかって、少しだけ驚いた。

「違います。青の宮殿には、術師は俺ひとりだけだったから」

「ひとりだけ？　じゃあなに、もしかしてあんたが、あの『星見のヒソク』なのか」

今度はウィロウが驚く番だった。「嘘だろ」と、無遠慮な視線を投げかけてきた。

「前王がひとめで狂った絶世の美少年って話だったのに、あんたそんな気配はまったくないな。見るからにガキだし、色気なんかこれっぽっちもない。髪が細いから将来はハゲそうだな。そうなると緑の王は2代続いてハゲか」

褒めてほしいわけじゃないが、あんまりな言い草に、がっくりと力が抜けた。

「側近が微妙な顔するわけだ。この宮殿は、前王の集めた美少年ばかりで、みんな綺麗な男は見慣れているからな」

「ウィロウも綺麗な男のひとが好きなんですか？」

シアンの整った顔立ちを思い出しながら尋ねた。ウィロウはツバでも吐きそうな顔をした。

「気持ち悪いこと言うなよ。緑の宮殿で育ったからって、おれは染まってねえ。男を好きになるなんて気持ち悪いって、あんただって思うだろ⁉」

「あ、すみません。俺、男のひととしか寝たことないんです」

「だよな」と、うなずいた。

それから、ウィロウはくちをぽかんと開けて固まった。

「寝る？」

「え？　寝るじゃないなら、ええと『性交する』？」

言葉がわかりづらかったかと思って、言い直したら「そのガキ丸出しの顔で、直接的な言葉を吐くなバカ！」とわめかれた。

　心なしか顔が赤くなっている。

「ごめんなさい、あの、こういう話は気持ちが悪かったですか？」

「上目づかいやめろ！　気持ち悪い！」

そんなこと言われてもと、俺はおろおろした。

「あの……」

腕を伸ばすと、ウィロウはわずかに身を引いた。汚いものを見るような目に、少なからず傷ついた。

俺の常識は、少し狂っているのだと気づいた。普通は男同士で寝るなんて忌《い》まれているのかもしれない。

「この本、やっぱりお返ししますね。おじゃましました」

久しぶりに、誰かと話すのが楽しいと思ったから、この終わり方にがっかりしてしまった。

出口に向かって歩こうとすると、ゴツン、と後頭部になにかがあたった。

「痛った！」

俺はうずくまった。床に落ちていたのは、さっきウィロウに返したはずの本だった。

さすがに、怒りがわいた。

「ひどいです！　いくら、気味の悪い話をされたからって、本をぶつけることはないでしょう⁉」

ウィロウは俺の恨み事など聞こえなかったかのように、「おれとしたことが忘れてた」とつぶやいた。

「へ？」

「前王が死んだのは、青の女を、襲ったからだった。あんたが星見だったからじゃない」

「悪かったな。その本はあんたにやるよ。ガキの頃に、おれが作ったものだから、わからないところがあれば、聞きに来ればいい」

人に謝るような人物でないと、勝手に思い込んでいたので、しばらく呆然とした。

ウィロウは居心地の悪そうな表情で、「なんだよ」と強く言った。

照れ隠しのように見えて、俺はおかしくなった。笑っているのを見られないように、うつむいた。

「おい、そんなに痛かったのか？」

本がぶつかったところを、不器用になでられた。

さわられたら余計に痛い、とはくちにできそうもない心配げな様子を見て、俺はやっぱりそれも意外に思った。

6章　黒の女

グリニッジは、馬車に乗った時から浮かない顔をしていたが、王宮に着くとますます眉間のしわを深くした。

王の会合のあいだは、別室で待たされることになるので、きっと俺をひとりにすることに気をもんでいるのだろう。

久しぶりのカテドラルは大きく感じられた。

兵が扉を開けて迎え入れてくれたが、正面から入るのは初めてだなと、足を踏み入れてから思った。ちょうど、ギルが侍従を従えてやってくるところだった。

「ヒソク……！」

その名で呼ばれていた頃に、引き戻されたような気がした。ギルは大きな足どりで、駆け寄ってきた。俺の緊張は、ギルがくしゃくしゃと顔をほころばせたので、たちまち消え去った。

「怪我は良くなったんだな。なかなか容体が聞こえてこなくて、心配していた」

小さな明かりを灯すような、やわらかな声だった。

ギルは少しだけ目を細め、「もう、ヒソクと呼んではいけなかった。すまない、ヴァート王」と言った。

グリニッジが、ギルに頭を下げた。

「かしこまらなくていい」と、片手を上げてさえぎった。

「久しぶりだな、グリニッジ。時間には早いが、ヴァート王をお連れしてもいいか？　会合の部屋までは、私が案内しよう」

「わかりました、ギュールズ王。私は別室に控えておりますので、シャー、くれぐれも……」

王として恥じぬよう振舞うように。青い目にそう浮かんでいたので、俺は「わかっています」と、うなずいた。

他の王たちには、俺のだめなところはすでに筒抜けだということは、告白できなかった。

ギルは自分の侍従を同じように下がらせた。

「おいで、ヴァート」

俺をうながして、薄暗いカテドラルの廊下へ足を踏み出す。

歩きながらそっと横顔を盗み見ると、少し吊った目尻もはねた茶色の髪も変わらない。

ほほえむようにくちの端がきゅっと上がっているのも、記憶にあるのと変わらなかったが、正装のせいか大人びて見える。

耳には俺と同じ金の飾りをつけていて、歩くときらきらとゆれた。赤い石がよく似合うのだなと見とれてしまう。

つい「ギル様」と呼びかけてしまった。指輪を返した夜から気をつけていたのにと、ひやりとした。

わざわざ言い直すのもおかしかった。

「この間は、助けてくださって、ありがとうございました。ギル様は剣も使えるのですね」

「意外に思ったのだろう?」

ギルはいたずらっぽく答えた。

「子どもの頃から、バーガンディーに教わっている。熱心に教えようとしてくれたけれど、俺はどうも実戦には向いていないらしい。あの時も、君を助けたのはアジュール様だよ」

「そうですか？　俺はギル様の身のこなしは、すごいと思いました。だから青の王だって、ギル様にソースラーを取り押さえるよう頼まれたのでしょう？」

ギルは「ありがとう」と、わずかにほほえんだ。あまり喜んでいるように見えなかったので、俺はくらりと首をかしげた。

「もしかして、剣を振るうことがお好きではないのですか？」

武力での制圧を嫌う彼なら、あり得る話だった。ほおにふれた感触に驚いて、顔を上げた。

「ヴァートを守れたなら、剣を習っていて良かったと俺は思うよ」

優しい声だった。目があったら背筋がしびれた。

「甘い！」

ドン、と大きな音がした。

「なんなのだこの空気は。蜜の壺にぶち込まれたようだぞ。いちゃつくのは勝手だが、せめてわたしの目の届かないところでやれ。思わず、叫んでしまうじゃないか！」

パーピュアは、腕組みをして俺たちをにらんでいた。整った顔に不似合いな、眉間のしわは深かった。片足で絨毯を踏みしめている。

「パーピュア様、今日はずいぶんと早いのですね」

「いつもは遅刻して怒られているくせに、とでも言いたいのか、ギュールズ」

「まさか」

「おまえと一緒で、ヴァートのことが気になって、早く来たのだ。寝ついていたと聞いたが、思ったよりも元気そうではないか」

「はい、傷はもうすっかり癒えました。紫の王は大丈夫でしたか？」

気になって尋ねると、パーピュアは厚めのくちびるをゆがめた。

「ヴァートが大変な時に倒れてしまって悪かったな。血を見るのは平気だと思っていたのだけれど、どうもおまえが刺されたあたりから記憶があいまいなのだ」

「え、でも女性があんな場面を見せられたら、気を失ってもおかしくありません。俺のせいであんなことになって、本当にすみませんでした」

そう謝ると、パーピュアは驚いたようにぱちぱちと瞬きをした。

ギルがおかしそうに笑う。

「パーピュア様が女性だと、よく気づいたね」

「思い出した。ギュールズは数年のあいだ、わたしを男だと勘違いしていたな。ヴァートは、一度しか会っていないのに気づいたぞ？　どう説明をつけるつもりだ」

「バーガンディーに、剣の稽古《けいこ》をつけられていたから、男だと思い込んでいたんです。鷹狩《たかが》りに行かれたり、黒の王と喧嘩《けんか》をされたり、そのような女性を、俺は今でもパーピュア様以外には知りません」

パーピュアはますます顔をしかめたが、「まあ、いい」と組んでいた腕をほどいた。

歩み寄ってくると、俺の頭をぽんと叩き、猫にでもするように髪をくしゃりとやわらかくなでた。

「少し毛づやが良くなったか？　可哀そうに、アジュールのところではろくな扱いを受けていなかったのだろう。性格のねじまがった男のやりそうなことだ」

「え、いいえ、そんなことはないです」

「青の女だったからといってアジュールをかばうことはない」

パーピュアは妙に訳知り顔でうなずいた。

「緑の宮殿では、ちゃんと世話されているようで安心した。グリニッジは堅物だが、王への忠誠心は側近の中でも随一だからな。抱かれてもいいくらいの勢いで仕えていた。好きなように使ってやれ。シアンと同じで、あの手合いは無理を言うほうが喜ぶぞ」

「え、ええ?」

ぽかんとした俺を見て、パーピュアはやはり美しくほほえんだ。

「心配するな、グリニッジは前王の女ではない。前王はわたしに似て、美少年好みだから、でかい男には興味がなかったのだろう。ふふ、おまえのように小さくて可愛いのが来るなら、つまらん集まりも悪くないと思えるから不思議だ」

俺の肩に手を置いて、パーピュアは急に真剣な顔になった。

「ヴァートは今度こそわたしが守ってやろう。ギュールズもそのつもりでここへ来たのだろう? アジュールと会う前に、黒の女のことを話しておかなければいけない。ヴァートが心構えなしにこの話を聞いて傷つくのは忍びない」

深刻な様子に気が引けながらも、俺は「あの」と声をかけた。

「ソースラーが死んだことは知っています。それから双子の姉が、青の宮殿に引きとられたことも聞いていますが、もしかしてそのお話でしょうか」

「……知っている、だと?」

パーピュアがつぶやくと、ギルも驚いたように俺を見つめた。

「おまえを刺した娘の片われを、アジュールが側女にしたと知っていて、緑の宮殿は抗議しなかったのか？　あの娘は、のうのうと青の宮殿で暮らしているのだぞ」

「ソーサラーは元気なのですね」

ホッとした。

「最初は、緑の宮殿に連れ帰ろうと思っていたんです。ソーサラーは記憶を失っていて、王宮から追い出されたら、ひとりでは生きていけませんでした」

「おまえも引き受けようとしていた？　黒の女を？」

信じられないと、パーピュアは叫んだ。

「ギュールズ、おまえたちが奪い合っている者は、とんでもないバカなのか？」

彼女の言葉に、ギルは苦笑いを返した。

「ヴァートのことを殺そうとした娘は、姉妹のかたきだと言っていたのだぞ。同じことを、生き残った少女が考えるかもしれないとは、思わないのか？　わたしがアジュールを腹立たしく思うのは、火種を王宮に置いておくことに対してだが、おまえはそれさえ受け入れるのか」

パーピュアは、あきれ返った口調で詰め寄った。

もっともな心配だ。それでも、ソーサラーが王都の商人に売り渡されていたらと思うと、身ぶるいがくる。

「俺の軽率な行動が招いた結果です。できるならこのまま、ソーサラーが記憶を取り戻さず、青の宮殿でしあわせになってくれればいいのですが……」

「甘い」

ばっさりとした返事に、俺は眉尻を下げた。

「大丈夫です。今まで色々と大変な目にも遭ったけれど、ちゃんと生きています」

「そういう問題ではない。切りつけられても切り返さずにヘラヘラしているなど、王として甘すぎると言っているのだ！」

パーピュアは、俺の鼻先に指をつきつけた。

「そんな甘いことを言うのは、ギュールズだけかと思っていたが、おまえたち、バカさ加減がそっくりだな。それではアジュールやセーブル王の良いように利用されるのがおちだぞ」

俺とギルは、きょとんと顔を見合わせた。

それから、似合わぬ説教をするパーピュアがおかしくなって、くすりと笑った。

「なにを見つめ合ってにやついてるのだ。いちゃつくなら目の届かないところでしろと、先ほども言っただろう。だいたい、ヴァートはセーブル王が好きなのではなかったのか？　その様子では、やはりギュールズのことが好きなのか」

イライラした口調でパーピュアが毒づくと、ギルは「違います」と言った。

「俺とヴァートは、パーピュア様が思うような関係ではありません。俺はヴァートが好きだったけれど、はっきりと断られています」

ギルの言うことは正しかった。けれど、その言葉は鋭い刃先のように心を刺した。

迷惑をかけるくらいなら、嫌われたほうがマシだと思った。もう関わってほしくないと思ったから、指輪を返した。

ひどいやり方でギルを遠ざけたのに、胸がざわついて泣きたくなった。

「ふうん？　断られてもまだ、ヴァートに未練たらたらなのか。王同士は抱き合えば死ぬという呪いをかけられているのだぞ。早々にあきらめたほうがいい」

ギルは困った顔をした。

「ヴァートの心が俺にないことはわかっています。だけど会えば可愛いと思うし、しあわせになってほしいとも思う。急に心を変えることはできません」

顔が熱くなった。

パーピュアは俺を見て、「おまえの目は節穴だな、ギュールズ」と、つぶやいた。俺はぎくりとした。

「ヴァート、覚えておけ。無害なつらをして口説いてくるやつが一番やっかいなのだぞ。ギュールズの信者はあほのようにいるからな。バーガンディーなど、王宮お抱えの剣士だったはずが、いつの間にか赤の宮殿の側近をやっている。おまえは特に、たぶらかされやすそうだから気をつけろよ」

ぽんぽんと肩を叩かれて、俺はどう答えたらいいか迷ってまごついた。

その時、子どものように甲高い声があたりに響いた。

「やだ！　かえるもんっ」

騒ぎの中心は黒い髪の少女で、舌ったらずに叫び声を上げていた。

空色の服に身を包み、長い髪も同じ色のひもで束ねている。

二の腕をつかまれていることが気に食わない様子で、地団太を踏んでいた。押しとどめているのはシアンだった。

「サラ、黒の宮殿はもうあなたの住まいではない。早く青の宮殿に戻りなさい」

「あおのきゅうでんなんかいや！　じゃましないでっ」

そう言って、シアンの手首に噛みつこうとした。

ひるんで腕の力が弱まったすきに、ソーサラーは逃げ出そうとしたが、それを引き寄せたのは青の王だった。

片腕にソーサラーを抱き上げた。

「カテドラルの通路が開くのを潜んで待っているとは、いらぬ知恵がついたな。シアン、手は無事か？」

「申し訳ありません。部屋には侍従もつけていたのに、一体どうやって抜け出したのか……」

シアンは俺たちの姿を見つけて、言葉を切った。

パーピュアがさっさと歩き出して、彼らの前に立ちはだかった。

「やあ、アジュール。育児疲れでやつれたのではないか？　小娘なんかにふり回されて、政務はつとまるのか心配だな。それとも、黒の女に目をつけた時から、まともな判断はできなくなっていたのか？」

「おまえから、王として、などという言葉を聞くとは思わなかった。会合などまともに出たこともないのに、今日はずいぶんと張り切って来たようだ。新しい緑の王をたぶらかすためか？　下世話な趣味も、前代のヴァートとよく似ている」

「年長の王に対し、ずいぶんな言い草だ。不敬な態度は、何度説教しても変わらんな」

どす黒いふたりの空気に耐えられなくなって、俺はあわてて「パーピュア様！」と呼びかけた。

「俺のせいで喧嘩するのはやめてください。本当にソーサラーのことは気にしていませんから」

「なにを言うんだヴァート。これはおまえのためなどではなく、純粋にアジュールがイラつくから言っているだけだ」

「え？　ええと……」

俺は途方に暮れて、青の王を見上げた。

「シアン、ここはいいから、ソーサラーを部屋に連れていけ。逃げないように見張っておけよ。また黒の宮殿へもぐりこまれては、セーブルになにを言われるかわからん」

青の王はソーサラーの耳もとに顔を寄せて、なにかをささやいた。すると、彼女は黒い目を輝かせた。

「ほんとに？」

「部屋に戻ったら、私が許したとルリに言ってみろ。そのかわり、私が戻るまでは部屋で大人しくしていろ」

「うん！　しゃーがゆるしたって、るりに言う」

ソーサラーはあどけない笑みをこぼすと、シアンの横を駆け抜けた。

「ほお、黒の女をずいぶんと手なずけたものだな。ああ、今はおまえの女だったか」

「会合の時間だ。くだらない言い合いは時間の無駄だろう。おまえの気にいりのヴァート王の就任式典について、話し合わなければならないのだから、邪魔はするな」

「おまえのそういう言い草が、イラッイラくるんだ」

パーピュアはムッとした口調で言い返しながら、青の王の隣に並んで歩き出した。

俺は彼らの後ろについて歩きながら、こっそりとギルに尋ねた。

「あのふたりは、いつもこうなのですか？」

「うーん、まあ、だいたいはそうかな」

ギルは苦笑いをした。

「喧嘩と呼ぶほどじゃない。おふたりは王になる前からの知り合いだから、気心が知れているのだと思うよ」

「王になる前？」

「アジュール様がまだ近衛をしていた頃、前代の紫の王が亡くなって、紫の側女だったパーピュア様が即位されたんだ」

「紫の側女⁉」

前を行くパーピュアがふり向いたので、ギルはしまったと失言に顔をゆがめた。


王の会合で、俺が座ったのは、偶然にも以前に腰かけたことがある椅子だった。部屋のすみには、地下の墓地へと続く扉がある。

「ヴァート王、式典の準備は進んでいるのか」

青の王の呼びかけに、俺は視線を戻した。他の王たちの報告は終わり、俺の番だった。

「10日後に式典を執り行う予定です。緑の兵が先に西方へ向かい、準備を進めてくれています。式典の段取りは前王の時の記録があるので、同じように行います。予算については、国庫から出していただく必要はありません」

グリニッジに教えられたとおりに返事をすれば、青の王は「ただでさえ遅れているのだから、手抜かりのないようにしろ」と言った。

すんなりと受け入れられたので、俺はほっとして胸をなでおろした。

新しい王が即位すると、領土では盛大な式典が行われる。もともと継承式の時にはそこまで予定されていたが、黒の宮殿に乗り込み倒れたせいでずるずると先延ばしになっていた。

「他にはないか」

会を閉める言葉に、パーピュアは片手を上げた。

「西方ではまた疫病が発生したと聞いているが、そのようなところへヴァートをやっても大丈夫なのか」

「疫病？　報告は受けているか？」

青の王は鋭い目で俺を見た。首を横にふって答える。

「パーピュア、信憑性はあるのか」

「王宮に出入りしている商人が、先ごろ西方へ行ったという話だ。中心街でもけっこうな数の死者が出ている」

パーピュアは椅子の背にもたれて、腕を組んだ。

「青の軍に制圧されて以来、街の復興もままならないのに、流行り病とは難儀なことだ。式典を開けば、ヴァートへの不満が噴出するのは目に見えている。この時期の式典には反対だ」

責めるような声音に、身のすくむ思いがした。青の王はパーピュアを見つめた。

「開催の判断は緑の王に任せる。新王の即位により、民が活気づくことも考えられる。前王は浪費家で、民からの信頼はなかった。王が変わるだけでも意味がある」

「ヴァートが感染したらどうする。即位したばかりで、右も左もわからないのだぞ。勝手にしろと放り出すのなら、わたしたち全員を集めて、会合を開く意味もないだろう」

「あのっ」

俺は手を上げた。

「どうした、ヴァート」と、パーピュアは首をかしげた。

「俺、西方へ行きます。西方に住んでいた時、家畜が疫病で死んだことがありました。少ししたら、人にも感染者が大勢出たんです。疫病が本当に流行っているのかを確かめて、俺にできることをしてきます」

ためらってから、「緑の王として」と付け加えた。

パーピュアは机に片手をついて、「わかった」と、立ち上がった。

「ヴァートを見くびっていたのはわたしのほうか……余計な口出しをしてすまなかった。もうお開きだろう。わたしは宮殿へ帰る」

そう言って、止める前に部屋から出ていった。

俺はあっけにとられてそれを見ていたが、あわてて立ち上がると、パーピュアのあとを追いかけた。

部屋を出たところですぐ、カテドラルの廊下に彼女の姿を見つける。背筋をぴんと伸ばし、重心がぶれることなく歩く後ろ姿は美しかった。

「パーピュア様！」

呼びかけたが、ふり向くことなく廊下の先を曲がってしまう。

行き先は紫の宮殿だとわかっていたが、思わず走り出して、姿の消えた廊下の角をのぞき込んだ。

急に腕を引っ張られて、俺はよろけた。驚いて見上げるとパーピュアがほほえんでいて、俺は呆然とした。

「ふふ、拗《す》ねたふりをして出てくれば、おまえなら追いかけてくると思った」

「え？　俺が生意気なことを言ったから、気を悪くされたのではないのですか」

「どうしてだ？」と、逆に聞かれる。

「ヴァートのように幼い者にも、王としての自覚があると知って、うれしいくらいだ。しかし、継承式の時のようにおまえを紫の宮殿へ誘えば、セーブルがうるさく言うだろう？　なかなか、良い作戦だったと思わないか」

悪びれない笑顔に、俺は呆然としてしまった。怒らせたのではないかと、本気で焦った自分がバカみたいだった。

パーピュアは俺の手を握って、廊下を歩き出した。細くてやわらかい手だった。

「だました詫びに、紫の宮殿で食事をふるまおう。好きな食べ物はあるか？」

「お気持ちはうれしいのですが、グリニッジ様を待たせているんです。それに、早く緑の宮殿へ帰って、側近を説得しなくてはいけません。俺の一存で、遠出など許してもらえないと思うし……」

「確かに難題だ。疫病の流行っている街へ行くなど、側近はまず許さないだろう。グリニッジじゃ、なおさらだ。あいつが、そんな危険な場所へ、王を出向かせるわけがない」

俺はとっさに、否定することができなかった。

庭に出ると、日差しが強くまぶしいほどだった。黒の宮殿の庭を通り抜けると、かつて訪れた西の診療所が見えてきた。

ヒソクと最後に会った場所だ。人の気配はなく、ひっそりと静まり返っている。

あの時は、ずいぶんと禍々しく感じられたが、陽の光の中で見ると、白い壁に覆われた清潔な印象の建物だった。

パーピュアは、「ここからのほうが近道なのだ」と、急に俺を引っ張った。

樹のすき間に俺を押し込むと、生い茂る葉をかき分けて、自分も強引に通り抜けようとした。

ビリといやな音がした。おそるおそる身体を見下ろすと、上着が枝に引っかかっていた。

「――うそ」

グリニッジの怒る顔が想像できて、動けなくなった。

「なんだ、引っかかったのか？」

パーピュアは俺の服を、顔色ひとつ変えず切り裂いて、枝につかまっていた俺を自由にした。

「あわ……わわわ」

「はは、ヴァートはのろまだな」

からりと笑うと、俺の腕をつかんで、一気に茂みから引っぱりだした。

「おかしな気分だ、前にもこんなことがあったような気がするが、あれはいつだったかな。まあいい、それよりも酒だ。ヴァート、おもしろい顔をしていないで早くついてこい」

さらさらの金髪には葉っぱがついていたが、パーピュアは気にした様子もなく、庭を進んだ。彼女のあとを追いかけようとして、木の枝にきらりと光るものが引っかかっているのに気がついた。

身をかがめてのぞき込むと、黒っぽい布だった。

そっと枝から外した。黒く見えた布は、実際は濃い青で、金色の糸で縫いとりがされていて、欠片《かけら》であっても上等な布だということはわかった。

「服のかけら？」

俺の前にも、同じように通り抜けようとして、服を引っかけた人がいたのだろうか？

青い布ということは、青の宮殿の者である可能性が高いが、こんなところから紫の宮殿に出入りするなんて普通じゃない。

「ヴァート、兵に怪しまれるぞ。早く来い」

遠くから朗《ほが》らかなパーピュアの声がして、俺はとっさに手にしたものを服の下に押し込み、彼女のあとを追った。


俺は部屋にいたものに目を奪われた。

パーピュアが手を伸ばすと、鮮やかな緑色の鳥が彼女の指先にとまった。

「フラゴナールという名だ。長生きの鳥と言われていて、歌うような良い声で鳴くぞ」

小さな鳥は、返事をするように高く鳴き、白い指から飛び立った。

扉は開け放たれたままだが、外へ逃げることもなく、部屋をくるくるとまわっている。よほど人に慣れているのか、俺の肩にちょこんととまった。

てのひらにすっぽりとおさまるほど小さく、黒目ばかりの瞳は大きく、愛らしかった。

「気にいられたようだな」

パーピュアは着ていた服を脱ぎ去った。

俺は目のやり場に困ったが、パーピュアは肩を出した格好でくつろぎ、部屋のそこかしこにとまっている、小鳥を招き寄せた。

えさもないのに素直に集まってくる。

「こんなにたくさんの鳥を、パーピュア様が飼われているのですか？」

「勝手に入ってきて、住みついてしまったのだ。紫の王は代々、鳥に好かれるらしい。フラゴナールは、ヴァートのことを歓迎しているな。自分と同じ色の服を着ているから、気にいったのだろう」

俺の右肩を指さして、にっこりとした。美しい笑みだった。

ふいにカテドラルに飾られた、神獣の絵を思い出していた。

紫の神獣は、大きく不気味なカラスを模した鳥だ。小鳥をあやす姿は禍々しさとは縁遠く、見とれさせるのにじゅうぶんな色香を漂わせていた。

初代の紫の王は、このような姿だったのだろうかと、俺は思いついた。他の王を恋に狂わせた美貌は、きっとパーピュアによく似ているのだろう。

パーピュアは、侍従を呼び寄せた。

「グリニッジには、先に緑の宮殿へ戻るよう伝えてくれ。ヴァート王は、紫の軍が送り届けさせると説明しろよ。この服も、帰るまでには、繕ってやってくれ」

パーピュアは俺の上着を脱がし、破れた服を侍従に投げ渡した。俺は帰るのをあきらめて、パーピュアの向かいに座った。

部屋には、紫の宮殿らしく紫色の布が使われていたが、違う色の置き物も飾られていて、華やかだった。

壁にかけられた黄色のタペストリーは、他の宮殿にはない、明るい雰囲気を醸《かも》し出している。

腹は減っていないと告げれば、いい香りのするお茶を出された。色のついた湯に浮かぶ花を、物めずらしげに見つめながら、俺は器を手にした。

「ギュールズから、おまえはめずらしい物が好きだと聞いて、他国から取りよせたのだ。花から染みだした香りが湯についているだろう。花も食べることができるぞ」

「すごくいい香りです。こんなお茶があるなんて、初めて知りました」

ふわふわと漂っている淡い赤の花弁は、生の切り花ではなく、乾燥させたものを湯で戻したのか、青臭いにおいは一切しなかった。

飽きずにながめていると、パーピュアはくちの端を上げて言った。

「喜んでくれたのなら、用意した甲斐があった。料理が好きだと聞いたから、王宮では出されないような食事も用意させたぞ。少しは、わたしに付き合う気になっただろう?」

長い足を組み、床に器を置いた。

侍従が注ぎ足したのは、どう見てもお茶ではなかったが、パーピュアは水と同じように酒を飲んだ。

「あの、疫病は西方のどこで起こっているのでしょうか。どのような状況か、商人から詳しく話を聞くことはできませんか?　西方に行く前に情報をいただければ、なにか対策を考えられるかもしれません」

「いきなり政務の話か。熱心なことだ」

パーピュアは、興味がなさそうに答えた。

それまで、俺の肩にとまっていたフラゴナールが、パーピュアのほうへと飛んだ。頭のまわりをくるりとしたのを、彼女はうるさそうに見た。

「出会ったばかりのヴァートになついていたくせに、もうわたしが恋しくなったのか。尻軽な鳥だな」

鳥は叱られたのがわかったように、少し離れた机にとまって、それきり大人しくなった。

「会合では商人と言ったが、紫の宮殿の密使だ」

「え？」

「偵察する目的で西方へやった兵だから、情報の信憑性は高い。明日には、緑の宮殿へ出向かせる。対策を練ってから、西方へ出向いてくれ。またおまえになにかあったら、わたしも嫌だからな」

それからパーピュアは、過去に起きた疫病の対策について話した。

普段の豪快さとは違い、彼女は理知的な話し方をした。両極の性質は、彼女の中では矛盾することなく存在していて、どちらも王としての風格を備えていた。

「ところで、わたしからひとつ提案がある」

パーピュアは言った。

「なんでしょうか」

「おまえ、アジュールを手玉にとる気はないか？」

俺はお茶を吹き出した。

「て……てだ？」

「あいつはヴァートへのあてつけで、黒の女を手に入れたのだろう。ひねくれ具合がおそろしいが、おまえへの執着は間違いない。あいつに一泡ふかせる機会が、やっと巡ってきた。ふはは、おもしろくなってきた！」

パーピュアは美しい顔に、人の悪い笑みを浮かべた。

「む、無理です」

「なんだ、青の女だった間に、アジュールに情でもわいたか？」

「えっ、違います！　そうじゃなくて、青の王は俺のことなど興味はありません。他に好きな女性がいらっしゃいます。青の侍女をされていて、とてもお美しい方です」

「アジュールに好きな女⁉」

パーピュアは身を乗り出した。

「そんな面白そうな話を隠し持っていたのか。ぜひ、聞かせてもらおうじゃないか！」

瞳を輝かせて、詰め寄られた。水時計の夢がよみがえる。あの時のルリは、胸に紫のティンクチャーがあった。それは、この部屋に一番多く使われている色だった。

「もしかして、パーピュア様は、青の侍女のルリ様をご存じですか？　以前はパーピュア様と同じ、前代の王の女だったはずで……」

言ってしまってから、さあっと血の気が引いた。

間違っていたらルリの名誉にも関わることなのに、夢で見ただけの話をしてしまった。

パーピュアは、俺が別のことで焦っていると思ったのか、「わたしが紫の女であったことは、気にするな」と、手をふった。

「ルリという者が、アジュールの好きな女なのか。しかし、青の侍女ならティンクチャーはないのだろう？　好きな女というのは妙な話だな」

ルリに青のティンクチャーがないことを、俺も疑問に感じたことがあった。

「もしかして、ルリ様のことが、すごくお好きだからではないでしょうか。好きになりすぎて、王の女にするのもためらわれるくらいなのではないですか」

「あの男が？　不遜が服を着て歩いているような男が、そのように殊勝《しゅしょう》なことを思うというのか」

パーピュアはまじまじと俺をながめて、「ふうん、ヴァートは好きな相手には、そのように思うのだな」と、訳知り顔にうなずいた。

「好きだから手を出さないか。ギュールズも同じようなことを言いそうだ。甘ったるいことを言い合うには、もってこいの相手だな」

「……ギル様は、もう関係ないとおっしゃっていました」

「おまえはどう見ても、ギュールズに気があるじゃないか。あのぼんくらは気づいていないようだが、ヴァートが好きだと言えばなんとでもなる。それとも、抱き合えもしないなら、言わなくてもいいと思っているのか？」

「だき、あう？」

どこか遠い言葉のように、噛みしめた。ギルに抱く思いとは、かけ離れたところに存在していたので、意味を考えたらカッとほおが熱くなった。

あの手が、俺のほお以外のところにふれるなど、想像もつかなかった。焦って首を横にふる。

「無理です！　絶対に、ギル様とそんなことできません。ほんとに、あの方をいやらしい意味で好きなわけじゃないんです。そんな汚いことを思ってるわけじゃなくて、ただひっそり好きでいられればいいって思って……」

しゃべりすぎたとくちをつぐんだが遅かった。

大切なひとを作らないという決心は、ヒソクの死んだ夜から、鈍ることはなかった。けれど、ずるくて弱い部分が、ギルに好きだと言われるたびにぐらついた。

パーピュアは「はあ?」と声を上げた。

「生娘《きむすめ》でもあるまいに、なにも知らぬ少女のようなことを言うのだな。好きなら抱き合えなくともいいというわけか」

俺は赤くなった顔をぬぐって、「だって、王同士なら、抱き合えば死んでしまうのですよ」と言い返した。

「確かにな」

パーピュアは認めた。

「互いに好きだとわかっているのに、抱き合えないのはつらいだろう。もしもわたしが、ヴァートのように王の誰かを好きになったら、死んでもいいから抱き合いたいと思う。そのように相手にも思ってほしい」

ひそやかにささやくパーピュアの表情は、見たこともないほど憂《うれ》いを帯びていた。

すぐにそれをかき消して、「このわたしを好きだというのなら、その程度の覚悟がないとな」と笑った。

俺は小さな棚に気がついた。棚の上には、葉の形をした器が置かれていた。ブドウの葉のように、まわりがギザギザしている器は、中央がくぼんでいる。

その中にはいくつかの硬貨がおさめられていて、シェブロン銀貨以外のものもまじっていた。

「パーピュア様は……サルタイアーに行かれたことがあるのですか」

俺は尋ねた。

燃え盛る炎を背景に、馬に乗り弓をかまえる姿が、小さな緑の円にしっかりとおさまっている。

同じものを、カテドラルの地下で見た。壺の中にあった、火の精霊の銅貨だった。奇妙な一致に、足元がふわりとした。

「ヴァートは、硬貨に興味があるのか?」

パーピュアはぱっと顔を輝かせた。そばまで歩いてくると、足がふらつくのか俺の肩に腕をのせた。

棚の上から小さな銅貨をつまみあげて、「手を出してみろ」と言った。ぽとりと落とされたそれを、俺はながめた。

「サルタイアーでは、数十年前に貨幣が一新された。古い硬貨は、今ではなかなか手に入らない。気にいったのなら、持って帰るといい」

「え?　ですが、この器にはたくさんの硬貨が入っています。集めているのではないのですか?」

「見るまでは、どんなものか気になってしょうがないが、いつまでも手元に置いておきたいわけではないのだ。だから、遠慮しなくていい」

パーピュアはあっさりと答えた。

「この銅貨は、シェブロンでも人気なのだ。水の精霊と火の精霊を、男女が対で持つと永遠に離れないという、うわさがある。若い男女には、悪くないおとぎ話だな」

指先で、俺のてのひらの銅貨をつついた。

「もしも、水の精霊の銅貨を持つ者がいれば、おまえの運命の相手かもしれない。生娘のようなことを思うのなら、そういうのも嫌いではないだろう？」

からかうような声音だったが、俺はその持ち主をすでに知っていた。

ルリは、これと対になる、水の精霊の銅貨を持っていた。だとすれば、地下に眠る火の精霊の硬貨は、ルリの持つ水の精霊の、片われなのだろうか。

ルリが永遠を誓った相手は、前代の青の王だったのだろうか。そう考えればすじが通るはずなのに、まだなにかに引っかかって、受け入れられなかった。俺は銅貨を譲り受けて、紫の宮殿をあとにした。


パーピュアにもらった銅貨を取り出し、しばらく考えてから、カテドラルへ向かった。

王の会合に使う部屋に入り、すみにある鉄の扉を開けた。地下の墓地に続く階段へ、足を踏み出した。手にした明かりだけが、唯一の頼りだ。

壺の中身を、もう一度だけ確かめてみたかった。

あの銅貨がパーピュアの火の精霊の銅貨と同じものなのか、確かめたかった。

階段を降り、ひっそりと静まり返った広い空洞を見渡す。

前に来た時と同じで、規則正しく、陶器でできた丸いふたが並んでいる。注意深く足元を照らしながら、ふたが途切れたところで立ち止まった。

「たしか、最後から2番目の壺だった」

しゃがみこんで、明かりを置く。つるりとした陶器のふたをずらした。中に収められた金の耳飾りをとりだして、俺は驚いた。

「この装身具、緑の宝石がついている？　前に見た時は、こんなもの入っていなかったのに」

壺の中には、緑の布地にくるまれた指輪や、宝石も収められていた。どれも緑の装身具だった。

サルタイアーの銅貨は見つからなかった。ぽかんとして、肩から力が抜ける。

「もしかしてあれは、見間違いだったのかな」

あの時は気が動転していたのだろう。地下へ降りてくるまでの、焦燥は薄らいでいて、自分がなぜ、こんなことをしているのかすらわからなくなった。

手にした銅貨をながめれば、火の精霊までも俺をあざ笑っているようだ。

ため息をついて、ふたを閉めようとした。ひとつ隣の壺のふたが、わずかにずれているのに気がつき、とっさにふたを取った。壺の中をのぞき込むと、きらめいていたのは青の宝石で、見たことのある耳飾りだった。

その上には、火の精霊の銅貨があった。やっぱりここにあったのだと、喜ぶよりも、言い知れぬ恐怖がわいた。

あの時は、ただの硬貨だと思ったが、今はなにか秘密があるのではないかと疑っていた。

パーピュアの銅貨と見比べてみても、まったく同じもので、弓をかまえた人物はそろって右を向いていた。

ルリの見せてくれた水の精霊は、左を向いていた。

「それで対になっているのは、火の精霊と水の精霊なんだ」

ひとりごとをつぶやいた時、「ぼんくらだな」と、声が聞こえた。

俺は驚いて、階段をふり返った。そこは、来た時と同じでなにもない暗闇だった。誰かが地下に降りてきたわけではなかった。

「パーピュア様……？」

返事はなかった。俺の声さえ、すぐに闇に溶けてしまったので、じわりと汗をかいた。

動揺した『声』のせいなのか、風が吹いたようにガラスの筒の中で火が揺れた。ゆらゆらした火の動きで、俺の影が壁に映り、伸びたり動いたりする。

早く明るいところへ戻ろう。焦って動いたせいで、服のすそが舞った。火を灯した筒にあたって、それは横倒しになった。

炎はなめるように油の上を滑ったが、見る間にしぼんで、ふっとかき消えた。

真っ暗になった。

「やっぱり、おまえはぼんくらだな」

またパーピュアの声がした。先ほどよりも声は大きく響いた。聞き間違いではない。

「どこですか、パーピュア様！」

返事はなかった。おそろしくなって、俺は夢中で階段を探して走った。つまずきながら、長い階段をのぼった。

行き止まりの扉を叩いた。階下に降りる時にあけたままにしておいたはずなのに、かたく閉じた扉は、びくともしなかった。

「……そんな」

扉に手をついたまま、ずるずるとしゃがみ込んだ。真っ暗で、息苦しくなった。今度は扉の向こうから、声がした。

「ごめん、パーピュア。恋人同士で同じ絵柄をわけあえばいいと言われたのに、火の精霊同士ではだめなんだね」

「だまされたのだ。図体ばかり大きくなって、どんくさいのは相変わらずだな、エール」

答えたのはパーピュアだった。

「おまけに水の精霊の銅貨をジェントにやっただと？　わたしがあの無礼者と結ばれることになったらどうするのだ。想像するだけで、気色が悪い」

「ルリに水の精霊の銅貨をあげたから、兄さんにも同じものを渡したんだ。今さら間違えたから返してくれとは言えないし……はあ、ふたりには良いきっかけになると思ったんだけど、かえってまずかったかな」

「慣れないことをするからだ。そもそもは、弟の手助けがなければ、女ひとりものにできないジェントが悪いのだがな」

「パーピュアは、そうやって悪しざまに言いながら、実は兄さんと仲がいいよね」

「なんだ？　嫉妬か、エール」

人の悪い声だった。

「当たり前だよ。僕はあなたが好きなんだから」

「そういうところは素直で可愛い。おまえはしょぼくれた犬のように、耳をたれているのが一番似合うな。バカでも嫌いではないよ」

ひどい言葉のあとに、笑い声が重なった。

俺は扉に向かって、「パーピュア様！」と叫んだ。椅子を引く音がしたが、パーピュアからの返事はなかった。

俺はどこにいるのだろう？　いつの間に、こんなところへやってきたのだろう。

「ルリがジェントのことを好きだなんて初耳だな」

「兄さんはルリにはとても優しいよ。彼女が寝ついた時も、ずっとそばにいてあげていた。見たこともないくらい心配していたから、それで兄さんがルリのことを好きだってわかったんだ」

「ジェントが王宮を去る時に、ルリを連れていかせるつもりか」

「うん、ルリが望むなら。ルリをこれ以上、王宮には置いておきたくない。ここは良いところではないから」

エールはかたい声で言った。

それまでとはまったく違った、怒りを感じさせた。パーピュアにも伝わったのか、「そうだな」といたわるように同意した。

「ルリに普通の少女のしあわせを、つかんでほしいのはわたしも同じだ。前代の紫の王は、年端《としは》もいかない娘を苛むことをひどく好む性質だった。わたしも慰みものになっていたから、身をもって知っている」

パーピュアの声は、何でもないことのように淡々としていた。

「わたしが成長してしまえば興味を失くし、似たような少女を連れてきた。ルリは従順だったから、かえって前王の残虐な気質を、あおったのかもしれない」

「ルリが悪いわけじゃない。小さな女の子が抵抗できるはずがないんだ。僕にできることは、青の侍女として迎えることくらいしかなかったけど、あとはきっと、兄さんが手助けしてくれる」

俺はへたり込んだ。握りしめていた銅貨が滑り落ち、チャリンと澄んだ音をたてて、階段を落ちていった。

「相手がジェントという点だけが不満だな。てっきり、おまえはルリのことが好きなのかと思っていたぞ」

わずかに間が空いた。

パーピュアがあきれたように「なんだ、図星か」と言った。

「たしかに、ルリのことが好きだったよ。ずっとそばにいてほしいと告げたこともある。相手にしてもらえなかったけれど」

「情けないやつだな。それにしても、意外だな。好きな女に優しくするとは、ジェントにも普通の人間らしいところがあったのか」

パーピュアの言葉に、エールは吹き出した。

「兄さんは優しいよ」

「あいつを買いかぶりすぎだ。ジェントが王の兄という立場を利用して、軍を好きに動かしていると、うわさされているぞ。一介《いっかい》の兵の傀儡《かいらい》と言われて悔しくないのか」

「兄さんは、兵のひとりではないよ」

エールは静かに答えた。

「僕のためにに王宮まで来てくれた、かけがえのない家族だ。東方に帰ってしまうまで、たった5年の約束だけれど、それでもうれしかった。僕がひとりは嫌だと駄々《だだ》をこねたことを覚えていて、約束通りそばに来てくれたんだ」

その口調には親しみと尊敬が込められていた。

「だけど、約束の5年が過ぎれば、兄さんはいなくなってしまう」

「わたしがいるだろう」と、パーピュアが言った。

「おまえのそばにずっといるよ」

慈しみにあふれていて、それは間違いようもない恋人のささやきだった。

わけがわからなくなる。パーピュアは、王同士が恋に落ちることは無駄だと言っていた。死んでもいいから抱き合いたい相手には会ったことがないようなことを言っていた。

ルリの名も、聞いたことがないと言ったはずなのに。

「エール、これから紫の宮殿へ来るか？」

「庭からじゃなければ。子どもの頃ならともかく、さすがにもうあそこを通り抜けるのは無理だよ。これ以上、服を破いたら兄さんに気づかれてしまう」

不意に、もたれていた扉が動いた。部屋に向かって扉をひらくと、ふわりと風が吹き抜けた。

そこには誰もいなかった。


俺は夕暮れの空を見上げた。青とオレンジが混じり合った、哀しさを呼び起こす色だった。何時間も経ったような気がしていたが、空の色は紫の宮殿を出た時と、変わりなかった。

「エールが前代の王で、パーピュア様とは恋人同士だった」

まだ頭が混乱していた。

パーピュアとエールは、そろって火の精霊の銅貨を持っていた。対になる水の精霊の銅貨を、青の王とルリが手にしていた。

ルリに銅貨を渡したのはエールだったが、ルリは俺にそれを見せて「アジュール様にいただいたものです」と、大事にしていた。

たしかに『アジュール』は、青の王のこともエールのことも指す。俺をだまそうとしていたなんて思えない。切なげでうれしそうだった。

パーピュアは、エールから渡された銅貨を、もういらないと俺にくれた。大事なもののはずなのに、気安い調子だった。

そして、エールと恋仲だったのに、王同士の恋愛は無駄だと言い切る。裏表のなさそうな、パーピュアらしくはなかった。

どこかに大きな嘘がある。それが、なんなのかわからなくてもどかしい。

「水時計の話もおかしかった。青の王は怒られているのが自分のことのように話していたし、ルリ様もそのように言っていた。本当はふたりでエール様たちを、見ていたはずなのに」

俺はあることに気がついた。

「……そうだ。もしかしてみんな、エール様のことを、憶えていない？」

すとんと胸に落ちてきた。けれど、あまりにおかしな話で、あっけにとられた。

どうして俺が、こんな過去を次々と見なくてはならないのだろう。

エールを知らない俺が謎を解き明かしたところで、なににもならない。過去をのぞき見したことで、後ろめたい気持ちばかりが残った。

ひざの上にちょこんと載せた、火の精霊の銅貨を見た。パーピュアにもらった1枚しかない。もう片方は、落としてしまった。

俺はそれ以上、考えることをあきらめた。

カテドラルの前の道は、正門まで続いている。正門のそばに、馬車が二台とめられていた。馬の顔には緑色の覆いがされていた。

俺を待っているのだとわかって、あわてて立ち上がった。

馬車のそばには、グリニッジが待っていた。いつもどおりの渋面で、俺を見つめていた。

「シャー、お待ちしておりました」

「えっ、先に帰られたのではなかったのですか？　パーピュア様の言伝《ことづて》を、もしかして聞いていませんか？」

「紫の侍従から聞きました。しかし私は、側近ですから、先に帰るわけにはまいりません。私のいない間に、また黒の宮殿でのようなことがあっては困ります」

「――ごめんなさい」

うなだれると、グリニッジは少しだけ口調をやわらげた。

「夜になると大通りは混み合いますから、早く戻りましょう」

「はい……あ、待って。やっぱりまだ帰れません」

せっかくやわらいだ青い目が、細められた。「シャー」と、土の下から響くかのような一言で俺を責めたので、ひやりとして身がすくむ。

「ご、ごめんなさい。すぐに戻ってくるのでもう少しだけ待ってください。青の宮殿から、壺を取ってくるのを忘れていました」

「壺？」

「ヒソ……いえ、あの、妹の骨が入っているのです。王宮にいた時に亡くなったので、青の宮殿の部屋に置いてあるのです。取り戻したら、緑の宮殿に持って帰ってもよろしいですか？」

そう頼むと、グリニッジはわずかに目を見開いて、「青の宮殿ですか」とゆっくりと繰り返した。

「わかりました。では私も付き添います」

ため息まじりの言葉には、優しさらしきものもにじんでいて、俺は喜んだ。

地下での衝撃的な経験ですっかり忘れかけていたが、ヒソクを連れて帰ることができそうで良かった。

俺はふいに、あることを思い出した。

「どうして、はじめに開けた壺には、緑の装身具が入っていたんだろう」

つぶやきは無意識だった。

ぐにゃりと、足元がゆがんだ錯覚にとらわれる。答えに思いあたるよりも先に、ざわりと全身に鳥肌がたった。

「緑の……装身具？」

もしも壺が、亡くなった順番通りに、埋められているのだとしたら。最後から2番目の壺には、やはりエールの、青の装身具が入っていなければおかしい。

1番最後は、殺されたヴァート王のもののはずだ。

緑の装身具が入っていた壺の右隣には、もうひとつ陶器のふたがあって、その先は土で埋め固められてまっさらだった。

「ヴァート王の、あと」

ひざがふるえだす。その場に崩れ落ちるのがおそろしくて、俺は走り出した。青の宮殿の入口まで遠回りをする余裕がなくて、木立の中に飛び込んだ。

「緑の王！」

背後でグリニッジが怒鳴る声が聞こえたが、ふり返らずに走った。枝をかきわけて抜け出た先は庭園で、そばに調理場が見える。なつかしいと思う間もなく、俺はただひたすら青の宮殿を目指した。

心臓がドクドクとうるさかった。

胸の上をぎゅっと握りしめると、手がひどくふるえていることに気がついた。指先が冷えきっていて、足を止めたらその場に倒れ込んでしまいそうだ。

庭園の階段をひと息で駆け上がると、通りがかった青の侍女が、驚いたように俺を見つめた。

「ヒソク様……⁉」

「青の王は！　青の王はどこにいますか⁉」

俺の剣幕にびくりと身をすくませ、侍女は尻もちをついた。『声』のせいだった。制御がきかない。

俺は青の王の部屋に向かって、長い廊下を走り出した。

継承式に出る代わりに、妹を返してやると言った。あの暗い地下に、他の王と同じように埋めたりはしないと、骨の入った壺を返してくれたはずなのに。

『王は民と約束事などしない』

そう言われたことがある。俺は叫び出しそうな怒りを、奥歯を噛みしめて堪えた。

妹と同じ、ヒソクという名の色の壺。継承式の前に、シアンの部屋に置き去りにしたそれを、青の王の部屋で見つけた。

淡い緑の壺は、壁際の棚に置かれていた、
部屋を守っていた警備兵が立ちふさがり、「ヒソク様？　なぜ、ここへ」と不思議そうにした。それから、床にひざをつくと、俺に頭を下げた。

「失礼しました、ヴァート王。シャーはここにはおりません」

「部屋で帰りを待たせてもらいます」

そう告げて、部屋に足を踏み入れようとすると、兵はあわてて手をのばした。

「お待ちください。留守の間に、お入れするわけにはいきません。謁見の間にご案内するので、そちらでお戻りを待ってください」

実直そうな兵は、弱ったように眉尻を下げていたが、それを見ても渦巻いている気持ちは少しも落ちつかなかった。

ぐつぐつと煮えかえった胸の内のまま、邪魔をする者の目をのぞき込んだ。

「どいてください」

強い『声』を使った。警備兵の目は焦点を失ってさまよい、俺の身体からゆっくりと手を離した。

一度だけ入ったことのある部屋は、あの時のままだった。

ヒソクが死んだ朝のことを思い出して、脳が焼けるほど熱くうずきだす。

ここで、俺は緑の王になった。

緑の壺をとりあげ、滑らかでひやりとした表面を両手でつつんだ。しっかりとかかえていなくては、取り落としてしまいそうだ。

俺は、自分の考えが間違っているようにと念じた。浅はかな勘違いをしているのだと思ったほうが、楽だった。

「緑の王」

低い声がして、俺はふり向いた。青の王が立っていて、感情のない青い瞳で、俺を見つめている。

「ヒソクを、返してくれると、言いましたよね」

声は自分でもみっともないくらいにふるえていた。

「ああ、持ち帰ってかまわない」と、冷たく答えた。

それを呆然と見てから、俺は腕をふり上げて、力いっぱいに床に壺を叩きつけた。ガシャンと派手な音がして、緑色の破片が、しぶきのように飛び散った。

こなごなになった陶器の中からは、なにも出てこなかった。

からっぽだ。疑ってはいたが、目《ま》の当たりにしたら、想像していた以上の衝撃を受けた。

白い灰のひとつも見当たらない。そこにヒソクはいないのだと、理解するのにしばらくかかった。

ようやく顔を上げて、空っぽの壺で取引した男に、向きあった。

「今すぐ、ヒソクを返してください。緑の王として継承式に出れば、カテドラルなんかに埋めないと言ったでしょう」

強い口調でそう言ったが、青の王は取りあわなかった。

「無理だ」

「どうしてですか⁉」

「王が死ねば、カテドラルに納骨する決まりだ。おまえの妹は短い間だったが、確かに緑の王を継承していた。例外はない」

有無を言わせない内容に、心はどっぷりと沈んだ。

「もう……いいです。自分でどうにかします。絶対に、ヒソクをあんなところに置いたままにしない。緑の宮殿に連れて帰ります」

部屋から出ようとすると、二の腕をつかまれた。

「この件は、他の王も私と同意見だ。骨を持ちだせば、緑の王であっても罰せられるぞ」

「罰なんて、ヒソクが戻ればどうだっていいんです。あなたとの約束がなければ、俺は継承式の前に死んだって良かったんだ！」

腹立ちまぎれに言い切れば、強引に引き寄せられて、顔をのぞき込まれる。

「本気で言っているのか。おまえを救うために、妹は死んだのだぞ」

青い瞳は、暗く色を変えていた。おそれを悟られないように、必死に目を合わせた。

「嘘つき」

ぽたりと、悔し涙がこぼれた。

すぐに自由な腕でそれをふき取った、せきを切ったようにあふれ出てくる。ずっと我慢していたものが、胸にはかくしておけなくなった。

「嘘つき、約束したのに！」

不安定な『声』は、部屋に風を起こした。棚に置かれた重そうな本が、床に散らばった。火の灯されたガラスの筒が、バチンとはじける。

けれど青の王は怯《ひる》むどころか、爪が食い込みそうなほど、俺の腕を強く握った。

腹が立って、部屋ごとぺしゃんこにしてやりたかった。だまされた事実よりも、ヒソクが俺のせいで死んだという言葉が胸に突き刺さって、俺は泣きじゃくりながら訴えた。

「ヒソクが死んだのは、俺のせいだってわかっています。どうして、ひどいことばかり言うんです。俺のことが嫌いだから？」

嗚咽《おえつ》がもれた。表情を変えず、蔑むように俺を見ている男に、言い放つ。

「あなたが嫌いだ。一生をかけて、憎みます」

続けようとした呪詛《じゅそ》の言葉は、合わさったくちびるに飲み込まれた。

空いた腕を動かしてもがいたけれど、後頭部を大きな手で押さえつけられて身動きが取れない。

「んっ……」

舌を絡められて、性交の最中みたいな激しさに、腰骨がぞくりとわなないた。

くちびるは一度離れたけど、また角度を変えてくちづけられる。

「いやだ」

勢いに任せて、男のほおを叩いた。パシンという乾いた音とともに、青の王は動きを止めた。表情に、怒りも失望も浮かんではいなかった。

叩いたてのひらが、しびれたように痛んだ。人を殴ることなど生まれて初めてだった。

「――なんで」

くちびるを乱暴にぬぐったけれど、重なった時の感触が消えなくて、俺の混乱は極まった。

「神獣を知っているか」

青の王は唐突《とうとつ》に尋ねた。俺の問いとはまったく別の話で、目を見張った。

「神獣は、5人の王と同一視される獣だ。王は死ぬと神獣の姿に戻り、シェブロンに災厄をもたらすと言われている。王が死ぬと火葬に伏して、カテドラルの地下に埋めるのは、神獣の復活を防ぐためだ」

なんのことを話しているのかわからなかった。青の王は身をかがめて俺の耳に手をふれ、「香のにおいがするな」と言った。

「地下へ行ったなら、初代王の骨壺を見ただろう。神獣の絵が刻まれている壺だけが、他のものより、ずっと大きいことを不思議に思わなかったか」

確かに俺の力では持ち上げられそうもない、大きなふたが5つ並べられていた。それがなにを意味するのか、青の王は答えを明かした。

「骨に戻しても、小さな壺では入りきらない大きさだったからだ。2代目の王たちは、初代のように獣に変わることをおそれ、術師を集めた。彼らの施したまじないがカテドラルの地下に張られて、神獣への変化を防いでいる。骨を持ちだせば、封印は解けるという話が、代々のパーディシャーに受け継がれている」

遠い国の物語のような、現実味のない話に、俺は愕然《がくぜん》とした。

「そんな……ことありえない」

力なく首を横にふった。

人が獣の姿になるなんて、また俺のことをからかっているのだと身構えたが、青の王は真剣な顔を崩さなかった。それに戸惑った。

「ヒソクは違う」と言った。

「俺の妹は、醜い獣になんかならない。そんなバカな話は信じません」

「おまえも私も、死ねば、神獣へと変わる運命にある。例外は認められない」

繰り返される言葉に、「俺も？」と、意外な思いでそれを受け止めた。

死んだあと、獣に変わり、人々に害を及ぼすのだとすれば、身の毛もよだつほどの恐怖を覚えた。

地下へ閉じ込めておこうとした王たちの気持ちが、痛いほどに理解できた。

いずれ、俺もあそこへ閉じ込められる。

だけどそれまでは、ヒソクはひとりだ。

それなら今すぐ俺も、骨にして埋めてほしかった。妹のそばにいたいと、その思いで頭がいっぱいに占められる。

止まっていた涙が、またほおを伝った。うなだれたままにつぶやく。

「あなたは、はじめから、俺にヒソクを渡す気なんかなかった。やすやすとだまされて、空っぽの壺を大事にしていた俺を見るのは、楽しかったですか」

「悪かった」

青の王が答えたので、俺はウィロウに謝られた時の倍は驚いた。目の前に考えの読めない顔があった。ちっとも悪いと思っていないと、俺は思った。

泣きはらした目でにらむと、青の王はもう一度、俺にくちづけた。

最初と違って、なだめるような優しい仕草だったので、そのことに絶望した。丸め込まれるのはまっぴらだった。腕をふりほどくと、「俺は、あなたのことが嫌いです」と、言った。

青の王の顔を見ずに、部屋から飛び出した。顔が赤くなったことがばれたら、きっとまた、バカにされる。

愛していると、たわむれに言われた言葉すら、いつまでも大事に抱えている。俺のような餓えた人間は、青の王のそばにいるのは危険だった。

操られて、利用されるのがオチだ。弱い気持ちをふりほどくように走った。廊下の先に緑の服を見つけて、俺は助けを求めるように、大声を上げた。

「グリニッジ様！」

兵と話をしていたグリニッジは、驚いたように俺を見て、すぐに異変に気がついた。

はじめて黒の宮殿で出会った時のように、取り乱した様子で「緑の王！」と叫んで、俺のもとへと駆けてきた。ぶつかるように胸に抱きつけば、戸惑っていた腕は、しっかりと俺の肩をつかんだ。

「そのように泣かれて、一体なにがあったのか、私に説明してください」

肩をゆさぶられたが、俺はしゃくりあげるだけで、返事も返せなかった。

「妹君の骨壷は、取り戻せなかったのですか」

新しい涙が浮かんできて、身体から力が抜けた。俺は幼い子どものように、泣き声を大きくした。

すがりついても受け入れてくれる存在に、かなしみをぶつけた。

グリニッジは、「失礼します」と断って、腕に俺を抱き上げた。

「シャー、帰りましょう、緑の宮殿へ」

その言葉は、かつて俺を苦しめたものだったのに、今は甘く響いて、心地よかった。

青の宮殿に、俺の帰る場所はもうない。

ヒソクのいなくなった世界の、どこにもないのかもしれないと思っていたから、帰るという言葉に安堵した。緑の王としてだけでも、誰かに必要とされているのがうれしかった。

「ごめんなさい」

王の威厳を気にするグリニッジに、情けない姿を見せたことを謝った。怒っているのかと、俺はグリニッジを、見つめた。

「私に謝る必要はないと言いました」と、グリニッジはくちの端をゆがめたまま、わずかにほほえんだ。

「私はあなたに仕えているのです。あなたはまだ幼く、緑の王として足りないところも多くある。けれど、私の王はあなただけだ。命が終わる時まで、ずっとそばであなたをお守りします」

瞳は青の王と同じ色だったけれど、まったく違って見えた。同じように怖いと思っていた相手なのに、今はやわらいで感じられた。

「身分の低い者に甘いところも、わきまえていただかなくてはならない。民は心根の良い者ばかりではないから、甘いだけでは見くびられます。それでは、あなたのためにもならない。けれど、あなたはいずれ民の上に立つのに、ふさわしい王となる。私がそれを助けます」

グリニッジの言葉は、じわりと俺の胸にしみ込んだ。

俺はきっと、彼の望むようにできはしないだろう。けれど、グリニッジの声は静かな確信に満ちていて、もとめられるのを素直に受け入れることができた。

「空気では感染しないと、この方も言っています。それなのに、どうして俺が視察に行ってはいけないのですか！」

俺が机から身を乗り出すと、椅子に座っていたグリニッジは、てのひらを木の机に置いた。

大きな音はしなかったが、机の片端の椅子に腰かけていた紫の兵は、グリニッジの表情が変わったのを見て、身体をすくませた。

「何度でも申し上げます。理由はあなたが王だからです。疫病の原因がわからない以上、お連れするわけにはいきません。視察団だけでは心もとないというのであれば、私が同行しましょう。その間は、緑の宮殿から一歩も出させないので、そのおつもりでいてください」

「グリニッジ様が行くのなら、俺も一緒に行きます！」

「……あなたという人は」

グリニッジは机の上の手を、こぶしの形に握りしめた。

「この方のお話では、西方の中心街で疫病が流行っているとしかわかりません。視察団が帰ってくるのを待っていたら、対応はもっと遅くなってしまいます」

「視察団の結果を聞いて、シャーは宮殿としての対応に、許可を出してくれればいいのです。王の仕事とは命令を下すことなのだと、理解していただきたい」

「だから、俺がいればすぐに命令が下せるじゃないですか。西方に住んでいた頃、疫病が流行った時はあっという間に広がっていました。みんなの邪魔はしません。視察団について行かせてください」

紫の兵がためらいがちに、「ヴァート王のおっしゃるとおり、疫病の死者は爆発的に増えています」と言った。グリニッジが余計なことを言うなといわんばかりの鋭い視線を向けたので、紫の兵はうつむいた。

「側近として受け入れるわけにはいきません。この話はまたにしてください」

「またって……でも視察団は、明日の夜明けには出発してしまうんですよね⁉」

俺の抗議など虫の羽音程度にしか、グリニッジの表情を変えることはできなかった。

「あの……」

ガゾンがあらわれた。俺とグリニッジがそろってそちらを向けば、ガゾンは目を伏せて、控えめな声で伝えた。

「王宮からパーディシャーの側近が来ております。どうされますか」

グリニッジは「側近？」と眉をひそめた。

「近衛隊長のシアン様がおいでです。視察団が西方へ出向く前に、お伝えしたいことがあるとおっしゃられています」

「シアン様が来ているんですか？」

声を上げたのは俺だった。グリニッジは俺を無視して、「用件はなんだと言っている」と、尋ねた。

「このたびの疫病で、西方の民が王都に逃げ込もうとしたようです。視察団が通る予定の検問所で、青の兵といさかいになっているので、視察は時期を見合わせるか、道を変えたほうがいいとおっしゃっています」

「行程の変更だと？」

グリニッジは顔をしかめてこめかみに手をやると、「謁見の間に通し、すぐに行くと伝えてくれ」と、告げた。

「シャー、お聞きのとおりです。視察団の到着を遅らせるのは、あなたも本意ではありませんね。時間がないので、話はここまでです」

「あの、シアン様との話し合いに、俺も参加してはいけませんか？」

グリニッジは冷めた目で俺を見つめた。

「お好きにされて結構ですが、あなたへの説明は省かせていただきますよ。わざわざ出向いてきた王宮の使いに、無為な時間を過ごさせるわけにはいきません」

俺が言葉を失って立ち尽くすと、グリニッジは背を向けた。何と言えば引きとめられるのかわからなかった。

部屋に残された俺と紫の兵は、しばらく黙ったままでいた。

兵は、落ち込んだ俺を気にしてくれたのか、「検問所のいさかいについては、わたくしが王都に戻る際に、予兆はありました」と言った。

「検問所ってなんでしょうか」

「え、検問所ですか？　ええと……中央のまわりに壁があるのはご存じですよね」

以前に住んでいた屋敷を思い出しながら、「西方の中心街にある壁ですか？」と尋ねた。チャイブの屋敷のすぐそばには壁があって、街のまわりをぐるりと取り囲んでいるという話だった。

しかし、紫の兵は控えめに首をふって、「西方にあるよりも、ずっと高く、分厚い壁です」と言った。

「他の王の『中央』への侵攻を防ぐために、巨大な壁で領土を囲んだのです。壁を通り抜けられる場所に作られたのが検問所で、通り抜けるのに通行証が必要なのですよ」

「その検問所にいる兵が、西方の民と争っているのですか」

「別の領土で生活するには、サトラップの発行する許可証がいります」

「――サトラップ?」

「王宮から任命された諸侯で、多くの諸侯のまとめ役のような存在です。民がいなくなれば税収が減るので、サトラップはなかなか許可証を出しません。不法に検問所を抜けようとする民も多く、いさかいが起こりやすい場所なのですよ」

紫の兵は、幼い子に聞かせるような、優しい口調で説明した。

「疫病のせいだけではなく、西方の民は慢性的な食糧不足にも悩まされています。王都へ逃げ込みたいと思っても、無理からぬことではないでしょうか」

「食糧不足?」

「大雨で農作物は例年以上の不作だったようです。西方には大河が三本あり、川が氾濫したため家畜も流され、被害は深刻だそうです。税を納めるどころか食べる物にも困り、民の反乱もあれほど激しくなったと聞いております」

俺ははじめて聞く話に、じっと耳を傾けた。

今の俺は食事にも困らず、侍従に守られて、生活している。後ろめたさがわいた。

人のいい紫の兵を見送ってしまうと、俺はやることがなくなってしまった。

大広間には医師や侍従たちが集められ、長旅の支度や医療器具の準備をしていた。

中心にはグリニッジがいて、医師に指示を出していた。異を唱える者はおらず、みな真剣なおももちで、グリニッジの話を聞いていた。

指導者らしい後ろ姿を頼もしいと思ったけれど、つい何もできない自分と見比べてしまって、肩を落としてその場を離れた。

庭園を横切ると、めずらしくキオスクに人影があった。若い侍従たちの談笑には、遠く離れた領地の疫病など感じさせぬ、朗らかさがあった。

彼らに見つからないよう茂みを抜けて、丸い建物のそばまでやってきた。木の扉は閉まっていて、俺はこぶしでトントンと叩いた。

ウィロウに教えてもらった動作で、他人の部屋に入る礼儀だという。

西方に住んでいた頃はもちろん、青の宮殿にも扉というものはおのおのの部屋にはなかったので、めずらしい合図だった。

いつもなら、「開いてる」と返事があるが、その日は、ウィロウ自身が扉を開けてくれた。ウィロウはあくびに目を細めながら、「またあんた?」と言った。

「すみません。眠っていましたか?」

「王宮から依頼された修繕案が大詰めだから、寝てねーんだよ。あー……やっぱ、ちょっと寝るわ。あとで起こしてくれよ」

ウィロウは床に横たわった。ほとんど、倒れるようだった。

「寝るなら寝台に横になったほうがいいです。床の上じゃ、疲れがとれませんよ」

二の腕を両手でつかんだが、非力な俺では持ち上げられそうもなかった。

「自分で起きあがってください。寝台は俺が片づけますから」

「んー……」

本やシャトランジを片づけていると、背中に重みがのしかかって、押しつぶされた。

「ちょ、重いです！」

ぐったりした身体を押しのけると、ウィロウは寝台に転がった。土気色の顔にかける言葉もなくて、俺はそっと寝台のふちに腰を下ろした。

床には、本と一緒に紙やペンも散らばっていた。俺は本をひざにのせて、その上に紙をのせた。考えた末に『ガゾンへ』と書き記した。簡単な文章ならかけるようになっていた。

グリニッジ様と一緒に、西方へ行きます。

迷惑をかけてしまってごめんなさい。

「心配しないでください、でいいかな」

小さな声でつぶやけば、「なんだよ、家出するつもりなのか」と、予期せぬ返事があった。ウィロウは横になったまま、片目をこすっていた。とろりとした眠たげな表情で俺を見た。

「グリニッジとまた喧嘩したんだろ。逃げ出すのか」

「逃げるわけじゃありません。ただ、西方へ行きたいだけです」

「西方？」

「紫の兵を見送る時に、視察団の荷馬車を見てきました。積み荷を運ぶための、ほろを張った馬車があるので、あれにこっそり乗ることができたら、宮殿を抜け出せると思うんです」

「はあ？」

ウィロウはさすがに、ぱちりと目を開けた。

「そんなことがばれたら、グリニッジに殺されるぞ。だいたい、あんたの姿が宮殿から消えたら、すぐに追手をかけるぞ」

「グリニッジ様も、視察団に同行することになったんです。だから1日か2日隠れられれば、西方に着く前に見つかっても、俺を追い返すより、連れていったほうが、楽だって思ってくれるかもしれません」

「見つかるまでは、荷馬車の中でじっとしているのか？　腹が減ったらどうするんだよ」

「大丈夫です。何日も食事をとらなかったことがあったけれど、そんなことじゃ死にませんでした」

自信をもって返事をすれば、ウィロウは言葉を失った。片手で髪をかきむしって「あああ」と叫んだ。

「前からおかしな王様だと思ってたけど、どうかしてるぞ？　疫病の知識もないやつが行ったところで足手まといだ。意地が通ればあんたは満足だろうけど、ふりまわされるほうはたまったもんじゃない」

「わかっています。俺が西方に出向いても、役には立たないって。でも、なにかしたいんです。緑の王として、グリニッジ様や、西方の民の役に立ちたい」

「役に立ちたいって？　お飾りの王に、なにができるんだよ」

ウィロウは鼻で笑った。王を王とも思わない態度に、俺はいつも安堵していた。

だけど、それではいけないのだと、ようやく思いあたった。

「グリニッジ様に言われたんです。緑の王にいつまでも仕えてくれるって。それに、早くこたえたいんです。守られてるだけじゃ、何もできない。だから、なにかしたいんです」

真剣に気持ちを伝えたつもりだったけど、ウィロウは笑い出した。

「力も持たない者が理想を語ったって、寝物語にすぎない。きれいごとを受け入れてくれるのは、何も心配することのない赤ん坊だけだ」

「自分になにかできないか考えることは、無意味でしょうか」

「あんたは、民のために働きたいわけじゃない。グリニッジに認められたいだけなんだろ」

ウィロウの言ったことを胸の内で繰り返して、俺はまた落ち込んだ。

図星だった。

「あんた、まだガキだし、グリニッジもそこまで期待しちゃいないんだから、ゆっくりやったら」

「……そんな」

この胸の焦燥を、うまく伝えられなくてもどかしかった。

「グリニッジに認められたいなら、別の方法を考えたほうがいいんじゃねーの」

「別の方法って？」

「青の女だったんだろ。色仕掛けで迫れば、案外、かんたんに落ちるかもしれない。あいつ、前代には辛辣《しんらつ》な扱いされてたから、優しくすればコロッと参るんじゃないか」

ウィロウはにやりとした。たわいない軽口だったのだろうけど、俺の胸は、暗い怒りでざわついた。

命のある限り仕えると言ってくれたグリニッジを、そんなふうには言ってほしくなかった。

その場に立ち上がると、「帰ります」と言った。

「へ？　急にどうしたんだ？」

ウィロウは悪気のない声で俺を呼びとめた。

「グリニッジ様のことを、悪く言うのはやめてください。俺みたいなのが、緑の王になったせいで、あの方までおとしめられるのは許せない」

「はあ……ずいぶんとグリニッジになついたんだな」

ウィロウはあきれたようにつぶやいた。俺は返事をしないで、バタンと扉を閉めた。


夜空が終わり、青味がかった色に変わり始めた頃、俺は寝台で横になりながら、窓辺のオオカミの姿を見つめていた。窓から抜け出す好機を、息をひそめてうかがっていた。

視察団は夜明け前に出発すると聞いていたので、馬車に忍び込むなら夜のうちだった。

きゅっと目をつぶった。

このまま、眠ってしまうことだってできる。勝手についてきた俺を見て、グリニッジが怒るのは火を見るよりも明らかだったし、西方についていくことを許されたとしても、ウィロウの言うとおり足手まといになるだけだろう。

俺はがばっと起き上がった。

寝台の下から、白い服を取り出した。両手の甲のティンクチャーを隠せるように、袖の長いものを用意してもらった。

着ていた服を丸めて寝台に横たえると、上から布をかけた。寝台を囲むように天井からつるされた、目隠し布をきっちりと閉めた。

目隠しの薄い布越しなら、寝ているように見えるだろう。昼すぎまでは、起こされる心配はない。それまでは、時間を稼げそうだった。

俺は麻の袋に、着替えの服を一着だけ詰めて、ななめに背負った。オオカミの飾りを押して、部屋から抜け出す時には、もう西方のことで頭がいっぱいで、不安はなかった。

深夜だというのに、庭園には思ったよりも兵が行き来していた。

樹の陰に身を隠してやり過ごす。茂みから身を乗り出しかけたところで、兵が俺のほうをふり向いた。

ふいに腕を後ろから引っぱられて、草の上に押し倒された。予期せぬ襲来にぞっとして、声も出せずに固まっていると、耳もとで「しっ」と小さな声がして、相手がよく知った者だと気がついた。

「ウィロウ……？」

ふり向こうとしたら、ウィロウは俺の頭をがつんと押さえつけて、「バカ、黙ってろよ」と、イラついた調子でささやいた。

兵の足音が、俺たちのひそんでいる茂みにまっすぐ近づいてきたので、俺は目をつぶった。こめかみがキンと痛んで、大きな風があたりの木立をゆらした。

兵は物音を聞き違えたと納得したのか、遠ざかっていった。

背中にのしかかっていた重みが離れたところで、俺はひそめていた息を大きく吐いた。

「夜更けにどうしたんですか？」

ウィロウはなぜか得意げな顔になって「察しが悪いな」と言った。

「あんただけじゃヘマしそうだから、一緒に行ってやるよ。修繕案が片づいたら息抜きしたいと思ってたからな」

「息抜き？」

ぽかんとして、月明かりに照らされた顔をながめる。

俺の使命感など、ままごとみたいだと言ったことなど、ウィロウはきっと覚えていないのだろう。文句のひとつも言ってやりたくなったが、結局、俺がくちにできたのは、「一緒に行ってくれるんですか？」という、頼りない問いかけだった。

「これ見ろよ。調理場からごっそりくすねてきたんだ。ふたりで食べても、３日は困らない量だから、わけてやるよ」

ウィロウは背負った荷物を指さした。まるで、見晴らしのいい丘へでも行くように、目を輝かせていた。

思いつめて宮殿を抜け出そうとした自分が、ひどい心配性のように思えてきた。けれど、西方までの道中に、連れができることは単純にうれしかった。

「助かります」

「決まりだな。荷馬車はどこだ？」

ウィロウは立ち上がると、俺に手を差し伸べた。手を握りしめて起き上がり、門に横付けされた荷馬車へと急いだ。

「兄さん！」

悲痛な叫びに、俺は目を覚ました。

「兄さんお願い。僕、ひとりで王宮になんか行きたくないよ。兄さんが一緒に来てくれたら、僕も青の王として頑張るから。ひとりで知らないところへ行くのは怖いよ」

俺は草むらに起き上がると、建物の影になっていた彼らの姿を、そっとながめた。大きな屋敷の庭に、ふたりの兄弟がいた。十歳くらいの幼い少年が、背の高い少年に抱きついていた。

「エール……」

「お願い！　兄さんお願い。ねえ、わがままはこれきりにするから一緒にいて」

彼らが誰なのか、俺にはもうわかっていた。青の王は水時計の夢よりも、さらに幼かった。すがりつく弟に困惑した表情を浮かべていたが、エールが顔を上げる時には、すっかり厳しい顔に戻っていた。

「エール、聞くんだ。俺はこの家を離れることができない。父上が死んで以来、傭兵《ようへい》の力の均衡《きんこう》は崩れてしまった。俺までここを離れたら一族は解体してしまうだろう。家を放り出しておまえと行くことはできない」

エールはわんわんと泣き声を上げた。

「王になんかならなきゃ良かった。そしたらずっと兄さんと、家にいられたのに。僕は何にも悪いことしてないのに、なんでこんなしるしがあるの？」

幼い弟の背を抱いて、青の王は眉をひそめた。

わずらわしげにも見えたが、兄弟を連れ去られる苦痛に耐えているようでもあった。

「青の王としてこの東方に平和をもたらすことが、決められたおまえの運命だ。神に選ばれたのだと誇りを持て」

「いやだ、離れたくないよ。かあさまと兄さんと一緒に暮らしたい」

「おまえに約束する。数年の間に青の宮殿へ行くから、それまでひとりで頑張るんだ。俺がそばにいれば何も不自由させないから、その時まで、つらくとも我慢していろ」

「す、数年って、どれくらい？」

しゃくりあげながら、確実な約束を欲しがる子どもに、「3年だ」と答える。

「3年で傭兵を増やし、信用できる者にこの家を預ける。そうすれば、俺はおまえのもとへ行くことができる。王宮で俺が来るのを待っていろ。約束は果たしてやる」

「約束……」

かすれた声でエールは繰り返して、「嘘つかないでね。僕、待ってるから」と、小さな声で言った。

青の王は、安心させるようにほほえんで、「約束だ」と答えた。そうして、もう一度、幼い弟を胸に引き寄せた。

ひゅうっと大きな風が吹いた。次に目を開けたところは先ほどとは違い、室内だった。壁は青く塗られている。

まわりを見回すと、物があふれていた。それは、図形を書きかけた紙の束だったり、淡い色の野の花だったりした。

棚の上には小さな壺が置かれていて、中には保存のきく焼き菓子が、たくさん詰め込まれている。

小さな子どもの部屋のようだと思った。

見たことのない部屋のはずなのに、憶えがあった。

「ねえ、あれがそう？」

エールの声がした。ふたりの少年が、俺には背を向けたかっこうで、廊下のふちに座り込んでいた。銀髪の少年が空を指さした。

「そうだよ、あれが双子座だよ」

「シアンは本当に物知りだね」

エールは大きな本を抱えていた。シアンは横から手をのばして、「これだよ」と本を指さした。

「前に話しただろ、双子座のもとになったカストルとポルクスって兄弟の話。あの星にも同じ名前がつけられているんだ」

「双子座の話、兄さんが来たら話してあげよう。僕たち、もっと幼かった頃は双子みたいにそっくりだって言われてたんだよ。アージェントとエールよりも、アジュールのほうが双子みたいな響きだね」

「えっ、なに書きこんでるんだよ！　それ、俺の本だってば」

シアンはあわてて本をひったくったが、エールは悪びれない様子で、「あ、ごめん」と謝った。

シアンは暴挙にわなわなとふるえていたが、エールがそっと、「この話みたいに、王としての力を兄さんに分け与えられたら、一緒に暮らせたのかな」とつぶやいたら、表情が曇った。

「家のことが忙しくて、約束を忘れてるんだよ。その証拠に、アジュール王は何度も東方に便りを出しているのに、一度も返事なんかないだろ」

「約束したんだ。3年以内に王宮に来てくれるって。僕は兄さんを信じてる。絶対に来てくれるって信じてるから、嫌なことがあっても頑張れるんだ」

エールの言葉は一途《いちず》だった。心から信じ切っている。シアンは、困ったように目を伏せた。

「俺もルリもいるのに、それでもさびしい？　たしかに青の宮殿の立場は弱いし、アジュール王は孤立してる。だけど、俺たちがいる。早く側近になって、役に立てるようになるよ」

エールはきょとんと首をかしげてから、「シアンのことも大好きだよ」と、ほほえんだ。

「シアンもルリも大事な友達だし、ふたりがいなかったら、僕はここではやっていけなかったと思う。これから先もずっと、そばにいてほしいよ」

幼いシアンは顔をほころばせて、「アジュール王のそばにいるよ」と、朗らかに言った。

「それに、俺とも約束したよ。ふたりでルリのことを守ろうって。あの子を守れるのは俺たちだけだ。早く紫の方に対抗できるだけの力を得て、一緒にルリを救うんだよね」

「うん、必ずそうなるように頑張るよ」

エールの言葉に、シアンはホッとしたように息を吐いて、ふいに「しまった」とつぶやいた。

「ごめん、アジュール王。マギに呼ばれていたんだ」

「いいよ、行って。星座の本、借りていてもいい？　目が冴えて眠れそうもないから、しばらくここにいたいんだ」

「あんまり夜更かししないほうがいいよ。明日は会合があるんだろ？」

心配げな様子に、エールは「わかったよ」と返事をした。シアンは何度かふり返りながら、その場をあとにした。

後ろ姿が遠くなってしまうと、エールはそっと息を吐いて、「約束したから大丈夫」と自分に言い聞かせるようにつぶやいた。

エールはもう、うつむいてはいなかった。小さな背中は、さびしそうにも見えたけれど、横顔にその影は残っていなかった。

ふと、エールは目を細めて茂みを見つめ、なにかに気づくと、ゆるやかに表情をほころばせた。

「ね、こっちへおいでよ。どうしてそんなとこに隠れているの？」

本を横に置くと、立ち上がってそばに駆け寄る。

暗がりから連れ出したのは幼い少女だった。肩までの金髪は、春の空気のようにふわりとゆれた。ルリだった。エールに連れられて薪の明かりの届くところまでやってきたが、誰かに追われているみたいに、オロオロと落ちつかない様子でいた。

「今夜は、僕しかいない。誰にも見られる心配はないから、安心していいよ」

ルリはこくんとうなずいて、エールのとなりに腰を下ろした。

背を丸めるように小さくなっている姿は、俺の知っているルリとは違った。胸には紫色のティンチャーがくっきりとしるされていて、聡明なルリまでが汚されたような気がした。

愛らしい容姿も、顔色がすぐれなかった。エールもすぐにそれに気づいて、「元気がないね。なにかあったの？」と尋ねた。

押し黙っているルリを見つめるうちに、この場から、彼女を連れて逃げ出したい思いに駆られた。逃げ出す。そんなことができるのだろうか？

ここは、俺が本来いるはずの場所ではなく、『過去』だ。

この場所からルリを連れて逃げることが、俺にはできるのだろうか。

「あのね、今日はきみに贈りものがあるんだ。シアンと僕からの贈りもの、受け取ってくれる？　今、部屋から持ってくるから待ってて。それを見たらきっと元気が出るよ」

エールはルリを気遣うように明るく言って、立ち上がった。そしてくるりと向きを変えて、俺のいる部屋へと駆けてきた。

俺はあわてて部屋のすみに隠れた。大きな棚と壁のすき間に身体をぴったりと寄せると、すぐに足音が駆け込んでくる。

エールは俺が隠れている場所とは別の棚から革袋を取り上げ、ふいに「あれ？」と声を出した。

「誰かいる？」

勘づかれたのかと息をひそめたが、エールはそれ以上、部屋を探すことはなく、軽い足どりでルリのもとへと戻っていった。

「はい、これだよ」

離れたところで声がしたので、俺はほっとして壁に寄りかかったままで座り込んだ。

ずるずると床を這っていき、頭だけ部屋の入口からひょこりと出すと、ルリが手にしたものを、呆然とながめているところだった。

「指輪に青い石がはめ込まれてるだろ？　門番に伝えておくから、これを見せれば僕の部屋まで通してもらえるよ」

ルリの顔は美しい宝石に見とれて紅潮し、思わずといったふうに「きれい」とつぶやいた。

エールはうれしそうにそれを見つめて、にっこりと笑う。

「それでね、本当の贈りものはこれじゃなくて。この指輪についてる青い石は、ルリっていう名前なんだ。それで『ルリ』はどうかなって思って」

「ルリ……?」

「うん、きみにあげるって約束しただろ。きみの名前だよ。せっかく仲良くなったのに、いつまでも『きみ』じゃかなしいからね。いつか、青の宮殿で一緒に住んでほしいと思って、青色にちなんだ名前にしたんだ。こっちが本物の、僕らからの贈りものだよ」

「わたしの名前……」

ルリは折れそうにかぼそい声でつぶやいた。

「気にいらなかった? きみは紫の宮殿ではウィスタリアって呼ばれてるけど、本当の名前じゃないんだよね」

「……ウィスタリアは、わたしの前にシャーに仕えていた女の子の名前。シャーはウィスタリアを気にいっていたから、わたしのこともウィスタリアって呼ぶ。ほんとうの名前は覚えてない。ばかだから忘れちゃった」

弱々しく首を横にふるのを、エールは黙って見つめていた。

ルリは渡された指輪を、革袋の上にそっと置いた。袋には見覚えがあった。

濃い青色の細いひもでくちを縛った小さな袋は、かつてルリが見せてくれた、サルタイアーの銅貨を入れていたものと、よく似ていた。

「わたし、青の侍女になんかなれない。だってすごくむずかしそうだもの」と、ルリはかなしそうに言った。

「シャーはわたしのことをなんにもできないって言うし、本当にそう。自分の名前も思い出せないなんて、そんな頭の悪い子、ほかにいないでしょ」

「それなら、僕だって王になんか向いてないよ。歴史にも政治にも興味がないし、『アジュール』だって、本当の名前じゃないから大嫌いだよ。星を見たり、歌を歌ったり、猫と遊ぶほうがずっと楽しいよ」

エールは強い口調で言った。ルリは不思議そうに見つめてから、「ヘンなの」と、はにかんだ。

「青の王なのに、シャーとは全然違うね。青の王は、本当はなんていう名前なの？」

「王になる時に、その名前は二度と使わないって約束させられたんだ。でも、秘密にできるなら、ルリに教えるよ」

「ひみつ」

ルリは戸惑ったあと、「約束する」と目を輝かせた。

エールは彼女の耳元にささやいた。ルリは恥ずかしそうにしていたが、ゆっくりと指輪を握りしめて、エールを見つめた。

「あのね、わたし『ルリ』になりたい。エール様とシアン様には、そう呼んでほしい。ルリってすごくきれいな名前だし、この青い石も、夜が来る前の空みたいにきれいだもの」

「うん、きっと気にいってくれると思ってたんだ」

エールは幼い手をとって、ルリのひとさしゆびに指輪をはめた。ルリはじっとそれを見ていた。

「いっぱい勉強したら、わたしでも青の侍女になれるかな」と、消え入りそうな声でエールに尋ねた。

ガラガラと道を走る音が絶えず聞こえていて、身体がゆれているのはそこが荷車の上だからだということを思い出した。

「起きたのかよ、王様」

ウィロウは手にしていた革袋を、俺の腹の上に落とした。中に入っていたはずの水はすっかりなくなっていて、べちゃりと妙に重い袋だけが打ちつけられたので、俺は呆然とした。

「え、なにしてるんですか。これ、ふたり分の飲み水でしょう。からっぽじゃないですか」

「あんた寝すぎなんだよ。ゆさぶっても目を覚まさないし、脂汗かいてるから、てっきり熱射病にでもなったのかと思っただろ。ただ寝てるだけならまぎらわしい真似するなよ。あせって全部の水を、ぶっかけちゃったじゃないか」

「それって俺のせいですか？」

上体を起こすと、こめかみがずきりと痛んだ。俺は頭を押さえて床に突っ伏した。

腹の奥から吐き気がこみあげてきた。奥歯を強く噛んで堪えると、じわりと生理的な涙が浮かんでくる。

「なんだよ、やっぱり具合が悪いのかよ」

ウィロウは俺の背に手をあててさすり、「ゆれに酔ったのか？」と尋ねた。

しばらくじっとしていると、頭痛がおさまってきて、同時に吐き気の波も引いていく。

「もう、大丈夫です」

ウィロウは手を止めて、俺の背中にこてんと頭をのせた。そのまま体重をかけられて、俺はまだ吐き気の残る身体で、床にべたりと倒れた。

「まったく、勘弁しろよ。あんたを宮殿から連れ出した上に、倒れられでもしたら、確実におれは殺されるんだぞ。そんなひ弱でよく抜け出そうなんて思いつくよな」

「そんな……おおげさですよ。熱射病にかかっても、死ぬことなんかめったにないし」

「バカ！　どこが大げさなんだよ。あんたが熱射病で死のうが生きようが勝手だけど、おれは間違いなくグリニッジに殺されるんだぞ。いや、連れ出した時点で命の危険を感じなきゃいけなかったのに、なんでこんなとこにいるんだ？　修繕案がまとまったせいで浮かれてて、どうかしてた」

　ぐずぐずと言い募るのを、ぼんやりと聞いていた。

　馬車にもぐり込むことに成功して、丸2日が経っていた。荷台は窮屈なこと以外に困ることはなかったが、水がなくなってしまったことに加えて、ひとつだけ問題があった。

「お腹が減ったな……」

　小声でつぶやけば、背中のダンゴ虫は、「おれも」と同意した。

「俺も、じゃないですよ。ウィロウがたった1日で、食料を食べつくしてしまったせいでしょう。ひょっとしてさっきの吐き気は、お腹が減りすぎたせいなのかもしれない」

「食べるくらいしか、やることがなかったんだから仕方ないだろ。それに、おれが持ってきた食べ物なんだから、あんたに文句言われる筋合いはないだろ」

　ウィロウはくちをとがらせた。

「とはいえ、西方に着くまで食事なしはつらいよな。次に馬車が止まったら、市場で食べ物でも買ってきてくれよ」

「銀貨もないのに買い物なんかできません。それより水をどうするんですか？　この暑さで飲み水がなかったら、ふたりとも干からびてしまいますよ」

「最悪、そこに積まれてる食料を食べればいいだろ。疫病が流行ってるところへ行くんだから、水も食料も現地調達なんかするはずないし、じゅうぶんに持ってきたに決まってる」

ウィロウが積み上げられた荷物に目をやったので、俺はあわてて「ダメですよ」とたしなめた。

「ここにあるのは緑の侍従たちの分です。勝手についてきた俺たちが食べていいはずありません」

「頭かたいなあ。王様なんだから、堂々と食っちゃえばいいんだよ。とにかく、水がなくなったのはあんたのせいなんだからどうにかしろよ」

「熱射病と勘違いしたのは、ウィロウじゃないですか」

「はあ？」

責任をなすりつけあっていたが、どちらからともなく、不毛な言い争いは体力を消耗するだけだと悟った。

そんな時急に荷馬車が止まったので、寝そべっていた身体が、わずかに浮き上がった。

ウィロウも衝撃に飛び起きて、「なんだ、今の」と、あたりを見回した。

興奮した馬の鳴き声と、ざわついた人の声が聞こえてきた。

耳をそばだてると、「殺されたくなければ、積み荷を置いてここから立ち去れ！」と、怒鳴り声が聞こえた。

ウィロウはゆっくりと俺を見て、「積み荷？」とつぶやいた。ふたりして、すぐそばに積まれた、食料や衣服を見つめた。

「おまえたち、まさか西方から抜け出した者たちか？　私たちは緑の宮殿からの使者だぞ。疫病の救援に来たのだ」

緑の兵の声がした。

「笑わせるな、今さら、えらぶった使者たちなど来てどうなる。西方はもうおしまいだ。こうなったのも、疫病を放っておいた緑の宮殿のせいだ」

悲鳴があたりに響いた。どさりと、馬車になにかがぶつかって、緑の兵のうめき声が続いた。

ウィロウが俺の服を引っ張った。

「なんで出ていこうとしてんだよ⁉」

「だって、すぐ近くで人が襲われてるんですよ」

「あんたが出ていって、何ができるんだよ。それより、早く裏から逃げろ。あいつらただの物取りじゃなさそうだ。宮殿に恨みがあるやつに緑の王だとばれたら、積み荷を取られるどころの騒ぎじゃすまなくなる」

ほろに映った人影が、ゆらゆらと近づいてくるのを見つけて、「遅かったみたいですよ」と答えた。

「俺が注意をそらすから、ウィロウはその間に逃げてください」

「は？」

はね上げるように勢いよくほろが開かれて、暴徒たちが現れた。

声を聞いて予想していたよりも、人数が多かった。数十名の男たちは、無人のはずの荷台に俺たちの姿を見つけて、一瞬、戸惑った。

俺は荷台の上から、彼らを見下ろした。

「緑の兵に手出しをするのはやめてください。必要なものがあれば、西方の街に届けるよう俺が指示します」

「なんだこの子どもは？」

俺は彼らを見回した。動揺した男たちの視線は、濃いひげをたくわえた男に集まっていた。

荷台を降りると、ひげの男の前に進み出た。仰ぎ見るほどの大きな男は、剣をかまえたままだった。

ちっぽけな俺には警戒心をいだく必要もないと思ったのか、目の前まで近づくことを許した。

緑の兵が、「シャー⁉」と叫んだことで、場は騒然とした。ひげの男は、「緑の王……？」と、値踏みするように俺をつま先までながめて、懐疑《かいぎ》的な声でつぶやいた。

「本当です」

俺は答えた。

「こんな子どもが……」

剣の切っ先が、ぶるぶるとふるえる。

「俺たちが待っていたのは……待ち望んでいたのは、おまえじゃない。多くの民が餓え、疫病で死にかけているあの街には、子どもが大きくなるのを待つ時間なんか残されていないんだ」

「シャーに対し、なんというくちをきくのだ！　おまえたちなど目通りすら叶わない、神に選ばれた御方だぞ！」

ひげの男は兵に見向きもせず、血走った目で俺を見つめる。

「おまえが死ねば、すぐに新しい王が立つ。それに望みをかけさせてもらう」

「王を傷つければ、反逆罪と見なされて死刑になるんだぞ！」

飛び出してきたのはウィロウだった。

男と俺のあいだに立って、かばうように両手を広げた。

「なあ、冷静になれよ。こいつを殺したところで、次の王があんたたちの望みに叶うかどうかなんてわからないだろ。浪費癖のある前王が死んだと聞いた時、これでもう大丈夫だって思わなかったか？でも、新しい王もしょせんはこんなガキだ。オーアは気まぐれなんだよ」

澱みないウィロウの口調に、ひげの男はわずかに怯んだ。ウィロウは畳みかけた。

「積み荷はあんたたちに明け渡すから、おれたちには手出しせずに去ってくれないか？ ここは検問所に近い。騒ぎが伝われば、すぐに大勢の兵がやってくるぞ。そうなれば、あんたたちは皆殺しだ」

「俺たちはみんな、疫病で家族を亡くした。俺の娘は疫病で死んだ。高熱に苦しんで、助けてと言いながら死んだんだ。何もなくなった。俺だけ生きながらえる気はない」

男の言葉に、ウィロウはくちをつぐんだ。俺も息をのんだ。

「血の宮殿の建設に若い者はとられ、わずかな食糧まで税として吸い上げられながら、ほそぼそと暮らしてきた。しかし、疫病が蔓延《まんえん》しても、宮殿からは助けが来ない。諸侯に薬を求めても、門前払いをくらった。泣きながら死んだ、ローヌの絶望がおまえらにわかるものか！」

「待って！」

まっすぐにふり降ろされた剣は、俺には止められなかった。

目の前の身体に飛びついて軌道からそらしたが、避けきれなかった肩を剣先がかすめ、ウィロウはくぐもった声を上げた。支えきれずに、ふたりとも倒れ込んだ。

ひげの男がまた切りつけようとしたのを見て、俺は『声』を抑えていた力をふり払った。

「止まれ！」

ごうっと大きな音とともに、強い風が吹き荒れる。

取り囲んでいた男たちは、急に吹いた風になぎ倒されて、無抵抗に地面に倒れ込んだ。

けれど、ひげの男は中心にいたにもかかわらず、剣を握りしめてその場に立ち尽くしたままだった。

ぐらりと傾いた巨体は、大きな弧を描いて、横倒しになった。あふれ出た血しぶきがふりかかる。

背後から現れたのは、銀髪の男だった。

「……シアン様？」

「おまえたち、緑の方を連れて早く逃げろ！」

シアンは俺の腕をつかんで強引に立ち上がらせ、周囲の兵にきつい口調で命じた。

緑の兵たちは夢から覚めたように、シアンのもとに集まった。

「緑の侍従が休んでいる宿にも、同じ手合いが現れた。兵が制圧したあとだから、ここは私に任せて合流しろ。おまえたちは、なにがあっても緑の方を守るんだ」

「は、はい、わかりました！」

兵は気圧されたように返事をして、それから負傷したウィロウの腕を肩にかついだ。

「待ってください。俺もここに残ります！　俺の『声』が役に立つかもしれません」

「緑の方、この人数では、あなたをかばって戦う余裕はありません。早くここから立ち去ってください。間もなく援軍がきます。西方への救援物資も守るので、ご安心ください」

「違います、荷物なんかどうでもいいんです！」

俺は抵抗した。

「彼らを傷つけないでください。彼らは疫病のせいで、こんなことをしてしまっただけなんです。俺たちに、西方の実情を訴えたかっただけなんです！」

「本気でそのようなことを言っているのですか」

シアンは、男たちに剣を向けたまま、信じられないものを目にしたように、俺を横目で確認した。

「暴徒に同情し、かばいだてすると？　緑の兵は、彼らに斬られたんですよ。殺さなければ、ご自分の命が危ないのだとご理解ください」

「でも、彼らを殺すのは間違っています！　剣を向けるのはやめてください」

「バカ王！」

怒鳴ったのはウィロウだった。

斬られた肩を片手で押さえて、「甘ったるいこと言ってる場合かよ⁉　この人の言うとおり、殺さなきゃ殺されちまうんだぞ！」と、俺を叱った。

「で、でも、だめです。俺たちが争うのは間違っています」

混乱しながら首を横にふる。うまく説明できない。

男たちはいつの間にか起き上がっていた。目には、仲間を殺された怒りが灯り、じりじりと俺たちとの間合いを詰めていた。

「やめて！」

また『声』を使った。

人数が多すぎたせいか、先ほどのようにすべてにはゆきとどかなかった。

シアンが視線を戻した時には、男が切りかかってきたところだった。もう一度、『声』を使おうとしたら、男が横倒しに吹っ飛んだ。

それは剣のせいではなく、後ろから蹴り飛ばされたからだった。

派手に地面に転がった男はなにが起きたかわからず、上体を起こしてあたりを見まわしたけれど、すぐにぐしゃりと頭を地面に押し付けられる。

男の頭に片足をのせていたのは、薄い茶色の服をまとった男で、人を虫けらのようにあしげにしながら、くちの端を上げてささやいた。

「私の持ち物を傷つけるつもりなら、それなりの覚悟をして歯向かってこい。死のほうが楽だと思う程度には、踏みつぶしてやる」

俺は先ほどシアンが現れた時みたいに、ぽかんと男をながめていた。

シアンは助けられた身でありながら、まるで切りつけられでもしたかのように、顔をゆがませてうめいた。

「なぜ、ここへいらしたのですか、ジェント様」

「どれほど頭数を集めようと、民にすぎない。こんなやつらに手こずるとは、おまえの腕も鈍ったな」

シアンの問いには答えず、かわりにそう言った。民と同じ色をまとった青の王は、それを気にした様子もない。

殺気だった中にあっても、青の王は剣を鞘から抜く気がなかった。

まるで遊び場にやってきた子どものように、楽しげにあたりを見回した。『声』でなぎ倒された者たちは、彼にあしげにされている仲間を呆然と見ていた。

倒れていた男は、顔の上から重みがどいても、動けずにいた。

「ジェント様！」

シアンの苛立った声が、混乱した場の空気をさらにふるわせた。

「なぜここにいるのですか。兵とともに宿へと向かったはずでしょう」

「ヴァートがいるのなら、優先されるべきはこちらだろう。第一、あちらには兵が大挙しているのだから、心配することはない」

「そういうことを申し上げているのではありません！」

シアンの歯噛みしたい思いは、俺にだけは、正確に伝わった。兵に守られるべき青の王が、たったひとりでここへ来たことに憤っているのだ。

その時、不思議なことに気がついた。

シアンが青の王を「ジェント」と呼ぶのを初めて聞いたけれど、なぜかすんなりと受け入れてしまっていた。

「あ、そうか……パーピュア様が、ジェントって呼んでいたからだ」

シアンは勢いよく俺をふり返った。

ふれそうなほど顔を近づけて、低い声音でささやいた。

「このような往来で王だと知れたら、ただではすみません。立場をわきまえて、素性をふれ回らぬようにしてください」

「は……はい」

「王はつねに、暗殺や誘拐《ゆうかい》を警戒しなくてはならない。現王が倒れれば、新しい王として己が選ばれる可能性があると、民も承知しています」

きつい口調で告げられた。シアンが、青の王を名前で呼ぶ理由が納得できた。

青の王のことには直接ふれなかったので、そばにいた兵たちは、俺が緑の王だと名乗った軽率《けいそつ》を、とがめられたと理解しただろう。

「ごめんなさい、これからはじゅうぶんに気をつけます」

シアンは自分の意図をくめているのか勘ぐって、俺を見つめた。

「絶対に、名は明かしません」

それが、青の王のことに関する返事だとわかってくれて、シアンはふたたび視線を暴徒たちへ戻した。

血ぬられた剣先で、倒れているひげの男を示す。

「頭目はこの男だろう。おまえたちもこのようになりたいのか？　武器を捨てて投降するか、ここで死ぬか選べ」

かなめを欠いた暴徒たちは、仲間の出方をうかがった。先にくちを開いたのは青の王だった。

「おまえはいつも甘いな。こいつらを取り逃がせば、やがて別のかたちで国の脅威となる。ここで根絶やしにしておくべきだ」

「だめです！」

青の王はうるさげに俺を見て、「おまえの出る幕ではない」とくちにした。

「どうしてですか。西方の民の処遇は、緑の王に全権がゆだねられているはずです」

「それは王としての命令か？」

試すような言葉に、とっさに「そうです」と答える。

「緑の王として西方の民に命じます。あなたたちの願いは、必ず俺が聞き入れます。この場は剣をおさめてください」

「シャー、しかしそれでは緑の兵としての面目が立ちません！　負傷した者も大勢いるのですよ！」

俺は声をあげた兵をふり向いた。そして、肩を押さえたままのウィロウを見た。

「今は怪我をした者の介抱が先です。診療所を探すことを優先してください」

兵はわなわなとふるえ、くるりと向きを変えて街へと向かった。

動揺は兵だけではなく、暴徒たちのあいだにも広がった。

「罪に問わないかわりに、緑の兵と視察団に協力してください」

何を言うのかと待ちかまえていた男たちは、その内容に目を見張った。

「協力……だと？」

「俺たちは、これから西方の疫病の原因を探りに行きます。住んでいる者の意見が聞けるのであれば、それ以上の有益な情報はありません。あなたたちは疫病の被害を受けたのですよね？　気づいたことがあれば、どんな些細《ささい》なことでもいいので教えてください」

「そんなバカな話があるか」

たちまち、ざわつきはじめた。

「俺たちの話を聞く？　そんなことがなんの役に立つんだ。俺らを西方へ連れ戻すための嘘なのだろう。あの街に疫病とともに閉じ込める気なんだ」

「違います」

俺は、必死に言い募った。

「嘘なんかついていません。この問題を解決するには、あなたたちの協力が必要です。西方に残っている民を救うためにも、どうか力を貸してください」

奇妙に静まり返った。暴徒たちに、先ほどまでの荒々しい気配は残っていなかった。

俺はちらりと青の王を見た。男は同じように俺を見ていたが、物言いたげに小さく笑った。

「おまえたち、黙っていれば、緑の王に従うと見なされるぞ」

低く通る声に、ざわりと反抗の気配がわいたが、しかし否定の言葉はついに上がらなかった。青の王はそれを見てから、俺のそばへやってきた。

なにか言われるのかと身構えたが、俺にはかまわず、シアンの腕をつかんで引き寄せ、「王命を聞いただろう。剣をしまえ」と告げた。

「この調子ではグリニッジも苦労するな。前王に続き、ろくでもない王ばかりで、さすがに同情する」

「グリニッジ様と会われたのですか？　宿へも暴徒たちが向かったとおっしゃっていましたが、グリニッジ様は無事でしょうか」

「それよりも、この事態にどう収拾をつけるか心配したほうがいい。そこに寝転がっている兵や若い侍従はともかく、シアンが刺した男は瀕死《ひんし》だぞ」

俺はハッとして、ひげの男のかたわらにひざまずいた。

そばにいた兵に、「この人を早く宿まで運んでください」と頼んだが、彼らは仲間を傷つけた男と俺の間で視線をさまよわせ、手を出すことをためらった。

「オリベは助かるんですか？」

ひげの男の仲間がためらいがちに尋ねた。まだ若い男だ。彼がよろけながら大柄なひげの男を肩にかつごうとすると、他の仲間もすぐにそれを手伝った。

「宿まで、俺たちを案内していただけませんか」

青の王に頼んだ。こうして対峙《たいじ》するのは、王宮で別れた時以来だった。

「ついてこい」

オリベを抱えた男たちに、背を向けた。

俺は彼らを見送ってから、残った者たちに怪我をしている者を助けるように指示を下し、ウィロウに声をかけた。

「俺をかばったせいで、こんなことになってしまってすみません」

「こんなの、かすっただけだ。剣で切られたのなんて生まれて初めてだったけど、貴重な経験だな。まあ、しなくてもいい苦労だったけどさ」

のんきな言葉に、俺は安堵して息をついた。

「視察団の医師に、診てもらってください。切られた直後は、興奮状態で、痛みを感じないと聞いたことがあります。俺も刺された時はぼうっとして、痛いとは思わなかったけれど、危険な状態だったとあとで聞かされました」

「刺された時って、あんたにそんな経験があるのか？」

ウィロウはぽかんとした。

普通に暮らしていたら刺されることなどそうはない。けれど、王宮では前の緑の王が殺されたし、俺はソースラーに背中を刺された。

あの場所は特殊なのだと、今さら気づいた。ウィロウは「見かけによらず面倒な人生送ってるんだな」と、納得した。

「ところで、さっきの男たちは知り合い？　妙に迫力があったけど、ひょっとして王宮の兵とか？」

「……えっ」

ウィロウはきょとんとしていた。どうやら、本当に気がついていないようだった。

シアンのことをあれほど熱く語っていたのに、顔は知らないのかと、おかしくなった。

教えてやりたくなったが、シアンからは素性をふれ回るなと念を押されているので、「彼らは青の兵です」と、答えるだけにしておいた。

宿のまわりは、兵や侍従であふれ返っていた。視察団の医師は、怪我をした者の手当てにあたっていた。

グリニッジは、青の王に対峙していた。

「ご覧のとおり、緑の兵だけでなく侍従たちにも負傷者が出ています。医師は足りないくらいだというのに、この上、襲ってきた者を治療するために医師を引き渡せと言うのですか」

「見たところ、兵に重傷者はいない。この大男はすぐに手当てしなければ死ぬだろう」

オリベを抱えた男たちが表情をゆがめた。

「返り討ちにされたのなら自業自得だ。どうしても助けたいというのでしたら、街の診療所にでも連れていけばいいでしょう」

「この周囲は知りつくしている。小さな診療所があるだけで、深手を負った者を救える腕をもった医師はいない。ここには、宮殿付きの医師がそろっているのだから、救える可能性はある」

青の王の淡々とした言葉を、グリニッジは「できない相談です」と片づけた。

「私はその者を救うつもりはない。宮殿の者への反逆は、死罪に値すると知らぬはずもないでしょう。なぜ、暴徒をかばうような真似をされるのか、理解に苦しみます。一体、なにが狙いなのです」

「勘ぐるような裏はない。これは王命だ」

「王命……？」

グリニッジは戸惑った声を上げてから、青の王の身なりをながめた。

普段とは違う薄茶色の服は、正体を隠しているためではないのかと、その表情は問いかけていた。

青の王は答えを与えた。

「おまえが従う王は、ひとりだけだろう。暴徒の手当てを命じたのは緑の王だ。反逆者を捕えもせず、まとめて西方の視察に連れていくつもりだ。そうだろう、ヴァート王」

突然、ほこさきを向けられて、俺はぎくりとした。

グリニッジはひどくゆっくりと、頭を動かした。視線がぶつかった途端、射殺されそうなほどにらまれて、魚のようにぱくぱくとくちを動かすことしかできなかった。

「あんた、なに今さらびびってんの」と、ウィロウがあきれたように言った。

「まあ、逃げたくなる気持ちもわかるけどさ。王じゃなきゃ今すぐひねり殺してやるって、顔に書いてあるもんな」

「ウィロウ、どうしておまえがここにいるのだ」

グリニッジに、地を這うような声で尋ねられて、ウィロウはけろりと「おれは西方の観光だよ」と答えた。

その神経の太さを、少しでいいからわけて欲しかった。

「あ、あの、勝手に抜け出してごめんなさい」

「話はあとで聞きます。ここは人目がありすぎる。民にまで王だと知られる前に、早く宿に入ってください」

有無を言わさず引きずられそうになり、あわてて、グリニッジの腕をつかんだ。

「待ってください。オリベという者は、早く手当てをしないと死んでしまいます。お願いします、彼を助けてあげてください」

「……シャー、これ以上、面倒を持ち込むのはやめてください」

つかまれた手首に力が込められ、ぎりぎりと痛む。俺は勇気をふりしぼって声を上げた。

「マラカイト様は同行されていないのですか？　あの方の医術があれば、助けられるのではないでしょうか。それにマラカイト様なら以前、医師であるのなら怪我人を放っておかないとおっしゃっていました」

「マラカイト？」

俺は期待を込めてこくりとうなずいた。

グリニッジは顔をしかめて、「彼がこのようなところにいるわけがないでしょう」と、吐き捨てた。

「マラカイトは王の専属医だ。あなたが宮殿にいる以上、あの場所を離れることはできない。本来であれば側近である私もそうだ。あなたが直接出向くのを避けるために視察団に同行したんです。それなのになぜここにいるのです！」

苛立った口調に、俺は言い返すこともできずに、呆然と彼を見上げた。

「検問所でいさかいが起きていることは聞いていたが、迂回《うかい》すれば余計に日数がかかります。あなたが望んだように、1日でも早く現地に着けるよう、あえてこの道を選んだ、その結果がこの惨事です。責任は私にあるが、あなたが下した王命が発端であったことを自覚して、少しは大人しくしてください」

俺のせいだとなじられた。

視察団に同行したいと言ったのも、早く調査の結果を知りたいと言ったのもすべて俺だったが、こんなことを、引きおこすつもりはなかった。

「あの、俺は……」

「グリニッジの言うとおりだな」

声のしたほうをふり向いて、俺は驚いた。

「立場をわきまえず、疫病の蔓延した街に出向こうなどとは、物を知らぬ子どものわがままにしてもほどがある。まして、側近の目をあざむいて馬車に忍び込むなど、王の自覚が足りないという以前の問題だ」

青の王は辛辣に言い、「ここはグリニッジの顔を立て、こいつらを処罰したらどうだ」と言った。

「だめです！」

俺はあわてて言った。

「彼らには西方まで連れていくかわりに、罪をとがめないと約束しました。絶対に殺させたりしません！」

「それを決める権利があるのか？　すべては西方を統治できていない王の責任だ。就任式も延期し、困窮した街を放置したのだから、不満が緑の宮殿に向くのは当然だ」

「それは……」

「就任式の延期の原因となった怪我も、もとはといえば、おまえの身勝手な行動のせいだったな。わきまえて、王命などと、軽々しくくちにするのは控えるんだな」

続けようとした言葉は、グリニッジの「お止めください」という、硬い声で遮られた。

「シャーがされることにくちを出す権利は、あなたにはありません。これは緑の宮殿の問題です。暴徒の処遇は私たちが決めますので、お引き取りください」

「本気で言っているのなら、緑の宮殿の叡智《えいち》と呼ばれる、おまえらしくない」

「どういう意味です」

グリニッジはいぶかしげに聞き返した。

「ここで、青の兵に手を引かせるのは得策ではないだろう。まさか、この手薄な警備のまま、西方へ出向くつもりか。食料と医師を連れて、餓えた西方の地へ行けば、この程度の被害でことがおさまるはずもない。死に面した者の力ならば、先ほど嫌というほど見ただろう」

「……西方に、青の兵を連れていけというのですか」

「連れていけ？　力を借りたいというのならば、付き添ってほしいとそちらから頼み込むべきではないか？」

青の王の挑発的な態度に、グリニッジはとっさに反論しようとくちを開いたが、気持ちを落ちつけるように言葉を飲み込んだ。

「西方は、青の兵に制圧されたばかりです。いまだに、あなたたちを憎む者が大勢いる。連れていけば、さらに問題を引き寄せかねません」

「では、緑の服にでも着替えさせればいい。青色さえ脱がせてしまえば、緑の兵との見わけなど民につくはずもない。ただし、協働《きょうどう》するというのであればこちらにも権利を与えてもらおう」

「それが狙いですか。緑の宮殿から何を引き出そうというのです」

「あの男の治療を、医師に命じろ」

グリニッジは理解の範疇《はんちゅう》を超えたもののように、まじまじと青の王をながめた。相手は顔色ひとつ変えなかった。

「疫病の対策を練るのに、連中を役立てるというのは、悪くない案だ。視察団は諸侯の報告でも聞くつもりだったのだろうが、諸侯と民は、くちにするものすら違う。諸侯が有益な情報を持っているとは考えにくい」

「だから、暴徒と協力しろと言うのですか」

「こいつらに協力させたいのなら、目の前で仲間を死なせるような真似はするな」

「……シャー、一体どういうことです」

俺はふたりににらまれて息をのんだが、「説明はあとでします」と言った。

「とにかく早く、彼の治療をさせてください。グリニッジ様、彼を宿の中に入れてもいいですか？」

オリベのそばについていた男が、「意識がなくなった。どうにかしてくれ」と叫ぶ。

グリニッジは苦渋の表情を浮かべた。宿の壁を叩き、「中へ運べ」と言った。

「奥の部屋の寝台を使え。私が手当てする」

「え？」

「背を切られているから、うつぶせに寝かせるんだ。手の空いている者は荷馬車から、手当てに使えるものを持ってくるんだ。残党がいないとも限らないので、くれぐれも単独で動かぬように気をつけなさい」

グリニッジは最後に俺へと目を向けた。

「兵と一緒にいてください」

そう告げると、オリベたちとともに、宿の中へと消えた。

はあ、と空気を吐いた。緊張していたせいで、ひどい汗をかいていた。頭に、ぽんと手が置かれた。

ウィロウは、「なんか知らねーけど、上手くいったな」と言った。

「グリニッジ様が手当てするって、どういうことでしょう」

俺は心配になって尋ねた。

「あんた、自分の側近のくせに知らねーの？　グリニッジはシェブロンに来る前、医師だったんだよ」

「医師？　そうなんですか……」

意外だった。

「それにしても、グリニッジを煙《けむ》にまくとは、兵にしとくには惜しい人材だよな、あの男。グリニッジも妙に下手に出てるし、ひょっとして王宮じゃ有名な兵なのか？」

「そ、そうでしたか？　ウィロウの思い違いでしょう」

「ふうん、そう感じなかったたか？　じゃあ、おれの勘違いかな。ところでさあ、今度はあっちがもめてるみたいだけど、ほっといてもいいのかよ」

「えっ」

指さされた先には、青の王に詰め寄るシアンの姿があって、見慣れた光景をながめて、「たぶん、平気ですよ」と苦笑いした。


検問所を越えれば、そこはもう西方だ。検問所にほど近いこの街で一泊し、水や食料の補給をすることは、はじめから予定に組み込まれていたが、怪我人の手当てのためにさらにもう一泊することとなった。

俺は侍従たちの手伝いをしていたが、様子を見に来たグリニッジににらまれてしまった。手持ちぶさたになって、ウィロウの部屋へ向かった。ずっと死んだように眠っていたが、翌朝には目を覚まし、「腹が減った」と騒ぎだした。

「なにかもらってきますから、ここで待っていてください」

「携帯食は食べないからな。固いしまずいし食べた気がしないんだよ。おれは怪我人なんだから、もっと力の出そうなもの食べさせろよ」

「子どもじゃないんだから、好き嫌いしないでくださいよ。だいたい栄養っていうなら、携帯食のほうが詰まってるんですよ。それにたいした傷じゃないと言っていたでしょう」

「ああ、傷が痛む！　王様をかばったせいで切られたのに、命の恩人に対して、たいした傷じゃないとかよく言えたもんだよな！」

「恩人……」

そう言われて、俺は言い返すことをあきらめた。

「わかりました。侍従に夕食を早めてもらえないか聞いてきます」

部屋で寝ていてくれればいいのに、ウィロウは俺のあとをついて歩きながら、食事、食事と鼻歌を歌っていた。

しかし、侍従たちは怪我人の介抱や荷物の準備に人手をさかれて、すぐには動けそうもなかった。

「食事でしたら、手の空いた者が、りんごかなにか買ってくる予定です」

「……りんご」

「このあたりの宿は、寝泊まりできるだけで、食事を取るなら、外へ食べに行くのが一般的なんです」

ウィロウは期待を裏切られて、今にも倒れそうな顔色に変わった。

俺はハラハラしながら、「この宿には、調理場もないのですか？」と尋ねた。

「怪我人の治療にお湯を使っていたでしょう？　あれはどこからもらってきたんですか」

「お湯でしたら、宿の中にも火をおこせるところがあって、そこで沸かして使っていましたよ」

侍従らの案内でたどり着いたのは宿の端っこだった。

煙突がつけられた部屋を、ぐるりと見渡した。西方の民家であればじゅうぶんな設備だが、宮殿で過ごしている侍従たちには、このように狭いところで調理するとは思えなかったのだろう。

湯を沸かしていたのは大きな鍋で、今はもう必要とされておらず、床に積み上げてあった。

いくつも置かれた木の箱を開けてみると、ほこりをかぶった食器も出てきたので、きっと以前は、ここで食事の支度をしていたのだろう。

「全員分の食事を、俺とウィロウで買ってくるので、銀貨をもらえますか?」

侍従たちは戸惑った顔を見合わせたが、やがて革袋を持ってきてくれた。

おそるおそる渡されたそれは重たくて、服につりさげることもできなかったので、俺は胸に抱えたまま、宿の外へと出た。

「なんだよ、あんたとおれだけで買い物って、そんなの無理に決まってるだろ? だいたい、おれ怪我してるから荷物なんか持てないぞ」

「ウィロウは荷物を持たなくてもいいです。その代わり、彼らに指示を出してください」

「彼らって?」

俺は宿の前に座り込んでいる男たちのそばに立った。

みな疲れた顔をしていたが、若い男が俺に気づくとハッとして、「オリベさんになにかあったんですか」と、尋ねた。

オリベが倒れた時に寄り添っていた男だ。眉が太く凛々《りり》しい顔立ちをしていたが、眉尻がたれているせいで気弱に見える青年だった。茶色の髪のところどころに、色の濃いふさが混じっているのがめずらしく、印象的だった。

「あの方の容体はまだわかりませんが、手当てを受けていますから安心してください。今は、あなたたちに別のことをお願いしたいんです」

「別のこと?」

俺は持っていた革袋のひもをほどいて、ひっくり返した。

じゃらじゃらと派手な音を立てて、土の上に銀貨が散らばった。その音につられて、他の者たちもふり向いた。

ぽかんとした男たちの前にかがみこみ、地面に散らばった銀貨を、５つのかたまりに分けた。

「この中に商人をしていた方はいますか？　銀貨を日常的に使っていた方は名乗り出てもらえますか？」

ざわついた中、先ほどの若い男が手を上げると、「モスは諸侯の家に出入りしていたからな」と、

「おい、そんなやついるのか」

納得した声が上がった。

他にもパラパラと、王都から来た商人と取引をしていたから銀貨は見たことがあると会話が飛びかったので、俺は安心した。

「では、今の方たちを中心として、肉、魚、野菜、果物、粉を買う組に分かれてもらいます。この銀貨を持って買い物に行ってください。どの肉を買うかはあなたたちにお任せしますが、それを食べる者が70人いることを忘れず、分量を考えて買ってください」

「70人？」

「ええ。兵とあなたたちを合わせたら、70人程度ですよね。食材は購入したそばから、少しずつでも宿に届けてください。あの建物の端のところ、調理場の外に置いてください。俺は調理場にいます」

誰も言葉を発しないので、俺はしゃがみこんだままで、ちらりと彼らを見上げた。

ぶしつけすぎる提案だったかと思ったが、彼らは困ったように眉尻を下げて、顔を見合わせている。

最初にモスがくちを開いた。

「あの……こんなことを言うのはあれですが、この銀貨を持って、わたしたちが逃げるとは考えないんですか？」

「えっ、逃げようとしてるんですか⁉」

「いえ、たとえですよ？　こんなに銀貨があったら、持ち逃げしようって考えるやつもいそうじゃないですか。いや、わたしはしないですけどね！」

モスはあわてて、手をふった。

「そっか、そういうことも心配しないといけないんですね」

俺は息をついた。

「でも、逃げたりしないとおっしゃるなら、俺はそれを信じます。ウィロウ、あとはお任せしていいですか？　あ、そうだ料理の経験のある方がいれば、調理場のほうを手伝ってもらえませんか」

「ちょ、ちょっと待てよ王様。おれになにをしろって？」

「みなさん、買い物で困ったことがあれば、ウィロウに相談して決めてください」

「はああ⁉」

「グリニッジ様に見とがめられたら、なんとか誤魔化してください」

小声でつけ足せば、ウィロウはわなわなとふるえた。

「おま、このバカ王！　それが一番、面倒くさい仕事じゃないか！」

わめいている彼をその場に残し、これで食事食事とせっつくのを忘れてくれるといいなと思った。

「これ、もっとくれよ。大盛りで！」

　俺はウィロウから差し出された皿を、受け取った。

　揚げた魚を取りわけて、野菜の入ったあんを上からかける。

　左肩を切りつけられたせいで、利き手がつかえない彼は、右手で木のスプーンを持って不器用にくちに運んでいた。

　慣れない仕草にわずらわしそうではあったが、それでもにこにこと手放しの笑顔だ。

　俺もつられて笑顔になりそうだったが、ウィロウがとなりの席に、「あんたもこれ食べた？　美味いよ」と話しかけたので、すっとうれしい気持ちも凍りついた。

　シアンはほとんど無表情だった。

「いただいていますので、気にしないでください」

「こっちの団子が入ってる汁も美味いな。緑の宮殿で出る食事より全然美味いんじゃないか？　あんた、王様なんかやめて調理人になったら良かったのにな。そっちのほうが、全然向いてるよ」

　ウィロウが上機嫌なのには、食事以外にも理由があった。ガラスのうつわに、なみなみと透明な酒がそそがれている。

「これ以上飲んだら、起きれなくなってしまうんじゃないですか」

「なに言ってんだよ。こんな程度でそこまで酔うわけないだろ。ちゃんと深酒しないように気をつけるって」

　ウィロウが手にしたスプーンを横にふれば、酒を注《つ》いでいたモスも、「そうですよ、これくらいなら平気ですよ」と、合いの手を入れた。彼も顔がうっすら赤い。

「オリベさんが命を取り留めたのも、シャーのおかげです。その上、こんな豪勢な食事まで用意してもらって……酒を注がせてもらうくらいしか、わたしにできることはないですから」

「いえ！　あの、俺はもう結構ですから、ウィロウもほどほどに」

たしなめようとすれば、後ろを通りすぎた男に、「王様、飲んでるか？」と酔った調子でドンと肩を叩かれた。

俺はあやうく、酒の入ったうつわを落としそうになった。横からのばされた手が、それをふせいだ。甲の部分が布で覆われた大きな手は、俺のうつわをとりあげた。

「飲まないのなら私がもらうぞ」

「……ジェント様」

シアンは青の王にうんざりした目を向け、眉間にしわを寄せて、ぎゅっとくちびるを結んだ。すごい、ここだけ空気が冷たい、と背筋が凍った。

ウィロウは最高に空気を読まず、「はは、あんたは話がわかるな。青の兵にしとくのはもったいないよ」と、笑い声を上げた。

青の王はウィロウには目をやらず、俺を見つめたままで尋ねた。

「ヴァート王、あの頭の悪そうな男はなんだ」

「おい、聞こえてるから」

ウィロウは気にした様子もなく笑った。俺は目をそらして、「建築士のウィロウです」と紹介した。

「緑の宮殿の増築に関しては、ウィロウに一任されています。彼の祖父はベールロデンという建築士で、王宮の仕事もされているそうです。ご存じないですか？」

「ベールロデンの孫？　では、ファウンテンの修繕工事にも関わっているのか」

「修繕案ならここに来る前に出しまーしーた！　じーちゃんの名前だけどな。パーディシャーが何度も何度も何度も突っ返してくるせいで、最後はがっつり予算削って設計してやったんだ。予算は削ったけど強度は問題ないし、我ながら完璧な出来だったから、いくらパーディシャーが陰険野郎だって文句はつけられないだろ！」

ウィロウは満足そうに笑った。後ろの席に座っていた男たちからは、くぐもった笑い声が上がった。

「あのガキ、シャーに殺されなきゃいいけどな」という、冷やかしが聞こえた。

青の兵たちは、ちらちらとこちらを気にしては、酒の肴《さかな》にしているようだった。

話にうんざりしていたシアンは、フォークの先でトマトをつついていた。

俺はとりなすように、「やわらかいのは煮込んであるからですよ」と説明した。シアンはちらりとだけ俺を見た。

「トマトを煮たんですか？」

「ええ、中に練った肉と野菜を詰めてありますから、そこからも味が染み出て美味しいと思います。香草が少し入っているので、お嫌いじゃなければ食べてみてください」

「……そうですか」

どうでも良さそうな返事だったが、シアンが食事に手をつけたのははじめてだったので、興味を持ってもらえて良かったと内心喜んだ。

わくわくして待っていたが、シアンは無表情のままで、トマトを切りわけるそぶりを見せなかった。

「あ、それ半分くれよ」

横から割り込み、ざくりとトマトをまっぷたつにしたのは、ウィロウだった。

さっさと半分を自分の皿によそったので、あまりの図々しさに、俺は目まいがした。

それよりもあっけにとられたのは、シアンだった。

「そのナイフ……」

「ん？」

ウィロウは切りわけたナイフでトマトを刺して、くちに運んだ。ぱくりとナイフごと噛みつき、もぐもぐとくちを動かす。

青の王が「ウィロウ」と呼びかけた。

「残りもおまえにやるそうだ。シアンは潔癖《けっぺき》だからな。他人の唾液がついたナイフで切られた物など、食べたくないのだろう」

おかしそうに説明する。

ウィロウは、「はあ？」とあきれた声をあげた。

「ジェント様、余計なことを言うのはやめてください」

怒りを抑えた叱責に、青の王は「残念だったな。好きなものなら早く食べてしまえば良かったんだ」と、返した。

「シアン様はトマトがお好きなんですか？　じゃあ、あっちの鍋に手つかずの分が残っていないか見てきて……」

「結構です」

ばっさりと切り捨てられた。おまけにシアンの機嫌は最下層を這っている。俺はオロオロと視線をさまよわせた。

ウィロウだけは状況を読まず、「あんた、シアンって言うんだ」と、驚いたように言った。

「つばついたくらいで食べれないって、兵のくせにずいぶんなよっちいこと言うんだな。青の学士と同じ名前なんだから、ちょっとは見習ったほうがいいんじゃないの」

「……青の学士？」

「え、もしかして青の兵のくせに、学士シアンのこと知らないのか？　シアンと言えば、青の王とともにラズワルド騎兵隊を率いた英雄だろ。はあ、ダメだなあんた。あの方を知らないで、青の兵をやってるなんて無知すぎるよ」

「ウィ、ウィロウ」

続けようとした言葉は、青の王のてのひらに阻まれた。

くちをふさがれて、抗議しようと視線を動かしたら、悪趣味な興味を丸出しにして、成り行きを見守っていた。

青の兵たちも全員が息をひそめている。

「あんた、青の学士と同じくらいの歳だろ。同じ兵でそれくらい差がついちゃうのって、かなしいものがあるけどさ、気落ちすることはないぞ」

ウィロウはシアンの肩に手を置いた。

「知識は多岐《たき》にわたり、法律、経済学、天文学、王史に精通し、片手間のシャトランジであっという間にアリーヤになった方だからな。一般人には真似しようとしてもできないよ。天才というのは、青の学士のためにあるような言葉だな」

「馬鹿にしているのか……？」

シアンが真意を測りかねてうなると、「はあ？　なに聞いてたんだよ」とウィロウは眉を上げた。

「青の学士をバカにするやつがいたら、おれが考えを入れかえさせてやるね。そうだ、あんたにも教えてやるよ、青の学士がわずか16にしてラズワルド騎兵隊の参謀となり、王の側近になるまでの輝かしい軌跡を！」

「結構だ」

背後では、「まずい、これ以上、我慢したら死ぬ」「バカ、笑うなよ。俺までつられる」と、ひそひそ言い合う声がしていた。

シアンの耳に入ったようで、怒りに燃える目でちらりとそちらを向いたら、青の兵の声はピタリと止んだ。

「なんだよ、兵のくせに武勇伝に興味がないなんて、信じられないやつだな。そこの王様なんか弱っちいみかけしてるけど、騎兵隊の話にはすぐに喰いついたのにさ。男ならそういう話を聞いて、おれもやるぞって思わないとだめだよな」

その言葉にシアンの目がこちらを向いて、「あなたもこの馬鹿とグルですか」と訴えかけた。

俺は力いっぱい首を横にふって、「いいえ、まったくの無関係です」と意思表示した。

いっそ、見たこともない人ですと言って逃げたかった。

「ところでバカ王は、さっきからなに面白い顔してんだよ。笑っちゃうだろ」

「緑の王に対し、その言い方は侍従としてどうなのかとは、思わないのか」

シアンの嫌味に、ウィロウは俺を指さして、「だってこいつ、バカなんだよ」とけろりと答えた。

「文字も読めないし、王様のくせに威厳のかけらもなくて、侍従のことを様付けで呼んでは、グリニッジに叱られてるし、学習能力ないんじゃないかな。放っていてもみんながちやほやしてくれるのに、余計なことばっかりして怒られて要領悪いったらないよな。今回だって暴徒のことなんか見捨てれば良かったのに、わざわざ板挟みになりにいくんだからな。自分のことだけ心配してればいい王様には向いてないよ」

ウィロウは酒気に染まった顔をして、俺を見た。

「けど、そういうバカは、おれはきらいじゃないよ」と笑う。

かあっと顔が熱くなった。妙に胸がざわついて、うれしいような恥ずかしいような、思いが渦巻く。思わず立ち上がった。

「俺もウィロウのことが好きですよ！」

ウィロウは茶色の目をきょとんとさせた。

「男にそんなこと言われても、気持ち悪いだけだろ」

顔をしかめて言うので、ふたりでバカみたいに笑った。

「まあ、あんたなら、女みたいな顔してるし、キスくらいならできるかもな」

「キス？　なんですかそれ」

笑いすぎて出た涙をぬぐっていると、いつの間にか陽気な空気は消え去っていて、場は奇妙なほど静まり返っていた。

ウィロウや青の兵たちだけでなく、モスまで時間が止まったみたいになっている。

俺はきょろきょろと見まわしてから、自分だけが立っていることに気がついて、椅子に腰を下ろした。視線が一斉についてきたので、えっ、俺？　と、血の気が引いた。

「確認させてください」

「どうして敬語なんですか、ウィロウ」

「あんた、青の王の女だったんだよな？　それで、なんでキスしたことないんだよ」

「えっ？　それってどういう意味ですか」

戸惑って、となりにいた青の工を見つめてしまったが、王は一切表情を変えなかった。

先ほどの俺のように、こんなくだらない話とはまったくの無関係ですと顔に書いてあるので、俺は助けを求めることをあきらめた。

「えっと、青の王としたことが関係あるんですか？　あっ、じゃあ、キスってせいこ……」

「バカ！　バカ王！　あんた一回死んだほうがいいよ！」

ウィロウはかつて、俺が男と寝たことがあると告白した時みたいに、顔を赤くして怒鳴った。

机に手をついて立ち上がると、ふわふわの髪を逆立てて、俺をにらむ。

「あんたがそうやってあっさり性交とかくちにするから、どんな顔して男に抱かれたんだろうとか想像しちゃうだろ⁉　ガキのくせに、そういうことくちにするのやめろよ。常識ないのかこのバカっ」

「は、はああ？　俺のせいですか？」

理不尽な言い草にカチンとくる。

「もとはといえば、ウィロウがおかしなこと聞くから、悪いんじゃないですか！」

「キスがおかしなことか⁉　キスも知らないくせに、男と寝てるあんたがおかしいんだよ！」

「だからそれがわからないって言ってるでしょう！　キスってなんですか⁉」

ウィロウはもどかしさにうちふるえたあと、ぐいっととなりの席に座っていたシアンを引き寄せた。完全に自分とは関係ないと気を抜いていたシアンは、驚いて顔を上げた。

ウィロウはシアンの無防備な整った顔に、くちびるを押し当ててから俺をふり向き、「キスっていったらこういうことだろ！」と、勝ちほこった。

うん。

ああ、それのことかと俺は気がついた。それなら、確かに青の王と何度もしたことがある。

とりあえず、今すぐ他人のふりをして、この場から逃げることはできるだろうか。

シアンは蒼白な顔をしていた。

「あ、悪い。他人のつばつくの嫌いなんだっけ」

ウィロウが思い出したように言ったので、ぴくりと表情が動いた。

「まあ、おれも男とキスするのなんてごめんだから、おあいこってことで許してくれよ」

せめて、青の兵たちが笑い話にしてくれればと願ったが、彼らはすっかり気配をひそめて、「隊長が本気になったら手に負えない。さっさと逃げるか」と、話し合っている。

シアンは左の腰に帯刀していたが、左手で剣の柄《つか》にふれると、音もなくするりと引き抜いた。

金属がこすれる音すらしなかったので、右隣にいたウィロウはきょとんとしていたが、全部見渡せる俺は、血の気が引いた。

「シアン様、すみません！　ウィロウのやったことは俺が謝りますから、許してあげてください。あの、腹を立てられているのはじゅうぶんにわかりますけど、とにかく剣を置いて」

「緑の方。あなたの侍従のしでかしたことを悪いと思っているのなら、これは私個人がしたことで、青の宮殿とは無関係だとのちに証言してください」

「え、ええええ」

本気だ、と俺は焦った。

「た、隊長！　それはちょっとまずくないっすかねえ。ほら、そいつ剣も持ってないし、無抵抗の者を殺したとあっては、近衛の名折れに……」

「黙れ」

勇気ある兵の発言は、暗い声で押しつぶされた。

「シアン、これほど証人がいる中で、青の宮殿と無関係だと言い張るにはむずかしいぞ」

「適当に誤魔化してください。いつもされていることでしょう」

青の王には一瞥《いちべつ》もくれず、シアンはぴたりと、ウィロウの首すじに剣をあてた。

「シアン」

強く名を呼ばれて、わずかに瞳がゆれた。なにか言おうとしたようだったが、くちびるをふさがれて続きは言えなかった。

青の王はくちづけたまま、シアンの手首をつかんでくるりとひねった。剣を奪ってから、顔を離した。

「あれにされたことは忘れろ。また10年、私のことだけ憎んでいればいい」

剣を元通り、鞘に戻す。

シアンは色を失った顔で立ちつくしていたが、やがて肩をふるわせると、「あなたは一回死んだほうがいい」と、怨嗟《えんさ》の声を上げた。

シアンは、びりびりした気配を振りまきながら、部屋を出ていった。青の王は、「スクワル、追いかけろ」と命じた。

「はあ、なんで剣を返しちゃったんっすか」

スクワルと呼ばれた兵は、青の王よりも年上で、短く切った濃い茶色の髪も、がっしりとした体つきも、いかにも兵らしかった。しかし、それに似合わない軽い口調だった。

「隊長が世をはかなんで自殺したら、どう責任とってくれるんです。子どもの時に貴方にキスされて以来、いまだに人とふれ合うのを嫌がるほど繊細なんっすよ」

「潔癖は、もとからの性質だ。それに、シアンはおまえが心配するほど繊細ではない。自分が死ぬくらいなら相手を殺す」

青の王はあっさり返した。

他の兵たちはにやにやしながら、皿から残り物をつまんでいる。

「ジェント様が追いかけたらどうです？　兵もつけずに出歩くなって怒って、自分から飛び出してくるでしょう」

スクワルはそれにうなずいた。

「というより、朝にはここを離れると知っているんだから、俺が追いかける必要はないんじゃないっすか。任務前にはいつも戻ってくるでしょう」

「冷静じゃないあれをながめるのは面白くないか？　シアンのつまらん仏頂面は、こんな機会でもなければ剥《は》がせないからな」

「そういう、欲に忠実なことをおっしゃるから、嫌われるんですよ」

あきれまじりのスクワルの言葉に、青の王は「あれが、嫌っている相手にとる態度に見えるのか？」と、同じ調子で返した。

「悪趣味ですよ、ジェント様」

年嵩《としかさ》の兵がきつい口調でたしなめた。叱責に首をすくめたのは、青の王よりもまわりにいた兵たちで、こういったやり取りに慣れているのか険悪な雰囲気にはならなかった。

「まあ確かに、シアン隊長はすきがなさすぎですよ」

兵のひとりが、しみじみした声を上げた。

「頭がきれて剣の腕に秀でて、おまけに無駄に顔が良いでしょう。たまに殺意がわきます。こないだの軍との合同演習なんて、王都中の女が集まってるのかと思いましたよ。男も山のようにいましたけど」

「若い近衛は、いまだに隊長のことを、軍神なんて崇《あが》めているぞ。俺たちはさすがに付き合いが長いから、そういう幻想はなくなったけどな」

やわらかい笑みを含んだ会話に、スクワルは強面《こわもて》をゆるませた。

「隊長は、ジェント様の前じゃなければ、頼りになる方なんすけどねえ……貴方に捕まったのが、最大の不運だったんですかね」

「近衛はみな、シアンの擁護《ようご》派か」

「それはそうでしょう」

スクワルはあきれたように答えた。

「だって、貴方がそうなるように仕向けてますから？　まあ、今回に限っては、かばいようもないくらい貴方が悪いですから、俺らは隊長の味方につきますよ」

「シアンがそれを許すならな。部下が自分をかばって、私にたてついたなどと知れば、自尊心のかたまりは、今度こそ舌を噛みかねない。それでもいいなら好きにしろ」

「それをわかっていて、窮地に追い込むんですから、おそろしいほどひねくれてますよねえ！」

スクワルは気安く嫌味を返した。

「ところで、そこで間抜け面してるガキはどうします？」

ぎくりとして顔を上げると、青の兵がそろって俺たちを見つめていた。

「す、すみませんでした！」

あわてて頭を下げる。

「ウィロウ、シアン様に謝りに行きましょう。俺も一緒に謝ってあげますから、ほら立って」

「はあ？　あれくらいのことで剣をつきつけられて、しかもちょっと切られたんだぞ。なんでおれが謝らなきゃいけないんだよ」

顔をこすっていたウィロウは、机に突っ伏してしまった。すぐにおだやかな寝息が聞こえてきて、ひとり取り残された俺は、状況に絶望した。

スクワルは俺のそばに近づいてくると、身をかがめた。

「貴方の臣下、謝る気すらないみたいっすね」

「俺の責任です。ウィロウは無神経だしひどいことも言いますけど、大事な侍従なんです。ウィロウに手出しするなら俺が引き受けます。傷つけさせたり殺させたりはしません」

「可愛い顔して物騒なことを言いますねえ。別に殴って、うっぷんを晴らそうってつもりじゃないっすよ」

「え、そうなんですか？」

俺は驚いた。

「ではどうすれば、許しを得ることができるんですか」

「目には目をって言葉を知ってます？　貴方が兵にキスされたりしたら、そこの小僧は悔しがったりしますかね」

「ウィロウなら……俺が何をされても、なんとも思わないと思います。男同士で気持ち悪いとは言うかもしれませんけど」

スクワルの言葉の意味を考えた。俺を同じ目に遭わせたら、気が晴れるということだろうか。

「あなたにくちづけたら、許してもらえるんですか？　俺はかまわないですけど、それではシアン様の痛手に、見合わなくないでしょうか」

まっすぐに見つめると、スクワルは意表をつかれたように、鳶色《とびいろ》の目を大きくした。

ぷっと吹き出される。

「緑の王、早く出て行け。酔っ払いどもの餌食《えじき》にされるぞ」

青の王が言った。

「え、えじきって？」

「人聞き悪いっすよ。それにしても、貴方が手を出すくらいだから、どんな美人かと思ったら……案外、むずかしい子がお好きだったんですね」

「スクワル」

「まあ、貴方が気にいるのもわかります。天然なのに、胆《きも》が据わってるとこなんか、少し前王を思い出しますからね」

俺は思いもかけない人のことが話に上がって驚いた。

「エール様をご存じなのですか？」

「そりゃ、俺も近衛は長いですから、エール様のことは……」

スクワルは急にくちをつぐんだ。酔いの覚めた顔をしていた。

エールが前代の青の王だったことは、みんなに忘れ去られているようだったのに、スクワルは憶えていた。尋ねたいことはたくさんあった。

「会ったのか？」

青の王が言った。

それまでとは違う厳しい表情に変わっていたので、俺はいっきに後悔した。青の王は立ち上がって、俺の腕を引っ張った。

「出かけるぞ」

「ええ？」

青の王は、まわりには目もくれず歩き出した。廊下ですれ違う者たちは、俺たちの様子に目を丸くして、彼が青の王だと知っているわけでもないのに、とっさに道をあけた。引きずられないように、かけ足になった。

「ジェント様！」

呼びかけは、聞こえなかったように無視された。宿の外に出ても、手を離してくれなかった。

「エールと会ったのか？」

衝撃が走った。

「やっぱり、あれはただの夢じゃないんですね！」と、声を上げた。

「子どもの頃のルリ様と、エール様を見たんです。ルリ様は、もとは紫の女で、エール様が『ルリ』という名を与えられたのですよね？」

青の王が否定しなかったので、胸のつかえがとれたようにすっとした。

「シャー、教えてください。パーピュア様とエール様は恋人同士だったのでしょう。それなのに、エール様がいなかったみたいに、おっしゃるのはなぜですか。シャーだって、水時計の話を自分のことみたいに話していました。どうしてです？」

肩をつかまれ、乱暴に壁に押し付けられた。

「どこまで知っている？」

顔を近づけられて、ぞくりと背筋が冷えた。青い瞳を間近でのぞき込むのは久しぶりだった。

「どこまでって、どういう意味ですか」

射抜くような視線は、嘘を暴こうとしているようだ。後ろめたいことのない俺は、黙ってそれを見つめ返した。

ふと、同じ位置で見つめられたことを思い出した。

嫌いだと告げた時にも、こうやって見下ろされて、くちづけられた。俺の気持ちをもてあそぶだけの男が、憎かった。こうしていても、やはり嫌いだと思う。

「ヒソク」

張り詰めた空気がわずかにゆるんだら、キスされた。くちびるが重なる前に、そうされそうだとわかって、とっさにまぶたを閉じてしまった。

なぜ大人しく受け入れているのだろうと混乱した。親指であごを上向けられる。角度を変えて、くちづけられるのにも、抵抗はしなかった。

「スクワルに言ったとおり、本当にたいしたことではないらしいな」

青の王は少しだけ離れて、ささやいた。

俺の手を、再び握りしめた。指先でなぞられると、ざわざわと悪寒がした。無表情の男が、なにを考えているかもわからないのに、俺は顔が赤くなった。

急に、手をつないでいるのが怖くなった。

「こんなことをして、ルリ様に悪いと思わないのですか」

あわてて言った。

「王だからといって、戯《たわむ》れにキ、キスなどするのは良くないと思います。俺への嫌がらせでこういうことをしたり、シアン様にだって。ルリ様が知ったら悲しむとは思わないのですか」

「――ルリ?」

「とぼけないでください。ルリ様とおそろいの水の銅貨を持っているのでしょう。エール様は、シャーがルリ様のことを好きだと言っていました」

断罪するつもりだったが、青の王はいぶかしげな顔をしていた。

俺にとっては、見たばかりの夢だけれど、青の王にはずっと前のことだ。ひょっとして覚えていないのかと疑った。

「エールに渡されたサルタイアーの銅貨なら、あれは対になった絵柄を持つと結ばれるというまじないだ」

「えっと……それは、同じ絵柄を持つとしあわせになれると思っていたエール様の勘違いで。だから、ルリ様とシャーは、同じ水の精霊の銅貨を持っているのでしょう?」

「おまえならどちらが欲しい。恋愛にまつわるまじないのかかった銅貨を渡されて、それが相手と対になっていたらどう思う?」

そう問われて、ゆさぶられた心地になった。

頭をかすめたのは、幼いルリの顔だった。青い指輪を握りしめて、侍女になりたいとはにかんだ。

「俺は……もしかして、なにか思い違いをしているのでしょうか?」

すがるような言葉に、青の王はふいに意識を取り戻したように、目を見開いた。それから、「あれに、くち止めされていたのを忘れていた」と、苦々しくつぶやいた。

「くち止め?」

「銅貨の話は忘れろ。それから先ほどのように、エールについて詮索するのもやめるんだ」

「どうしてですか? 俺、どうして夢を見るのか知りたいんです。これが本当にあった過去なら、意味もないのにのぞき見る真似はしたくありません」

「意味ならある。おまえが過去を見る理由は、いずれわかる」

「意味?」

俺は混乱した。

「『あれ』って誰です。その人は、俺が夢を見ていることを知っているんですよね。俺をその方と会わせてください。どこへいけば会えるのですか。この夢を止める方法を知っているのなら、教えて欲しいんです」

「明日は西方へ行くのだろう。疫病の蔓延した街の視察は、すぐに済むような甘いものではない。私的なことを気にかけている暇があるのか」

急に現実を持ちだされて、ぐっと言葉につまった。俺の気をそらすためのものだとわかっていたのに、言い返す言葉が出てこなかった。

青の王はゆっくりと目を細めた。

気配をそばに感じると、自然と目を閉じてしまう。今度はなにも起きなかった。

「嫌がらせだと思うなら、そんな顔をして待つな。そのつもりがなくとも、誘っていると思われるぞ」

ぱちんと目を開けて、「え」と声を上げた。

くちびるをふさがれる。さっきよりも深く味わわれたら、しびれたようにふるえた。

相手の機嫌をそこねないように、合わせなくてはいけない。反射的に手をのばしてすがりついたが、急に自分がしていることが、何のためなのかわからなくなった。

もうヒソクを守るためではないのに。ヒソクを守るためにずっとしてきたことだけれど、これからは、こんなことをするのは無意味だと気がついた。

舌で歯をなぞられる。顔が熱くなった。

「う……」

焦燥が抑えられなくなって、じわりと涙が浮かんだ。押し返すと、身体は離れた。

「どうして、俺にキスするんですか」

うつむいて問いかけた。青の王はそれには答えず、「おまえは、他人を憎むのに向いていないな」と、言った。

「一生憎むと言いきった男にくちづけられて、赤くなっているようでは、恨みを晴らすことなどいつまでもできないぞ」

羞恥でさらに顔が赤くなった。手を振りほどこうとしたのに、それを防がれる。

「意味のないくちづけなんて、いくらされたって平気です。ギル様以外になにをされたってうれしくないし、あんなふうに、胸がふるえるほどしあわせになることなんか他にない。嫌がらせでされるものとは、全然違うんです！」

「なにが違う？　身体がふれていることに変わりはないだろう。それとも、散々男を咥えたあとで、気持ちがともなわないなら意味がないと、生娘のようなことを言うつもりか」

青の王は薄く笑った。

「私の所有印があるうちは、赤の王と寝ることもできず、わずらわしく思っただろう。呪縛が解けたあとならあれと寝れるとでも期待したか」

「そんなこと、望んでなんかいない！　浅ましく好きでいるのは、俺の勝手でギル様はなにも関係ないんです。俺はもう青の女じゃないんだから、あなたにあれこれ言われたくありません！」

「赤の王の話を持ち出したのは、おまえが先だ」

返答は静かだったが、責められているようで癇《かん》にさわった。

つながれていた片手を持ち上げられる。

するりと袖がまくれて、手の甲に刻まれた緑のティンクチャーがあらわにされる。

「皮肉だな。青の所有印が消えても、また新たなしるしが、赤の王とのあいだを阻んでいる。おまえもあいつも死ぬまで神の女だ。オーアに選ばれた王は抱き合うことができない」

「……知っています」

王同士は抱き合えない。そんな制約がなくても、もう二度とギルの迷惑になるような真似をするつもりはない。

「パーピュア様とエール様はどう思われていたのですか。おふたりは王同士なのに恋人になってしまって、苦しい思いを味わわれたのではないでしょうか?」

「エールの話はするなと言っただろう」

「だって、ここにはシャーと俺しかいません。他に聞く人などいないのだから、話したっていいでしょう」

どうせ答えなどくれないだろうと予想したが、青の王が低い声で、「出会わなければ良かったのだ」と言った。

初めて聞く悔しげな声に、俺は戸惑った。青の王に尋ねてみればいいと言った、セーブルの言葉がひらめく。

『今ではまじないが弱まったのか、片方だけが死ぬ場合もあるようですけれどね』と、暗い笑みを浮かべていた。

「エール様が亡くなったのは……もしかして、神の意思にそむいたからですか？」

くちにすればぞっとした。

普通の男女であれば抱き合うことなど当たり前なのに、王同士というだけで神の怒りを買ったのかもしれない。

目にしたこともない「神」が、現実味を帯びる。古いまじないが身に迫って感じられて、他の王に恋した俺を責めているようで、おそろしかった。

同じ呪いは、対峙している男との間にもかけられている。

キスなどたいしたことじゃないと言いきれたが、握られた手だけが、ひどく落ちつかない気持ちにさせた。

「おまえなら、赤の王にはなにも告げず、身を引くだろうな」

青の王が言った。

「憎まれても、赤の王を守ることに徹するくらいだ、命がかかっているとなれば離れることにためらいはないだろう。バカのひとつ覚えのような自己犠牲も、この場合は間違いではない。たかが恋で、死んでもいいと思いつめるほうが愚かなのだ」

「……え？」

それはエールの話なのかと聞きたかったけれど、怒りを含む声になにも言えなくなった。

たかが恋、と切り捨てた怒りは、失われた弟に向けたものなのか、パーピュアに向けたものかわからなかったが、言葉通りでないかなしみがにじんでいるような気がして、それが青の王には似合わなかった。

きゅっと手を握ってしまう。

青い瞳が俺を見つめた。ギルにキスされた時、きっと俺が物欲しそうな顔をしてしまったのだろうと後悔した。

同じ後悔を、今またすることになったけれど、逃げることができなかった。俺は手をつないだまま、青の王のくちづけを受けた。

青の王は俺の手を見た。

「ティンクチャーをそのままにして、西方に行くつもりか」

「だめですか？」

そでが長い服だったが、少しでも動くと手の甲が見えてしまう。

「西方の治安の悪さは、おまえが考えている以上だ。せっかく面がわれていないのだから、つまらんところから緑の王だとばれて、面倒な問題を増やさないように気をつけろ」

「俺だって、緑色の服は避けて白にしました。シャーもそれで茶色の服を着ているのですよね」

得意げに主張すれば、相手は表情をうんざりしたものに変えた。

「わざとその色なのか」

「……白じゃまずかったですか？」

自分の格好を見下ろしたが、宮殿の侍従が着ていた真っ白な服だ。どの王にちなむ色でもない。

「白い布は高価だと知らないのか。王宮に持ち込まれる布と違って、民が手に入れられる『白』はくすんだ色合いがほとんどだ。そのような色を街中でちらつかせていれば、金目当ての連中の恰好のまとだぞ」

「ま、まと？」

「王の色にこだわるのは王宮独特の習慣だ。白を着るくらいなら、黒や赤のほうがましだ。通りを見てみろ。ここは王都で、私の領土だが、民の服に規制はない」

言われてみれば、行き交う民の服の色はまちまちだった。

「でも、色を気にしなくていいなら、シャーはどうしていつもみたいに、青色を身につけていないんです？」

「西方へ行くのなら話は別だ。青の軍が中心街を制圧して、まだ数ヶ月だ。憎らしい『青の王』の色を身につけて歩くのは、自殺行為だからな」

他人事のようにあっさりと答えられる。

俺は白い布を指先でつまんで、「侍従に服を借ります」とつぶやいた。

「おまえに服を貸せるような小さい者がいるのか？」

バカにしたような言い方に腹が立って、これでも背が伸びたんですよと言いかけたが、さらにバカにされそうでやめた。

「侍女もいたので、きっとなんとかなります」と、おおよそ反論と言えない言葉を返した。

「ついてこい、街へ出かけるぞ」

「えっ？」

あまりに急な申し出に立ち尽くしてしまう。けれど『街』という響きに惹《ひ》かれて、あとをついて走り出した。

第Ⅱ巻に続く

参考文献

長島晶裕、ＯＲＧ『星空の神々　全天88星座の神話・伝承』新紀元社（一九九九）

-ダリアシリーズ　既刊案内-

台湾の人気作家が贈る、
FBIを舞台にした
心理サスペンスBL!!
蒔舞《シーウ》
黒木夏兒／訳
illust.yoco
LOST CONTROL
ロスト・コントロール
－虚無仮説－[全2巻]
自分の全てを支配される、
その感覚から逃れることはできない――…。
FBI捜査官の藍沐恩《ラン・ムーウァン》には2つの悩みがあった。
ひとつは、FBIに提出する心理評価審査がパスしないこと。
もうひとつは、密かに想いを寄せるワンマンな上司で相棒のハイエルのことだ。
カウンセラーは言う。審査がパスしない原因は藍の幼少期にあり、「藍沐恩には自殺傾向がある」。そして、ハイエルへの望みのないその想いは「藍を不幸にするだけだ」と。だが、ある少女の誘拐事件をきっかけに、過去の自分とハイエルへの想いに向き合うことになり――…。

大好評発売中!!

この本をお買い上げいただきましてありがとうございます。
ご意見・ご感想・ファンレターをお待ちしております。

＜あて先＞
〒170-0013
東京都豊島区東池袋3-22-17 東池袋セントラルプレイス5F
(株)フロンティアワークス　ダリア編集部
感想係、または「恵庭先生」「絵歩先生」係

初出一覧

5人の王
「ムーンライトノベルズ」(http://mnlt.syosetu.com/)
掲載の「5人の王」を加筆修正

Daria Series

5人の王

2013年 9月20日　第一刷発行
2018年10月20日　第五刷発行

著　者 ── 恵庭
©ENIWA 2013

発行者 ── 辻 政英

発行所 ── 株式会社フロンティアワークス
〒170-0013 東京都豊島区東池袋3-22-17
東池袋セントラルプレイス5F
[営業] TEL 03-5957-1030
[編集] TEL 03-5957-1044
http://www.fwinc.jp/daria/

印刷所 ── 豊国印刷株式会社

装　丁 ── nob